HÖLLENSTURZ DER VERDAMMTEN

EIN ROMAN VON
DANIEL NEUFANG

1.Auflage Februar 2025
© 2025 Daniel Neufang

Kontakt:
E-Mail – daniel.neufang@gmail.com
Webseite – www.danielneufang.wordpress.com

Verlag: BoD · Books on Demand GmbH, In de Tarpen 42,
22848 Norderstedt, bod@bod.de
Druck: Libri Plureos GmbH, Friedensallee 273,
22763 Hamburg

Bibliografische Information der Deutschen
Nationalbibliothek: Die Deutsche Nationalbibliothek
verzeichnet diese Publikation in der Deutschen
Nationalbibliografie; detaillierte bibliografische Daten sind im
Internet über www.dnb.de abrufbar.

ISBN: 978-3-7693-0422-0

Dieser Roman basiert auf geschichtlichen Überlieferungen. Dialoge sowie die geschilderten Ereignisse sind so beschrieben, wie es sich der Autor vorstellt.

Ich wünsche Ihnen interessante Lesestunden.

Ihr
Daniel Neufang

Rom 1484. Der Dominikanermönch Heinrich Kramer sucht seine Heiligkeit Papst Innozenz auf, um sich von diesem die Erlaubnis einzuholen, den Summis desiderantes affectibus, der sich gegen Hexer- und Ketzerei richtet, in seinem Werk "Der Hexenhammer" zu verwenden. Mit einer List erschleicht er sich das Wohlwollen des Papstes und treibt so, unter dem Namen Henricus Institoris, die Verfolgung derer voran, die in seinen Augen für das Böse stehen. Mit ausschweifenden Reden, die die Angst der Bevölkerung schüren sollen, bereitet er auch den Acker für die, die ihren Mitmenschen schaden wollen.
Doch in Verenus, einem papsttreuen Bischof, findet er einen ernsthaften Gegner seiner Anschauungen. Er schickt seine Boten Giovanni Pasci und Walter Kolbe aus, um die Stadträte der Alemannischen Provinz mit Worten und einem Sack voll Goldmünzen gegen den Mönch aufzubringen. Nach einigen Rückschlägen erreichen sie ihr Ziel und das Blatt wendet sich. Wird die von Henricus Institoris angeheizte Inquisition an ein Ende geraten?

1. Kapitel

Es war ein klarer, grimmig kalter Dezembermorgen im Jahr 1484. Betend kniete der Prior des Dominikanerordens, Heinrich Kramer, auf dem steinernen Boden der Kapelle des Vatikan. Ein Sonnenstrahl fiel durch die mosaikversehenen, großen, länglichen Fenster und erleuchtete den gesamten Raum. Lächelnd sah der vierundfünfzigjährige, schon grauhaarige, in eine schlichte, graue Kutte gekleidete Geistliche zum Kreuz empor. Die schmalen, faltigen Züge zeugten von Ernsthaftigkeit, die ihresgleichen suchte. Kramer verspürte nicht einmal den kühlen Zug, welcher über seine, in schlichte Sandalen gekleideten, Füße wehte. Demütig, vor dem Antlitz Jesu, strich er vorsichtig über das einfache Holzkreuz, welches an einer Schnur um seinen Hals hing und ihn schon ewig zu begleiten schien. In diesem Augenblick erfüllte den Dominikaner die Kraft des Allmächtigen. Im Beisein des Herrn ließ er das bisherige Leben Revue passieren. Der Mann Gottes erinnerte sich voller Stolz an sein fünfzehntes Lebensjahr und den Beitritt zur Glaubensgemeinschaft in der elsässischen Heimat Schlettstadt, sowie den Aufstieg zu einem der einflussreichsten Männer des Ordens. Stille herrschte im gesamten Raum, als sich plötzlich die schwere, aus Holz gefertigte Eingangspforte quietschend öffnete und sich ein stattlicher, uniformierter, junger Mann demütig näherte. Heinrich Kramer nahm keine Notiz von der Wache. Er widmete sich weiter dem Bildnis seines Herrn. Kurz verharrte der Bursche strammstehend neben dem Prior, ehe er es wagte, ihn anzusprechen.

„Prior Kramer? Seine Heiligkeit Papst Innozenz erwartet Euch." Mit pochendem Herzen, sich bekreuzigend, stand der Gottesdiener vorsichtig auf. Er reichte dem Fremden die Hand und flüsterte: „Helft mir bitte auf. Der Zahn der Zeit nagt an meinen Knochen." Daraufhin reichte der junge Soldat ihm den Arm und stützte ihn, bis Kramer selbstständig stehen konnte. „Habt vielen Dank." Höflich verneigte sich die Wache, während er auf die Pforte wies.

„Darf ich Euch bitten, mir zu folgen?" Mit einer zuvorkommenden Geste erbat der Dominikaner den jungen Mann, ihm den Weg zu weisen. Obwohl es ein nicht sonderlich großes Areal war, hatte Heinrich ein ungutes Gefühl und befürchtete, sich in den gepresst stehenden Gebäuden schlicht zu verlaufen. Die Wache führte ihn eine breite, marmorne Treppe hinauf, welche zu den päpstlichen Gemächern führte. Kramers Herz schlug wild in seiner Brust, denn er vermochte es nicht zu sagen, was seine Heiligkeit ihm mitteilen würde. Nervös tupfte er sich mit einem Tuch den Schweiß von der hohen Stirn.

„Wartet hier für einen Moment. Ich werde Euren Besuch nun ankündigen." Mit einem unsicheren Lächeln nickte der Dominikaner, während die Wache im Inneren des Raumes verschwand. Minuten erschienen ihm wie Stunden, als der junge Wachmann heraustrat, ihm die Tür offenhielt, sich verneigte und ihn höflich hineinbat. Sprachlos schaute sich der betagte Geistliche, angesichts dieser prunkvollen Unterkunft, um. Wie von einer fremden Macht gelenkt, setzte er einen Fuß vor den anderen und schrak auf, nachdem die schwere Pforte hinter ihm in die Angeln fiel. Der riesig wirkende Raum war mit verzierten Kacheln auf dem Boden und einladenden Teppichen versehen. Zu allen Seiten befanden sich hohe Bücherregale, die bis zur Decke reichten und prall gefüllt waren. Vor den mächtigen Fensterscheiben stand ein pompöser, mit Schnitzereien verzierter Schreibtisch sowie zwei Damast gepolsterte Stühle. Einem Thron gleich schien ihm die Sitzgelegenheit des Papstes. Demütig näherte sich der Dominikaner nur langsam. Sein Blick galt dem Diener welcher, trotz seiner schmächtigen Statur, in eine schlichte Kutte gekleidet, drei dicke Holzscheite auf das knisternd, lodernde Feuer im Kamin nachlegte. Vor den einladenden Fensterscheiben stand seine Heiligkeit, Papst Innozenz. Die Hände mächtig vor der Brust verschränkt, stierte das Kirchenoberhaupt in die Dunkelheit hinaus, während der junge Mann die letzten erhellenden Kerzen anzündete.

„Das ist alles. Ihr könnt Euch nun entfernen", flüsterte Innozenz mit rauer Stimme und wies den Burschen hinaus. Sich verbeugend tat der Diener, wie ihm geheißen wurde und schloss die Tür hinter sich. Ein beunruhigendes Schweigen durchdrang den Saal, welches Kramer das Blut in den Adern gefrieren ließ. Er befürchtete, dass ihm das Herz explodieren würde. So schnell war dessen Schlag. Wie versteinert blieb er stehen. Doch der Papst starrte weiterhin aus dem Fenster. Im flackernden Kerzenlicht war dessen Miene kaum zu erkennen. Respekt und auch Furcht vor Innozenz ließen die Aufregung des Dominikaners ins Unermessliche steigen. „Einen solch eisigen Winter habe ich in diesen Gefilden noch nie zuvor erlebt", flüsterte das Kirchenoberhaupt. „Sollte es vielleicht ein Omen für uns sein?" Heinrich Kramer wagte es nicht, auf die Frage zu antworten. Weiterhin durchflutete eine unbehagliche Totenstille den sonst so warmen Raum. Plötzlich drehte sich Papst Innozenz zu ihm um. Voller Ernst musterte er den Mönch und ging langsam auf ihn zu. Als das Oberhaupt der katholischen Kirche vor dem Mönch stand, fiel Kramer auf Knie. Vorsichtig nahm der Dominikaner die Hand von Petrus Nachfahren und küsste leicht den Siegelring, der mit dem Zeichen der Fischer versehen war. „Steht auf, Heinrich Kramer." Mit einer einladenden Geste wies ihm der Papst einen der Gästestühle, während sich seine hageren Gesichtszüge keineswegs entspannten. Behutsam schlich der Dominikaner zu seiner Sitzgelegenheit und wartete, bis sein Oberhaupt den Platz eingenommen hatte. Auf dem Schreibtisch befand sich ein verziertes, goldenes Tintenfässchen, neben einer geschwungenen, glänzenden Falkenfeder. Schnell legte Innozenz sämtliche Schreibstücke, die seiner Zustimmung bedurften, zusammen, ehe er sie zur Seite schob. Der aus Genua stammende, Zweiundfünfzigjährige, saß stumm da und starrte sein Gegenüber neugierig an. Erst in diesem Augenblick konnte Kramer im Kerzenschein seine tief dunklen Augen erkennen, welche Wohlwollen, dennoch Durchsetzungsvermögen ausstrahlten. „Ich habe vernommen, welch harten Weg Ihr eingeschlagen habt." Überrascht schaute Heinrich drein.

„Heiliger Vater?"

„Ihr habt Euch als Sohn eines ärmlichen Elternhauses aufgrund Gottes Wohlwollen und Güte zu dem entwickelt, was Ihr nun seid. Dafür gebührt Euch Respekt, welchen Ihr auch einfordern solltet." Heinrich verneigte sich abermals, doch antwortete er bescheiden: „Darauf bin ich nicht aus, Heiliger Vater. Ich will ausschließlich unserem Heiland dienen und in seinem Namen handeln." Lächelnd griff der Papst in seine oberste Schublade und nahm Kramers Bittbrief hervor. Sein Blick war in diesem Augenblick für den Dominikanermönch nicht zu deuten. Zwischen Argwohn, Ablehnung und Zustimmung wirkte alles möglich. Nervös erhob sich Kramer.

„Setzt Euch bitte." Wohlwollend bat Innozenz seinen Gast, wieder auf dem gepolsterten Stühle Platz zu nehmen. Der Aufforderung folgte Heinrich umgehend. Der Papst konnte sich ein zynisches Lächeln nicht verkneifen. „Ich glaube, ich weiß, warum Ihr mich aufsucht", flüsterte der oberste Geistliche, dessen bürgerlicher Name Giovanni Battista Cibo lautete. Fordernd, sich zu erklären, starrte er Heinrich an, bis dieser, nach einem stillen Moment, sein Anliegen erläutern wollte. So ergriff er leise das Wort.

„Eure Heiligkeit. Da draußen tobt ein Krieg", flüsterte Kramer demütig, während er auf die gesamte Stadt wies. „Der Teufel ist unter uns. Mit jedem Tag, der ins Land geht, versucht er, mehr Seelen auf seine Seite zu ziehen. Dies ist der Grund, warum ich Euch aufsuche. Ich erbitte mir Eure Unterstützung im Kampf gegen Mächte, die dem uns bekannten Bösen weit überlegen sind." Neugierig schaute Innozenz sein Gegenüber an, bevor er den untertänigen Mitstreiter weitersprechen ließ. „In meinem Werk beziehe ich mich auf die Verfolgung der Häresie und insbesondere auf die Hexe- und Zauberei, welche eine bislang noch nicht sonderlich beachtete Form des Satanswerks ist. Diese Menschen wollen, vom Bösen getrieben, dem Christentum schaden und sollten ihre gerechte, gottgewollte Strafe erhalten. Daher möchte ich Euch bitten, den Summis desiderantes affectibus als Vorwort für mein Thesenwerk, den Malleus Maleficarum, den Hexenhammer, verwenden zu dürfen." Nachdenklich strich der Papst über sein Kinn.

„Ihr wollt also die Summis desiderantes affectibus in euer Werk aufnehmen. Die Bulle richtet sich hauptsächlich gegen den Missbrauch dämonischer Magie. Mich würde nun interessieren, warum Ihr Euch gerade auf diesen Gedankengang beziehen wollt."

„Wenn ich Eure niedergeschriebenen Gedankengänge verwenden darf, so unterstreicht es die Anwesenheit des Herrn." Mit Unverständnis schaute der Papst den treuen Diener Gottes an.

„Ich verstehe. Ihr wollt dem Ganzen Nachdruck verleihen. Doch verfügt Ihr auch über andere Schreiben, die Eure Schrift untermauern würden?" Selbstsicher zog Kramer ein Schreiben der Theologischen Fakultät zu Köln hervor und antwortete: „Ja. Seht hier, Eure Heiligkeit." Innozenz überflog die Zeilen und gab ihm die Zustimmung, seine Bulle als Vorwort zu verwenden. Er ahnte nicht, dass es sich bei dem Brief des Bistums um eine Fälschung handelte. Der Vertreter Gottes auf Erden nahm seine Feder, schrieb einige Zeilen und signierte schließlich die Erlaubnis. So unterhielten sich die beiden weiterhin, während die Holzscheite im Kamin knisterten. Letztendlich stand der Papst auf und bat Kramer ein nächtliches Quartier an, welches er dankend ablehnte.

„Habt vielen Dank für Euer Wohlwollen gegenüber eines einfachen Dominikaners. Aber ich habe bereits eine Unterkunft für die Nacht gefunden." Noch bevor er den Fischerring des Heiligen Vaters erneut zum Abschied küssen konnte, sprang die Pforte auf und ein betrunkener, junger Mann stolperte auf sie zu. Abwertend blickte der erst Vierzehnjährige Franceschetto zu dem Geistlichen hinunter. Es war ohne Zweifel, dass der Sohn des Papstes dem Alkohol, aber auch dem Glücksspiel zugetan war. Er trug die feinste Kleidung, kurzgeschnittenes, gepflegtes

Haar, aber nicht einmal ein Barthaar schmückte das Antlitz des jungen Burschen. So schwankte Franceschetto unsicher auf seinen Vater zu, der sich empört und zornig von dem Dominikaner abwandte.

„Entschuldigt mich, Prior Kramer“, zischte er aufgebracht, griff nach dem Hemdskragen des Burschen und zog ihn ein Stück zur Seite, sodass der fremde Diener Gottes nur wenig verstand.

„Was tust du?“, lallte der blonde, gutaussehende Mann. „Ich weiß, dass ich nicht erscheinen sollte, wenn du hohen Besuch erwartest. Doch es ist sehr wichtig.“

„Was ist nun schon wieder?“, fragte Innozenz mit grimmiger Miene. „Ich denke, du brauchst wieder Geld.“

„So ist es, Vater. Ich war mit Girolamo Tuttavilla unterwegs. Die Dirnen haben mir das Letzte aus den Taschen gepresst.“

„Es waren nicht nur die Dirnen“, raunte der gutmütige Papst. Dieses Attribut zeugte bei vielen seiner Gegner für ein Zeichen der Schwäche. „Du hast bestimmt auch noch in den Wirtshäusern Schulden.“ Er wollte gerade in die Tischschublade greifen, um seinem Sohn aus der rufschädigenden Lage herauszuhelfen, da flüsterte der junge Francesco: „Das ist niemals genug.“ In diesem Augenblick wurde sich der Heilige Vater bewusst, dass ihn sein geliebter Sohn immer tiefer in den Abgrund zog. Schließlich hatte er schon wegen seines überheblichen Lebensstils Teile des päpstlichen Kronschatzes, sowie Tiara und seine Mitra verpfändet. Schnell griff Innozenz in eine der obersten Schubladen und nahm ein kleines, ledernes Säckchen hervor, welches mit Dukaten prall gefüllt war.

„Nimm dies. Das sollte deine Schulden decken. Doch wage es nie mehr, mich während einem wichtigen Gespräch zu stören. Nun geh.“ Mit einem Lächeln verneigte sich der Sohn und verließ grinsend das Schreibzimmer. Sein alter Herr blieb wie versteinert stehen, blickte hinaus in die dunkle Nacht und zischte leise: „Dieser Junge kostet mich Nerven und mein letztes Hemd." Sein Gast stand schweigend da, denn er hatte erreicht, was er wollte. So nahm Heinrich keine weitere Notiz von dem Geschehen. Als der Papst sich schließlich ihm wieder zuwandte, starrte er seinen Untergebenen ernst an. „Ich denke, dass Ihr das, was Eure Augen gesehen haben, bei Euch bleibt und niemandem gegenüber über die Zunge kommt. Ihr wisst, was ich meine. Ansonsten werde ich leugnen, Euch die Erlaubnis zur Verwendung des Summis desiderantes affectibus gegeben zu haben."

„Gewiss, Heiliger Vater. Meine Lippen sind auf immer versiegelt."

„Nun geht und verrichtet Eure Arbeit im Namen unseres geliebten Herrn." Innozenz segnete den Mönch, ehe er mit einem Lächeln auf den Lippen die päpstlichen Gemächer verließ. Nachdem Heinrich verschwunden war, öffnete sich eine Seitentür, die dem Besucher der Gemächer vor Aufregung völlig verdeckt blieb. Einer seiner Bischöfe trat langsam vor. Die purpurrote Robe, sowie der mürrische Blick des grauhaarigen Mannes ließen selbst Papst Innozenz erschaudern.

„Schenkt ihm nicht Euer Vertrauen, Heiliger Vater", sprach Bischof Verenus mit rauer, mahnender Stimme. „Er wird uns in den Abgrund führen, obwohl seine Absichten rechtschaffen zu sein scheinen."

Diese Aussage trieb Innozenz eine Gänsehaut auf den Körper.

„Woher wollt Ihr das wissen?"

„Eine Ahnung. Nichts weiter. Er war sich seiner Sache zu sicher. Das bereitet mir Unbehagen, Heiliger Vater.

Wir sollten eine Gruppe unserer Späher auf ihn ansetzen, die seine Arbeit im Auge behält."

„Aber er will sich auf meine Abhandlung beziehen…", wisperte der Papst, während Bischof Verenus vehement den Kopf schüttelte.

„Er benutzt Euch zu seinem eigenen Vorankommen. Wie ich erfuhr, stammt Prior Kramer aus einer armen Familie. Daher versucht er sich einen Platz in der Geschichte zu sichern. Notfalls mit Gewalt. Lasst mich eine Prüfung in die Wege leiten, die ihn in seinen Entscheidungen einschränkt."

„Gebt Ihm ein wenig Zeit. So wie er über die Stränge schlägt, werden wir ihm einen Riegel vorschieben."

„Jawohl, Eure Heiligkeit", antwortete Verenus demütig und zog sich zurück. Aber in ihm regte sich großes Misstrauen angesichts des Vertrauens, welches der Papst in diesen einfachen Gottesdiener steckte. Innozenz beobachtete Kramer, wie er auf den Ausgang zu lief. Seine Befürchtungen stiegen mit jedem Schritt des elsässischen Mönches. Während der Prior das Haupttor des Vatikans verließ und zuvorkommend von den Wachen verabschiedet wurde, wirkte er erleichtert. Zufriedenheit spiegelte sich in seinem Gesichtsausdruck. Denn durch die Unterstützung des Heiligen Vaters war ihm bei seinem Krieg gegen den Leibhaftigen Tür und Tor geöffnet. Selbst der eisige Wind, der durch die Gassen der Hauptstadt fuhr, konnte ihm in diesem Augenblick nichts anhaben. Aber jeder Blick in die vereinzelten Gasthäuser, welche auf seinem Weg lagen, bestärkte ihn in seinem Vorhaben. Überall feierten die einfachen Bürger, tranken, tanzten und versuchten, mit aller Macht, ihrem Alltag zu entgehen. Dies missfiel dem Mönch. Er sah darin die glühenden Pranken des Satans, die die armen Seelen direkt in die Hölle zogen. Nach einem langen Fußmarsch erreichte Kramer endlich sein schlichtes Gasthaus am Rande Roms. Es war ein einstöckiges, aus Backstein gefertigtes Gebäude, dessen Dach mit einfachem Stroh gedeckt war. Die schmalen Fenster wurden vom Kerzenschein erhellt und der Geruch von Pferdemist, der anliegenden Stallungen, drang ihm in die Nase. Doch selbst dies nahm der Dominikaner in Kauf, um den Kampf gegen den Teufel weiterzuführen. Quietschend öffnete Heinrich die Pforte und trat ein. In dem kleinen Raum befanden sich nur drei Tische, auf denen ein schäbiger, verrosteter Kerzenleuchter stand. Niemand saß an den Holztischen, sondern vier Durchreisende hatten am Tresen Platz genommen. Ihnen waren die Strapazen des Tages anzusehen. Schweigend tranken sie einen Becher Bier und schienen fast einzuschlafen. Ungeachtet setzte sich der Prior in einer wenig beleuchteten Ecke hin und wartete darauf, dass der Wirt zu ihm kam. Es dauerte nicht lange, bis Salvatore Gigli an ihn herantrat. Seine hagere Statur, wie auch sein schmächtiger Körper zeugten von den Mühen, die der alleinerziehender Vater dreier Kinder hatte. Ungefragt stellte ihm Gigli einen Becher Wasser vor und verneigte sich vor dem Geistlichen.

„Was wünscht Ihr zu essen, mon Signore." Echauffiert sah der Mönch ihn an, schob den Becher zurück und sprach leise: „Ich trinke dieses abgestandene Wasser nicht. Bringt mir einen Becher Bier, wie auch einen Teller Suppe." Mit einem missfallenden Lächeln verbeugte sich der Wirt und verschwand. Kramer griff in seine Kutte, aus welcher er ein Blatt Papier hervorzog. Gebannt stierte er auf dieses. Heinrich bemerkte nicht einmal, dass Salvatore bereits mit einer Suppenschale und einem Becher schalem Bier vor ihm stand. Erst ein lautes Räuspern des Inhabers riss ihn aus seinen Gedanken. Wortlos stellte er ihm das Essen vor und drehte sich abwertend um. Ohne ihm weitere Beachtung zu schenken, ließ es sich der Dominikaner schmecken. Noch immer herrschte Stille im Gastraum, als Kramer die Hand hob und den Wirt bei winkte.

„Kann ich noch etwas für Euch tun?", fragte Salvatore, den allmählich die Müdigkeit befiel.

„Es hat mir sehr gemundet, Signore. Würdet Ihr mir noch einen kleinen Gefallen tun?" Der Wirt schaute ihn mit dunklen Augenringen an und zuckte mit den Schultern. „Ein Fässchen Tinte und eine Feder." Gigli ging wortlos ab und kam wenig später mit einem kleinen Tintenfässchen sowie einer starren Feder zurück.

„Das ist alles, was ich Euch anbieten kann. Nehmt es oder lasst es bleiben, falls Euch dieses Schreibmaterial nicht beliebt." Daraufhin drehte er sich um und bat alle Anwesenden, endlich den Raum zu verlassen. Nachdem die vier gegangen waren, wandte sich Salvatore abermals an den Geistlichen. „Löscht bitte das Licht an Eurem Tisch, wenn Ihr fertig seid. Ich wünsche Euch eine gute Nacht." Ehe Heinrich eine Antwort geben konnte, löschte Gigli sämtliche Kerzen. Dunkelheit, sowie eine furchterregende Totenstille, machten sich in der kleinen Gaststätte breit. Davon ließ sich der Dominikaner jedoch nicht abbringen.

Ich brauche einen neuen Namen. Einer, der mich über den Pöbel stellt und diesem Demut, Furcht und Schrecken einflößt. Latein...

So machte er einige Übungen, bis seine Signatur perfekt war. Zufrieden und voller Stolz schaute er drein.

Das soll von nun an mein Name sein. Henricus Institoris.

So löschte er auch sein Licht und begab sich zur Ruhe. Aber an Schlaf war in dieser Nacht nicht zu denken. Zusammen mit den Reisenden lag er in einem Zimmer. Acht Betten, die mit Stroh gedeckt und einer schmalen, dünnen Decke versehen waren, befanden sich in dem engen Raum. Das laute Schnarchen und der strenge Körpergeruch der Anwesenden raubten ihm die Luft. Doch er wusste, dass dies das kleinere Übel auf seinem Weg in die Annalen der Geschichte war.

Wenige Tage später begab sich Henricus, wie er sich fortan nannte, zurück zu seinem Orden, wo er bereits durch einige Mönche herzlich empfangen wurde. Er stieg von seinem Esel ab und übergab die Leine einem seiner Brüder. Der junge Mönch verharrte respektvoll neben den Tier und fragte leise: „Warum habt Ihr nicht eines der Pferde genommen?" Der zukünftige Inquisitor legte ihm lächelnd die Hand auf die schmale Schulter.

„Es ist ein Zeichen des Verzichts, mein Junge. Nicht die Geschwindigkeit führt uns ans Ziel, sondern die Überlegt- und Beharrlichkeit. Nun geh und füttere Antonius, meinen treuen Gefährten."

Nachdem der Bursche hinter der Ecke im Pferdestall verschwunden war, trat einer seiner besten Freunde an ihn heran. Die beiden umarmten sich freundschaftlich. Der Name des Mannes lautete Jakob Sprenger. Ein mittelgroß gewachsener, kräftiger Dominikaner. Sein schütteres, graues Haar war kurz und zur Tonsur geschnitten, was seinen Glauben in den Augen der meisten Menschen noch unterstrich. Neugierig erkundigte sich Jakob, wie das Gespräch mit seiner Heiligkeit verlaufen war. Heinrich schüttelte den Kopf, ging mit im hinein und wisperte erschöpft: „Lass uns in aller Ruhe verschnaufen, mein Freund. Der Ritt war anstrengender, als ich gedacht habe." Während sie an einer der langen Holzbänke Platz genommen hatten, fing Kramer an zu erzählen, was ihm widerfahren war. Jakob lauschte seinen Worten und flüsterte nachdenklich: „Also kannst du dich auf die Unterstützung seiner Heiligkeit verlassen. Das ist die halbe Miete."

„Der Grundstein für meinen Hexenhammer ist gelegt. Doch ich befürchte den Widerstand vieler Kirchenhäuser, die meine Meinung in Frage stellen."

„Aber hast du ihm den Brief der Theologischen Fakultät vorgelegt?"

„Ja. Doch du weißt, wie auch ich, dass es sich um eine Fälschung handelt." Sie schwiegen einen Moment, bis Heinrich, ohne ein Zeichen der Nervosität, fortfuhr. „Davon darf niemand etwas erfahren. Dafür steht zu viel auf dem Spiel." Er nahm Sprengers raue Hände und stierte ihn auffordernd an. „Ich brauche dich mehr denn je. Es ist unsere Chance, in die Geschichte einzugehen und die Welt von Hexerei, Satanismus und all dem Bösen zu befreien."

„Wie kann ich dir hilfreich sein?", fragte Jakob verunsichert.

„Du sollst mir helfen, wenn ich mit dem Hexenhammer beginne. Alles ist vorbereitet und selbst die Zustimmung des Papstes ist mir sicher. Aber ich brauche deine Unterstützung, mein alter Freund." Jakob überlegte kurz, wägte alle negativen Seiten ab und reichte seinem Bruder die Hand. Dennoch blieb bei dem Mönch ein ungutes Gefühl zurück.

„Ich will nicht namentlich genannt werden. Irgendwo rührt sich dennoch ein schlechtes Gewissen in mir."

„Was meinst du?", fragte Henricus, nicht wissend, auf welcher Seite sein alter Freund nun stand.

„Du bist dir im Klaren, dass du nicht nur Fürsprecher haben wirst, die deinen Worten, wie die Mäuse dem Speck folgen. Ich helfe dir bei der Zusammensetzung und der Textstellung. Aber lass mich bitte außen vor."

„Wie du willst", raunte der Henricus und wandte sich ab. „Wenn du die Möglichkeit unter deinem Namen, die Welt zu einer besseren zu machen, nicht wahrnehmen willst, dann sei es so."

„Danke, Heinrich."

„Es lautet nicht mehr Heinrich, sondern Henricus Institoris." Ein lautes Lachen konnte sich Jakob plötzlich nicht mehr verkneifen und schlug sich laut lachend auf die Knie.

„Das kann nicht dein Ernst sein. Immerhin ist es dein gottgegebener Name. Was willst du damit bezwecken?"

„Ich will, dass die Menschheit mich endlich ernst nimmt. Alle Leute sollen sich fürchten, wenn ich in ihre Stadt komme." Sein alter Freund wusste, was ihm auf der Seele brannte. Die Kindheit im Kampf gegen die Armut und der Mangel an Nahrungsmitteln hatten seine Eltern dazu getrieben, ihn schon früh in den Orden zu integrieren. Es schien Jakob, als wollte er sich für die Schmach an der Gesellschaft rächen. Dies versuchte Sprenger tunlichst nicht anzusprechen, da er den Zorn seines Freundes mehr fürchtete als alles andere. So fügte er sich Heinrichs Willen und arbeitete mit ihm zusammen an dessen Lebenswerk. Malleus Maleficarum. Tag und Nacht saßen die beiden zusammen in der Bibliothek und bezogen sich immer wieder auf die Bibel. Nebenbei verfolgte Henricus weiter sein Ziel und ließ sich zunächst zum Inquisitor der Ordensprovinz Alemannia bestellen. Nachdem dieses Schreiben ihn erreichte, strotzte der Dominikaner vor Selbstbewusstsein. Am selben Abend kniete er in der kleinen Kapelle vor dem Kreuz und betete um Stärke. Regen prasselte gegen die mosaikversehenen Fenster. Plötzlich öffnete sich die Pforte und im Schein des Kerzenlichts näherte sich ein sechzehnjähriger, in Kutte gekleideter Novize. Seine Schritte hallten durch den nackten Raum, bis er neben dem Prior auf die Knie sank. Unbeeindruckt, ohne den Burschen eines Blickes zu würdigen, flüsterte er leise: „Was ist euer Begehr?"

„Dieser Brief ist heute angekommen", wisperte er angespannt und übergab den Letter an seinen Obersten.

„Wisst Ihr, was dort geschrieben steht?"

„Ja, Herr. Der Stadtrat von Ravensburg hat um Eure Mithilfe gebeten. Es handelt sich um die Urteilsfindung gegen zwei, als Hexen denunzierte Frauen." Der Prior bekreuzigte sich und stand entschlossen auf, ehe er sich dem Novizen zuwandte.

„Dann will ich den Stadtrat nicht enttäuschen. Geht und bereitet alles für meine Abreise vor. Schon morgen, bei Sonnenaufgang will ich mich auf den Weg machen." Der Bursche verneigte sich und rannte los, um den Wünschen seines Obersten Folge zu leisten. Als Heinrich das Gebäude verlassen hatte, zuckten auf einmal grelle Blitze durch den wolkenverhangenen Nachthimmel. Wie versteinert blieb er stehen und sah diesem Naturschauspiel zu.

„Oh, Herr. Sendest du mir ein Zeichen?" Ein lautes Donnergrollen, gefolgt von einem Blitzeinschlag in einen nahegelegenen Baum, schien seine Frage zu beantworten. „Ich werde nach Ravensburg gehen und in deinem Namen die Seelen der vermeintlichen Hexen vor dem Höllenschlund bewahren. Das gelobe ich vor unserem geliebten Herrn." Während das Unwetter seine geballte Gewalt auf den Landstrich niedergehen ließ, stürmte

Institoris in die anliegende Dominikanerbücherei, wo sein Freund weiterhin Bücher wälzte, die ihre Thesen untermauerten. Völlig durchnässt und schwer atmend stand er vor Sprenger, der aufschrak, nachdem er das Funkeln in Heinrichs Augen sah.

„Was ist geschehen? Du wirkst, als hättest du einen Geist gesehen."

„Kein Geist. Es war ein Zeichen Gottes." Die durchnässten, dünnen Strähnen hingen über seinem Gesicht. „Ravensburg fordert meine Hilfe an. Zwei Frauen werden der Hexerei beschuldigt. Ich werde morgen aufbrechen, um den Anschuldigungen nachzugehen." Jakob war sprachlos. Kopfschüttelnd antwortete er in ruhigem Ton: „Ich hoffe, dass du dich nicht verrennst, Bruder. Übereifer schadet nur. Lass dich nicht nur von deinem Verstand, sondern auch dem Herzen führen. So, wie es unser Herr getan hätte." Henricus gab keinen Deut auf dessen Worte, ließ es aber Sprenger nicht spüren.

„Das werde ich. Doch es ist meine Aufgabe, die Welt zu einem besseren Ort zu machen. Notfalls mit aller Härte."

„Ich wünsche dir viel Glück und bete, dass du das Richtige tust."

„Mach dir keine Gedanken." Er wollte gerade den Saal verlassen, um seine Tasche zu packen, als er sich noch einmal seinem Freund zuwandte. „Arbeite weiter. Ich will so schnell wie möglich die Thesensammlung in Umlauf bringen."

„Natürlich, ich habe ja nichts anderes zu tun", antwortete Sprenger in sarkastischem Ton, tauchte die Feder in sein Tintenfässchen und schrieb noch einige Zeilen. Da schlug ihm Heinrich das Schreibwerkzeug aus der Hand und stierte ihn strafend an.

„Es wird unser auf ewig wirkendes Vermächtnis sein. Also zweifle nicht an mir oder dem Hexenhammer." Schließlich wandte er sich ab. „Ich muss meine Vorbereitungen treffen." Wütend über diese herrische Art, die sein Bruder an den Tag legte, wandte sich Jakob wieder seinen Studien zu, während Kramer aufgebracht den Saal verließ.

Als die Morgendämmerung anbrach, machte sich der Mönch mit seinem Esel auf den beschwerlichen Weg. Die Hitze dieser Sommertage ließ ihn nur langsam vorankommen. Immer wieder sah sich Henricus Institoris gezwungen, eine Pause einzulegen, sodass sein Reittier Erfrischung finden konnte. Doch ihm war es ein Gräuel, denn dadurch verlor er kostbare Zeit. Endlich, nach einigen kurzen Nächten, in denen der Dominikaner sich Gedanken machte, was ihn erwarten würde, erschienen die Stadtmauern Ravensburgs in der Ferne. Die Sonne brannte auf die umliegenden Felder, auf denen die Bauernfamilien ihrer Tätigkeit nachgingen. Mit ernster Miene ritt er an ihnen vorüber und würdigte die hart arbeitenden Menschen keines Blickes. Die ängstlichen Augen verfolgten den Geistlichen, der, um ein weiteres Zeichen zu setzen, das Kreuz von seiner Kette nahm und dieses demonstrativ in die Höhe reckte. Die Geste verlieh dem Inquisitor zusätzlichen Respekt der tiefgläubigen Bevölkerung. Seine Ankunft war bereits in aller Munde. Während die alten Bauern, wie versteinert stehen blieben, rannten die Kinder aufgeregt zu dem staubigen Weg hin, um den Mönch auf ihre Art willkommen zu heißen. Nachdem sich Heinrich auf hundert Meter, der den Ort umgebenden Mauer genähert hatte, ertönten laute Fanfaren, die ihn ankündigten. Nie zuvor hatte der Prior einen solch pompösen Empfang erleben dürfen. Umso mehr genoss er den heroischen Einzug. Weiterhin hob er grimmig das Kreuz in die Höhe und die Hufschläge seines Esels hallten durch die engen Gassen. Als er sich dem Ortskern von Ravensburg näherte, mehrten sich die neugierigen Mienen der ansässigen Händler, welche den Fremden skeptisch beobachteten. Wenn Institoris den Menschen ins Gesicht schaute, hielten nur wenige dem starren Blick stand. Die Männer bekreuzigten sich und erwiderten die Ernsthaftigkeit seines Daseins, während viele Mägde und Bäuerinnen verlegen zu Boden schauten. Dies war für ihn ein Zeichen, dass in Ravensburg nicht nur die beiden angeklagten Frauen einen Pakt mit dem Leibhaftigen geschlossen hatten. Er war sich jedoch ebenso im Klaren, dass er für die Inhaftierung sowie die Befragungen weiterer Stadtbewohner Beweise brauchte, was den Kämpfer des Glaubens immer mehr in Rage trieb. Nichtsdestotrotz hielt er an seinem Entschluss fest, die Frauen, von denen die Rede war, auf den Pfad der Tugend und Rechtschaffenheit zurückzuführen. Doch dafür gab es seiner Ansicht nach nur eine Möglichkeit. Ein Geständnis, welches den sicheren Tod bedeutete. Schließlich schlugen die Kirchenglocken zur fünften Nachmittagsstunde, als Heinrich das Gotteshaus erreichte. Vor der einladenden Pforte stand schon der Stadtrat zusammen mit dem Pfarrer, um ihn in Empfang zu nehmen. Ernst Böhmer war sechzig Jahre alt und schon seit die meisten der Einwohner denken konnten, ihr geistlicher Beistand. Der schmale, grauhaarige, mitfühlende und gerechte Mann hatte immer ein offenes Ohr für die Sorgen und Belange seiner Gemeinde, was ihm einen guten Stand einbrachte.

Friedrich Georgus war das Oberhaupt des ansässigen Stadtrats. In eine feine, schwarzgraue Robe gekleidet empfing der achtundfünfzigjährige, wohlgenährte Mann, den Inquisitor. Zuvorkommend half der Sohn eines Bankiers dem Mönch aus dem Sattel.

„Henricus Institoris, seid uns aufs Herzlichste Willkommen in unserem schönen, beschaulichen Ravensburg. Darf ich Euch unseren Pfarrer Ernst Böhmer vorstellen?" Zuvorkommend verneigte sich Pfarrer Böhmer vor dem Mann, über den so viele Gerüchte im Umlauf waren. Auch in ihm regte sich ein gehöriges Misstrauen gegenüber dem angeblichen Heilsbringer. Ungeachtet dessen, voller Glück, den Geistlichen endlich in seiner geliebten Stadt zu wissen, verneigte sich auch der Ortsvorsteher, bevor er höflich fortfuhr. „Sagt, wie war Eure Reise?" Henricus Blick schweifte mürrisch über all die Häupter derer, die ihn schweigend, teils ängstlich musterten.

„Anstrengend, Herr Georgus. Mein Esel ist fast verdurstet." Auf einen Fingerzeig hin brachte ein Stallknecht das Maultier in den Schatten und gab ihm Wasser. „Man könnte den Eindruck bekommen, der Teufel habe sich schon der ganzen Umgebung bemächtigt, angesichts dieser sengenden Hitze", zischte der Dominikaner abwertend. Geschockt von seinen harschen Worten, sahen sich der Stadtrat und der Pfarrer an. Doch Georgus wollte einen schnellen Themenwechsel herbeiführen.

„Ihr seid sicher hungrig, werter Inquisitor. Darf ich Euch einladen, mit uns zu speisen?" Unbeeindruckt schritt Heinrich an ihnen vorbei, öffnete die Kirchenpforte, lächelte und sprach: „Ich möchte erst nach meiner langen Reise dem Herrn huldigen. Danach komme ich gern auf Euer Angebot zurück. Dann könnt Ihr mir auch den Sachverhalt schildern, wegen dem Ihr mich zur Hilfe riefet." Während die Bevölkerung zusah, wie der Fremde in ihrem Gotteshaus verschwand, machten sich Ernst Böhmer und Friedrich Georgus auf, um das Bankett zu Ehren ihres Gastes auf die Schnelle vorzubereiten. Aber dem alten, schwarzgekleideten Diener Gottes brannten seine Befürchtungen auf der Seele. So flüsterte er dem Ortsvorsteher leise zu: „Glaubt Ihr, wir können ihm vertrauen? Immerhin geht es um das Leben von Käthe Albrecht und Lisa Burg. Zwei angesehene Frauen, die sich nie etwas zu Schulden kommen ließen."

„Sie wurden der Hexerei beschuldigt und inhaftiert. Wie wir nun weiter verfahren, liegt in der Hand Gottes und Henricus Institoris. Er ist ein Meister des Verhörs. Ich vertraue auf seine Meinung."

„Mein Gewissen ist schlecht. Wir kennen den Herrn nicht und wissen nichts von seinen Methoden."

„Macht Euch keine Sorgen", versuchte der Stadtrat seinen Pfarrer zu beruhigen. Während die beiden den prunkvollen Bürgersaal Ravensburgs betraten, schritt der Inquisitor mit gefalteten Händen auf den herrlich geschmückten Altar zu. Jeder Schritt hallte in dem leeren Gotteshaus. Auf den breiten, steinernen Stufen sank er zum Gebet auf die Knie. Als Henricus den Allmächtigen bat, ihm bei den bevorstehenden Entscheidungen beizustehen, fiel der Schein der allmählich untergehenden Sonne durch eines der Kirchenfenster und tauchte das Innere in ein warmes Licht. Dies bestätigte ihn in seinem Handeln.

„Danke, oh gütiger Herr im Himmel", flüsterte der Dominikaner, bekreuzigte sich und stand unter altersbedingten Schmerzen, aber in dem Wissen, dass Gott in jeglicher Hinsicht an seiner Seite war, auf.

Plötzlich schlug die Glocke im Turm bereits zur siebten Abendstunde.

*Ist es schon so spät? Ich muss los. Immerhin warten
die Herrschaften Ravensburgs auf mich.*

Mit schmerzverzerrtem Gesicht hinkte Heinrich zur
Tür hinaus. Erst in der Wärme der untergehenden Sonne
linderten sich seine Gelenkschmerzen. Nicht wissend,
wohin er gehen sollte, schaute sich der Dominikaner um.
Ein sechsjähriger Bursche schlich an ihn heran. Niemand
verlor auch nur eine Silbe, bis der Junge leise flüsterte.

„Kann ich Euch helfen, Herr?" Gerührt von dieser
Höflichkeit konnte sich der Inquisitor ein Lächeln nicht
verkneifen. Er beugte sich ein Stück zu dem kleinen
Mann hinunter und sprach mit väterlicher Stimme: „Ich
suche den Bürgersaal." Kramer stockte der Atem, als ihn
der Winzling auf einmal an die Hand nahm.

„Folgt mir. Ich zeige Euch den Weg." Zusammen
schritten sie durch zwei Gässchen, die schließlich zum
Marktplatz führten. „Seht, dort hinten müsst Ihr hin."
Ruckartig blieb Institoris stehen. Sein Griff um die Hand
des Burschen wurde fester. So sehr ihn die jugendliche
Leichtigkeit des Kleinen erfreute, umso stärker rief ihm
der Anblick der aufgeschichteten Scheiterhaufen den
Ernst seines Daseins wieder in den Sinn. Inmitten der
Holzscheite hob sich ein dicker Holzpfahl empor, an dem
dicke Taue befestigt waren. „Los. Ihr wollt doch nicht zu
spät kommen." Nachdem der Geistliche vor den grauen
Stufen zur Halle stand, sah er dem Kind in die ehrlichen,
weltoffenen Augen.

„Ich danke dir", flüsterte Heinrich, griff in seine Tasche und nahm eine Münze hervor. „Hier, das ist für dich
und deine Familie. Bewahre dir diesen Großmut, denn es
ist nicht mehr selbstverständlich."

Sprachlos verneigte sich der Jüngling, ehe er freudig,
die Münze in die Höhe reckend, nach Hause lief. Schon

vor den massiven Pforten des Bürgerhauses erwarteten Institoris die städtischen Wachen, die ihm mit ihren Hellebarden ein Spalier bildeten. Ein Tusch der Trompeten ertönte und der Stadtrat nahm den vermeintlichen Heilsbringer in Empfang.

„Verzeiht mir, Henricus Institoris. Wir haben getan, was in dieser kurzen Zeit möglich war. Ich hoffe, Ihr fühlt Euch in unserer Mitte wie zu Hause.“

„Ihr schmeichelt mir“, antwortete der Geistliche, während er die letzte Stufe nahm. Voller Stolz führte Friedrich Georgus seinen Gast durch den breiten, hellen Gang, bis hin zu einem großen, lichtdurchfluteten Saal, dessen schwere Holztüren mit Eisenbeschlägen einladend offenstanden. Je näher die beiden kamen, umso lauter wurden die Gespräche und das Gelächter der anwesenden Gäste. Ihm verschlug es die Sprache, denn bei seinem Eintreten fingen die Musikanten an aufzuspielen, die feingekleideten Adligen erhoben und verneigten sich respektvoll.

„Hier entlang“, sprach Georgus und geleitete den Mönch zu einem der noblen Plätze am Kopfende des aus Tischen gestellten, riesigen Vierecks. Das Wasser lief dem Inquisitor im Mund zusammen, angesichts der exzellenten Speisen, die schon rauchend dastanden und ihren herrlichen Duft verbreiteten. Neben gebratenem Fleisch, Suppen und Gemüsen, befand sich sogar frischer Fisch auf den Platten, da der Bodensee nicht weit entfernt war. Während die Musiker den Abend gesellig gestalteten und sämtliche Kerzen angezündet wurden, füllte der Mundschenk die Becher mit Wein. Obwohl es nicht Heinrichs Art war, lobte er den Koch in höchsten Tönen und trank aus Höflichkeit mit, obwohl ihm jeder Schluck zuwider war. Nach zwei weiteren Stunden, in denen noch viele weitere Becher geleert wurden, wollte der Inquisitor mehr über die Frauen erfahren, die er am nächsten Tag verhören sollte.

„Wir sind im Umgang mit Hexerei völlig überfordert“, sprach Georgus. „So etwas gab es in unserer schönen Stadt noch nie zuvor. Daher sind wir froh, Euch als Experten bei uns zu wissen.“ Kramer nahm noch einen kräftigen Schluck und starrte seinen Gastgeber fordernd an.

„Das war keine Antwort auf meine Frage. Ich brauche Details.“ Nun wollte sich auch Pfarrer Böhmer einmischen, doch der Stadtrat fuhr dazwischen und heizte die Gerüchteküche noch weiter an.

„Es handelt sich um Käthe Albrecht. Sie ist vierzig Jahre alt und die Witwe des Bauern Herbert Albrecht. Die Ehe blieb, trotz seiner stetigen Bemühungen, kinderlos, was Frau Albrecht bis heute nichts auszumachen scheint. Seit dem Tod ihres Gatten hat sie sich der Kräuterheilkunde verschrieben. Auf dem außerhalb gelegenen Hof mischte sie rätselhafte Tinkturen an, welche sie an kranke Bürger unserer Stadt verkauft hat. Laut deren Aussage wurden die Beschwerden nach Einnahme der Medizin noch schlimmer, so dass einige Patienten bereits verstarben. Ihr wird von mehreren vorgeworfen, sich auf Kosten des Lebens der Kranken bereichert und diese vergiftet zu haben.“ Kramer lauschte den Ausführungen des Stadtrats. „Des Weiteren ist da die fünfundzwanzigjährige Wäscherin Lisa Burg. Eine wunderschöne Frau, mit langem, blondem Haar. Sie hat schon so manchem jungen Burschen den Kopf verdreht und auch stets die finanziellen Vorteile genossen, indem sie sich für ihre Dienste bezahlen ließ. Dies finden wir moralisch verwerflich.“

„Ist dies das Einzige, was Ihr der jungen Dame vorwerft?“, fragte Institoris, der das Verhalten nicht guthieß, aber wusste, dass sich schon seit Ewigkeiten Frauen für klingende Münze feilboten.

„Viele ihrer Freier erkrankten schwer. Sie klagten bei unserem Arzt über starken Juckreiz im Genitalbereich, Schmerzen beim Urinieren und auch eitrige Absonderungen. Diese Frauen haben sich, meiner Meinung nach, mit dem Teufel verbündet, um den größtmöglichen Schaden über unsere Stadt zu bringen. Ihr müsst dem ausschweifenden Treiben Einhalt gebieten." Nachdenklich nahm Henricus noch einen Schluck zu sich, ehe er die Hand auf Georgus Schulter legte und ihm voller Zuversicht zu verstehen gab, dass er sich den gefallenen Frauen annehmen würde. Erleichtert nahm Georgus noch einen kräftigen Schluck zu sich.

„Dann werde ich den zuständigen Richter informieren." Doch er erntete nur ein Kopfschütteln.

„Das braucht Ihr nicht. Meine Befragung sollte ausreichen, sodass wir kein weltliches Gericht benötigen werden." Georgus wirkte skeptisch, vertraute jedoch den Ausführungen des Geistlichen.

Niemand von den Anwesenden bemerkte die beiden, in lange, schwarze Gewänder gekleideten Männer, welche sich samt einem Becher Wein, nicht weit von ihnen entfernt, im Halbdunkeln des Saales aufhielten. Mit ernster Miene, die Kapuzen über die schulterlangen Haare gezogen, lauschten sie dem Gespräch. Auf Pfarrer Böhmers Kopfnicken hin verließen sie, wie Geister, leisen Schrittes den Saal.

2. Kapitel

Geschwind rannten die Fremden zum Ort hinaus, wo ihre Pferde auf sie warteten. Behände sprang einer der beiden auf, zündete eine Fackel an und galoppierte in ihrem Schein los. Während noch niemand ihn bemerkt hatte, kehrte der andere zurück.

Zu später Stunde verabschiedete sich der Inquisitor von seinen Gastgebern. Jedoch nicht, ohne ihnen abermals das Versprechen zu geben, dem Treiben der Hexerei ein Ende zu setzen. Als er am Tisch in seinem noblen Gästezimmer saß, regte sich erstmals sein Gewissen gegenüber denen, die er durch sein mächtiges Wort verurteilen konnte. Das schmale Gesicht in den Händen vergraben, betete Heinrich zu seinem Gott, ihm den rechten Pfad zu weisen und standhaft zu bleiben. Durch die offenen, hölzernen Fensterläden wehte plötzlich ein eisiger Windzug und löschte das Kerzenlicht. Er war sich nicht sicher, ob dies ein Omen war oder ihn der Herr nur zur Ruhe schicken wollte. Unruhig wälzte sich der Mönch von einer Seite zur anderen. Schließlich schlug die Kirchenglocke fünf und die Morgendämmerung brach herein. Schlaflosigkeit und Aufregung zollten ihren Tribut, was jedermann an seiner mürrischen Miene ablesen konnte. Nachdem er sich der Pflege unterzogen hatte, nahm Henricus seine Aufzeichnungen und begab sich zur Kerkeranlage, in der die beiden Frauen einsaßen. Ein mulmiges Gefühl machte sich in seiner Magengrube breit, während er die kalten, steinernen Stufen hinabschritt. Der Weg führte ihn durch einen schmalen Gang, welcher nur von vereinzelten Fackeln erhellt wurde. Immer wieder tropfte es von der Decke und schlug auf den groben Boden auf. Das Gefühl, nun dem Leibhaftigen selbst gegenüberzutreten, ließ ihn erschaudern. Bis der Dominikaner auf einmal stehen blieb, tief durchatmete und mit geschlossenen Augen noch ein letztes Mal zu seinem Herrgott sprach, ehe er sich an seine Arbeit begab. Zuversichtlich klopfte Kramer an die letzte Pforte, welche sich nur kurze Zeit später quietschend öffnete. Es war ein großer, öder Raum, dessen Steinwände die Stimmung bedrohlich machten. In einem Ofen glühten zu seiner Linken Eisenstäbe, welche der peinlichen Befragung dienen sollten. Wohin das Auge fiel, befanden sich die schaurigsten Folterwerkzeuge. Eine Streckbank, sowie unter anderen Grausamkeiten, auch die Daumenschraube. Schweigend stand der Scharfrichter mit verschränkten Armen in einer der schummrigen Ecken. Ohne einen Ton von sich zugeben, wartete er, bis endlich Friedrich Georgus hinzukam. Ihm machte allem Anschein nach noch der vergangene Abend zu schaffen. Seine Haare standen in jegliche Richtung ab, die Kleidung war nur spärlich zugeknöpft und sein Atem stank erbärmlich. Doch selbst davon ließ sich Institoris nicht aus der Bahn werfen. Zusammen nahmen sie an dem hölzernen Tisch des Befragungs- und Folterraumes Platz. Während der Dominikaner seine lederne Mappe aufschlug, musste Georgus auf einmal laut aufstoßen.

„Entschuldigt, werter Inquisitor. Der gestrige Abend war allem Anschein nach doch ein wenig zu feucht." Missachtend lehnte sich Heinrich zu ihm hinüber und zischte angewidert: „Ich denke, Ihr misst diesem Verhör zu wenig Ernst zu. Hier geht es um Menschenleben. Also seid klar bei Verstand oder verlasst diese Örtlichkeit. Ich kann keinerlei Störung gebrauchen. Habt Ihr mich verstanden, werter Stadtrat?" Als hätte ihm jemand ins Gesicht geschlagen, wusste der Ortsvorsteher nicht, was er darauf antworten sollte.

„Ihr wollt mich also nicht zugegen wissen?", fragte Georgus, dem allmählich die Tragweite seiner Entscheidung bewusst wurde. Ohne ihn anzuschauen, legte Institoris seine Papiere auf den groben Tisch und rückte das Tintenfass näher an sich heran. „Dann wird Pfarrer Böhmer an Eurer Seite sein." Stetig stieg der Zorn in Henricus und seine Faust donnerte so heftig auf die Platte, dass selbst der Scharfrichter erschrocken einen Schritt zurücktrat.

„Euer Beisein, wie das Eures Geistlichen, wird nicht von Nöten sein. Ihr wart es, der mich angefordert hat. Also lasst mich ungestört meine Arbeit tun, ohne dass mir jemand reinredet." Langsam stiegen auch in dem Stadtrat die Zweifel, ob die Entscheidung Institoris dazu zu ziehen, die richtige war. Doch aufgrund seines Rufes, willigte Friedrich ein und verließ den Kerkerraum. Ein Schweigen durchfuhr den Raum, welches so eiskalt wirkte wie die nackten Wände. Heinrich nahm tief Luft und wandte sich an den Scharfrichter. „Führt mir die Frauen nun vor."

„Gewiss, Herr", antwortete Anton Hennrich. Der großgewachsene, kräftige Mann verneigte sich demütig, ehe er verschwand. Nachdenklich schritt der Familienvater zu den Zellen.

Anton wohnte mit drei Kindern und seiner Ehefrau außerhalb von Ravensburg, denn im Ort war er geächtet. Wenn er auf den Straßen gesehen wurde, spuckten ihn die Menschen an, warfen Dinge oder schrien ihm die schlimmsten Schimpfwörter nach. Hennrich hatte sich diese Art, den Lebensunterhalt zu verdienen, nicht ausgesucht. Er folgte dem Familienstammbaum, der sich bis zu seinem Urgroßvater erstreckte. Jeder von ihnen richtete Menschen im Namen Gottes, wie auch des Stadtrates. Wortlos, gar mitleidsvoll öffnete Anton die Pforten. Auf ein Zeichen hin schritten die Angeklagten auf ihn zu. Demütig, nicht wagend ihn auch nur anzuschauen. Die Frauen legten angespannt die Hände auf den Rücken und Anton legte die stählernen Fesseln an. Selbst eine Kugel, die an das rechte Bein gebunden war, erschwerte ihnen das Vorankommen. Die Unterkünfte waren unmenschlich. Wasser lief in Rinnsalen von den Wänden, weichte das Stroh auf, welches auf dem Boden lag und den Delinquenten als Schlafplatz diente. Doch durch die Feuchtigkeit begann auch der Schlafplatz modrig zu riechen. In einer Ecke befand sich ein klappriger Stuhl. Das kleine Fenster sorgte wenigstens für ein bisschen Tageslicht. Krachend schleiften die schweren Eisenkugeln über den groben Steinboden. Ihr Hall war zunehmend unerträglich. Das Licht der brennenden Fackeln sorgte zusätzlich für Aufregung bei den Damen. Vor der Pforte blieben sie stehen. Immer stärker schlug das Herz wild in ihrer Brust. Endlich öffnete Hennrich die Tür und bat die Frauen, trotz ihrer Lage, respektvoll herein. Während Lisa mit gesenktem Haupt eintrat, bedankte sich Käthe Albrecht bei ihm. Sie schien sich im Klaren zu sein, dass dieses Aufeinandertreffen ihr Schicksal besiegeln würde. Gefasst blieb sie vor dem Tisch stehen und stieß Lisa Burg heftig in die Hüfte, um ihr zu zeigen, dass sie sich ihre Würde bewahren sollte. Mit ernster Miene überflog der Mönch seine Aufzeichnungen und forderte die Frauen auf Platz zu nehmen, ohne sie auch nur anzuschauen.

„Darf ich Euch bitten, Platz zu nehmen." Nachdem Käthe und Lisa sich gesetzt hatten, musterte Kramer die beschuldigten Hexen skeptisch. „Wie mir zu Ohren gekommen ist, seid ihr mit dem Teufel im Bunde." Wie vom Blitz getroffen, versuchte sich die Jüngere zu verteidigen.

„Herr, ich habe nichts getan, dessen ich mich schämen oder gar vor Gott verantworten müsste." Währenddessen schwieg Käthe beharrlich und verzog keine Miene. Doch Lisa stand die Todesangst ins Gesicht geschrieben. Sie zitterte an ihrem ganzen zarten Leib, aber wagte sich nicht, ein Wort zu verlieren. Schließlich konfrontierte Henricus sie mit den ihnen entgegengebrachten Vorwürfen.

„Ihr seid Euch im Klaren darüber, dass die unterstellten Taten den qualvollen Tod auf dem Scheiterhaufen mit sich bringen?" Lisa brachte noch immer keinen Ton heraus, während Käthe sich versuchte, teilnahmslos zu rechtfertigen. Im Beisein des Vollstreckers erhob sie sich, zeigte demonstrativ ihre Handfesseln und flüsterte strafend: „Herr. Voller Demut sage ich Euch, dass ich mich keiner der Anschuldigungen bekennen werde. Ich habe nichts Unrechtes getan. Mein Antrieb war, den Mitmenschen durch meine Kräuterheilkunde zu helfen. Die Münzen, die sie mir dafür gaben, waren ein Dankeschön. Wenn die Tinkturen nicht wirkten, warum haben sich die Patienten nicht an den hiesigen Arzt gewandt? Außerdem wehre ich mich entschieden gegen die Anschuldigung, meinen geliebten Gatten, Herbert, umgebracht zu haben."

Schweigend machte Henricus Notizen, legte die Feder zur Seite, faltete die Hände, um mit dem ersten Verhör fortzufahren. „Ich habe nun Eure Meinung vernommen,

Frau Albrecht. Dennoch stellt sich mir die Frage, warum Ihr nicht im Stande wart, Eurem Ehemann ein Kind zu schenken." Diese Frage traf Käthe bis ins Mark. Sie kämpfte mit den Tränen.

„Das Kinderglück war uns nicht hold", wisperte die Bäuerin leise. „Glaubt nicht, dass wir es nicht versucht hätten, Herr. Ich weiß nicht, ob es an seiner Manneskraft lag oder ob es mir an der Kraft fehlte, einem Kind das Leben zu schenken. Zumindest handelt es sich um eine intime Angelegenheit, die ich nicht einmal mit meiner engsten Vertrauten besprach."

„Kommen wir auf das plötzliche Ableben Eures Gatten zurück. Ich will alles darüber erfahren."

„Es war im Frühjahr letzten Jahres. Nach dem Essen verging nur wenig Zeit, bis mein Mann in Rätseln sprach und daraufhin das Bewusstsein verlor. Ich gab ihm einen Löffel Honig, worauf sich sein Zustand besserte. So ging es über Monate hinweg. Als der Winter kam und ich keinen Honig mehr bekommen konnte, wachte mein geliebter Herbert nicht mehr auf." Ihr kamen die Tränen und sie rang um Fassung.

„Wer weiß, was Ihr ihm zusätzlich verabreicht habt. Es ist eine Torheit zu glauben, dass ein Löffel Honig jemanden vor dem Tod bewahrt. Ihr redet Unsinn, Frau Albrecht und den Beweis dafür habt Ihr nun selbst ausgesprochen."

„Das ist die Wahrheit, Herr." Nun wandte sich der Inquisitor der jungen Lisa zu. Langsam tauchte er die Feder in die Tinte und zischte: „Was ist mit Euch, Frau Burg? Was habt Ihr zu Eurer Anklage zu sagen?" Die Wäscherin brachte keinen Ton heraus. Sie wagte es nicht, ihrem Gegenüber in die Augen zu schauen. Angsterfüllt galt ihr Blick dem Fußboden. Zitternd wie Espenlaub liefen Lisa die Tränen über die Wangen. „Also habt Ihr mir nichts zu sagen?" Institoris beugte sich vor. „Die Vorwürfe lasten schwer. Nicht nur, dass Ihr Euch gegen Gott mit der Todsünde der Habsucht schuldig gemacht habt. Ihr steht dem Leibhaftigen nahe." Wortlos schüttelte die Frau den Kopf. „Ihr verdreht den Männern den Kopf und schenkt ihnen den Tod durch Eure unreinen Körpersäfte." Er stand auf, so dass sein Stuhl zurückfiel und hob strafend den Finger. „Denkt über meine Worte nach. Wenn eine Seele sich zu den Wahrsagern und Zeichendeutern wenden wird, dass sie ihnen nach huren, so will ich mein Antlitz wider dieselbe Seele setzen und will sie aus ihrem Volk rotten. Wie es im dritten Buch Mose 20:6 geschrieben steht." Daraufhin verließ der Dominikaner energischen Schrittes den Raum und schlug die schwere Holztür hinter sich in die Angeln. Der Henker hingegen blieb mit verschränkten Armen teilnahmslos stehen, bis auch er ihm nach einer Stunde folgte. Draußen lief Henricus auf und ab. Sein Blick zeugte von Anspannung, aber auch von einem enormen Willen. Hennrich blieb mit verschränkten Armen stehen. Er wartete darauf, dass sich der Geistliche beruhigen und ihm weitere Anweisungen geben würde. Doch es geschah nichts. Bis der Scharfrichter ihm eine entscheidende Frage stellte.

„Wie soll es nun weitergehen, Herr?" Henricus sah ihn nicht an, da er sich seine Unsicherheit nicht anmerken lassen wollte. „Ich werde tun, was Ihr mir sagt. Auch wenn ich damit nicht einverstanden sein sollte." Der Kommentar entfachte in dem Gottesdiener eine immense Wut. Er verbarg diese und flüsterte, nach einem Augenblick des stillen Schweigens: „Bereitet Eure grässlichsten Folterwerkzeuge vor. Morgen werden wir die Hexen daran vorbeiführen. Ihr erklärt, was mit denen geschieht, an denen sie Anwendung finden." Demütig verneigte sich Hennrich vor ihm.

Aber ehe er aus dem Kellergang trat, wandte sich der Henker erneut dem Mönch zu.

„Sollen die beiden wieder in ihre Zellen?"

„Ja. Sie sollen den kommenden Tag fürchten."

Als am nächsten Tag die Sonne aufging, machte Kramer einen ausgiebigen Spaziergang durch den Ort, ohne zu bemerken, dass er auf Schritt und Tritt beobachtet wurde. Immer wieder schlich der schwarzgekleidete Fremde ihm nach, verschwand hinter einer Ecke und lauschte aus gewisser Entfernung den Gesprächen, die der Geistliche mit der wohlhabenden Bürgerschaft führte. Ihm blieb keineswegs verborgen, dass ein Großteil der unterprivilegierten Einwohner mit Unbehagen auf sein Dasein reagierte. Einfache Bauern, Handwerker und Tagelöhner schauten nervös zu Boden, als sie ihn sahen. Weiter führte der Weg dieses lauen Sommermorgens durch die kühlen, schattigen Gassen, bis hin zum Bürogebäude des Stadtrats, wo Georgus den Inquisitor schon aufgeregt erwartete. Während sich Henricus umschaute, verschwand der Fremde mit einer flinken Drehung hinter den Menschen, welche an ihm vorbeigingen. Von der anliegenden Hauswand konnte der schwarze Mann jedes Wort hören.

„Endlich seid Ihr da, Henricus Institoris", zischte der Stadtrat und bat ihn einen Schritt zur Seite. „Wie weit seid Ihr mit Euren Ermittlungen vorangekommen?"

„Ich mache Fortschritte, werter Georgus. Mehr braucht Ihr nicht zu wissen."

„Verzeiht, aber ich sollte bei den Verhören von nun an anwesend sein. Ebenso unser Pfarrer." Mit weit geöffneten Augen stierte ihn Kramer an und schüttelte den Kopf.

„Euer beider Beisein ist nicht von Belang. Ich habe die ersten Verhöre geführt und mehr über Frau Albrechts Gründe erfahren. Diese waren jedoch widersprüchlich und, meines Erachtens, nicht stimmig.“

„Was ist mit Fräulein Burg?“

„Sie antwortet mir auf keinerlei Fragen, was ihre Schuld nur unterstreicht.“ Georgus ließ sich nicht so leicht hinters Licht führen und hakte weiter nach.

„Von Gesetzeswegen sind Pfarrer Böhmer und auch ich verpflichtet, an den Befragungen teilzunehmen. Daher möchte ich wissen, wann Ihr sie ihrer Vergehen überführen wollt.“ Energisch griff Institoris an die Schultern des Wams und wiederholte den Ausschnitt aus dem dritten Buch Mose.

„Wollt Ihr wirklich dem Satan Tür und Tor zu Eurer schönen Stadt öffnen? Wollt Ihr, dass Euer Ravensburg zu einem Sündenpfuhl verkommt, in dem Giftmischer, Prostituierte, Hexen und auch Ketzer ihr Werk ohne Strafe verüben können? Dann suhlt Euch in Eurem Sodom. Nur klopft nicht mehr an meine Türe, falls Ihr Hilfe braucht. Diese wird Euch von dann verschlossen bleiben.“ Da Friedrich nicht nur den Zorn seines Gastes, sondern auch den Allmächtigen fürchtete, stimmte er zu.

„Wir werden Euch bei Euren Ermittlungen nicht in die Quere kommen. Tut, was Ihr tun müsst, um Schaden von meiner geliebten Heimat fernzuhalten.“

„Das werde ich mit allen Mitteln, die in meiner Macht stehen, tun.“ Als der Inquisitor sich gerade umdrehen und zufrieden an sein Gotteswerk gehen wollte, hielt ihn der Stadtrat abermals auf.

„Sagt mir nur noch eins. Ich will mehr über Euer weiteres Vorgehen erfahren.“ Diese Fragen schienen Heinrich den letzten Nerv zu rauben. Also drehte er sich um und flüsterte leise: „Habt Ihr je etwas von einer peinlichen Befragung gehört?" Georgus schüttelte unsicher den Kopf. „Die Delinquenten werden so lange den verschiedensten Folterungen unterzogen, bis sie endlich die Wahrheit sagen. Auch wenn dies Tage dauern sollte. Ich will die Wahrheit." Ohne sich erneut mit ihm zu unterhalten, verneigte sich Georgus und verschwand im Inneren des hohen Gebäudes, während der Geistliche zufrieden zum Gefängnis zurückging. Auf dem Marktplatz galt sein Augenmerk wieder den zurechtgemachten Scheiterhaufen, die ihn an diesem Tag völlig kalt ließen. Das Holz war durch den andauernden, gleißenden Sonnenschein völlig ausgetrocknet. Ein wahres Glücksgefühl für jedes Feuer, welches sich binnen Sekunden durch die Holzstücke fressen würde.

Eiligen Schrittes stürmte derweil der Fremde in ein Gasthaus, welches über zwei weitere Stockwerke verfügte. Ohne den Wirt auch nur eines Blickes zu würdigen, stürmte er an ihm vorbei, die schmale, knarrende Treppe hinauf, bis er vor einer der Zimmertüren stehen blieb. Er atmete tief ein, zog sich die Kapuze vom Haupt und betrat sein Zimmer. Nachdem er vorsichtig die Pforte hinter sich geschlossen hatte, streifte er sein schwarzes Gewand vom Körper. Mit Schwung warf er dieses auf das spartanische, strohbelegte Bett. Aufgeregt nahm der Hüne, dessen langes, schwarzes Haar sich kaum von dem dunklen Vollbart unterschied, an dem wackligen Tisch Platz. Flink griff er nach Feder, Tinte sowie einem Stück Papier.

Als wäre der Teufel ihm auf den Fersen, schrieb er das Gehörte nieder. Nachdem die Notizen in einem Umschlag verschwunden und mit heißem Wachs versiegelt waren, ging der stämmige Mann zu seinem kleinen Fenster.

Der Brief muss so schnell wie möglich Bischof Verenus erreichen, damit er bei unserem Heiligen Vater vorsprechen kann. Dieses Verhalten grenzt an Grausam- und Unmenschlichkeit. Dem muss ein Riegel vorgeschoben werden, ehe es für noch mehr Menschen zu spät ist.

Inzwischen brannte die grelle Sonne auf sein Gesicht.

Ich muss los. Einen Boten finden und den Dominikaner mit Argusaugen beobachten.

Also streifte er seinen Umhang über und rannte die steilen, schmalen Stufen hinunter. Die Eingangspforte war noch nicht ganz geöffnet, da stieß der mysteriöse Mann plötzlich mit einem Bürger zusammen, welcher umgehend zu Boden stürzte. Außer sich vor Wut wollte der junge Handwerker gerade losschreien, da half ihm der schwarze Mann auf und entschuldigte sich in aller Form.

„Bitte verzeiht mein Ungeschick. Habt Ihr Euch verletzt?", erkundigte sich der Fremde mit heiserer Stimme nach dessen Wohlbefinden.

„Nein. Danke", antwortete der Herr überrascht, und selbst ein Lächeln stahl sich auf seine Lippen.

„Kann ich etwas für sie tun?" Der Handwerker klopfte sich den Staub ab, ehe er den Kopf schüttelte und abermals betonte, dass schließlich nichts passiert sei. Doch der Fremde nutzte die Gunst der Stunde. Er erkundigte sich nach einem Boten, der am selben Tag noch gen Süden reiten würde. Zuvorkommend wies der junge Mann auf den Ortsausgang und sprach: „Einen Boten findet Ihr meist in der Taverne außerhalb der Stadt. Sie befindet sich direkt neben dem Eingangstor zur Rechten." Dankend verneigte sich der Fremde.

„Habt Dank, dass Ihr nicht nachtragend seid. Ebenso gilt Euch dieser für die wichtige Information."

„Gern geschehen. Doch passt besser auf Euch auf. Nicht, dass Ihr Euch noch den Hals brecht."

„Ja", antwortete der schwarz Gekleidete und stürmte in Richtung des Stadtrandes. Mittlerweile war kein Wölkchen mehr am Himmel zu erkennen, welches das Brennen der erbarmungslosen Sonne erträglich machen konnte. Die Kirchturmglocke schlug unterdessen zur elften Vormittagsstunde, als der Mann endlich die Taverne erreichte. Schwungvoll stieß er die Tür auf und fragte erschöpft, ob irgendeiner der Reiter noch heute in Richtung Süden aufbrechen würde. Nur einer hob die Hand. Es war ein junger Bursche. Er konnte nicht älter als zwanzig gewesen sein. Das Erscheinungsbild ließ jedoch zu wünschen übrig. Die Kleidung hing stellenweise in Fetzen herunter und es wirkte, als hätte er seit einer Woche keinen Schlaf mehr bekommen.

„Hier, ich", wisperte Fritz Gruner leise, während er gemächlich auf den Auftraggeber zuschritt. Freundlich reichte er ihm die Hand. „Ich bin auf dem Weg nach Verona. Ist dies auch Eure Richtung?"

„Wie ist dein Name?"

„Friedrich Gruner. Doch alle nenn mich Fritz."

„Walter Kolbe", wisperte der Spion und reichte Fritz den versiegelten Umschlag. „Du musst dich beeilen. Es ist für Bischof Verenus. Wenn du es rechtzeitig überbringst, rettest du Menschenleben." Von dieser Aussage angespornt, trank Gruner schnell seinen Becher aus, nahm das Schreiben an seine Brust und begleitete Walter nach draußen. Dort stand sein stolzes Pferd. Ein drahtiger, schwarzer Hengst, dem die Energie schon anzusehen war.

„Wie schnell soll ich den Vatikan erreichen?" Walter Kolbe zuckte mit den Schultern.

„So schnell es Euch möglich ist." Der Reiter nickte zuversichtlich.

„Wenn ich durchreite, kann ich in wenigen Tagen mein Ziel erreichen."

„Dann macht Euch auf den Weg, junger Freund. Gott möge an Eurer Seite sein." Nachdem Gruner sich in den Sattel geschwungen hatte, gab er dem Ross einen leichten Tritt und die beiden verschwanden am Horizont.

Ich bete, dass die Nachricht noch rechtzeitig an-kommt. Die beiden Frauen in dieser Stadt sind dem Tod geweiht. Da bin ich mir sicher. Aber vielleicht können wir dem Wahnsinn doch noch ein Ende bereiten. Hoffentlich erreicht er ohne Umwege den Vatikan und kann Bischof Verenus meine Nachricht überbringen.

Unterdessen kehrte der Inquisitor in die Kerkerräum-lichkeiten zurück. Selbst hier in den kühlen Kellerräumen schien ihn die drückende Hitze zu verfolgen. Er ging davon aus, dass sich die Frauen seine mahnenden Worte zu Herzen genommen hatten und geständig waren. Doch als er in Antons ernste Miene schaute, zerschlugen sich seine Hoffnungen. Mit verschränkten Armen stand er in einer Ecke und schüttelte den Kopf.

„Haben die beiden etwas von sich gegeben?", fragte der Inquisitor, obwohl er die Antwort schon im selben Augenblick kannte.

„Nein, Herr. Sie schweigen immer noch." Vorsichtig trat er an den Mönch heran und fuhr leise fort. „Frau Burg scheint mir in ihrer eigenen Welt zu weilen. Auf Anspra-che erhielt ich keinerlei Reaktion. Außer Tränen ist ihr nichts zu entlocken."

Henricus sah sich in seiner gottgegebenen Pflicht. Mit zugekniffenen Augen versuchte er sich dem grellen, durch das vergitterte Kellerfenster, eindringende Sonnenlicht zu entziehen. Entschlossen schaute er Herrn Hennrich an und fragte ihn, welche Folterinstrumente ihm zur Verfügung standen. Nicht wissend, was er darauf antworten sollte, sperrte der Scharfrichter eine weitere, dunkle Kammer auf, entzündete eine Fackel und wies dem Inquisitor den Weg. Im dumpfen Schein schaute sich Henricus um. Was er sah, gefiel ihm sehr. Neben einer Streckbank befanden sich Klingen und Eisen an der Wand, die ihm funkelnd zuzurufen schienen. Ein glühendes heißes Feuer in einem steinernen Ofen erhitzte den Raum. Doch das Objekt seiner Begierde befand sich in einem Schrank neben den unmenschlichen Mitteln. Es war ein schlichtes Stück Metall, welches durch eine Schraube zwei weitere Eisenplatten verband. Neugierig begutachtete Henricus den Gegenstand und wandte sich fragend an den Henker.

„Sagt mir, wie dieses Objekt funktioniert." Daraufhin nahm Anton Hennrich das aus kaltem Stahl gefertigte Objekt hervor und stellte es auf den Foltertisch. Ohne jegliche Regung legte er seine Hand zwischen die Platten und betätigte die Schraube, welche sich die Eisen nähern ließ.

„Es ist eine Daumenschraube, Herr. Durch den Druck brechen die Fingerknochen und die Schmerzen werden unerträglich." Enthusiastisch begutachtete Institoris das Werkzeug und flüsterte beeindruckt.

„Wie ein solch kleines Ding von solchem Nutzen sein kann. Wir werden den Angeklagten alles zeigen. Zuerst die schweren Instrumente, die einem jedem schon beim Anblick das Blut in den Adern gefrieren lassen."

Im selben Moment hob er die Daumenschraube hoch und zischte zufrieden: „Mit diesen Kleinigkeiten werden wir ihren Wilen brechen. Richtet alles her, so dass es gut sichtbar ist. Danach werden wir die Frauen mit dem Schicksal konfrontieren." Damit war das letzte Wort gesprochen. Der Inquisitor schritt aus dem Folterkeller, um der unerträglichen Hitze des Ofens zu entgehen. Schon eine halbe Stunde später kam Hennrich heraus und schloss die Tür hinter sich.

„Alles ist vorbereitet, Herr. Soll ich sie nun holen?"

„Ja", flüsterte der Geistliche nachdenklich. „Aber getrennt. Dieses Ereignis soll ihnen das Blut in den Adern gefrieren lassen. Sie haben doch die Zellen nebeneinander?"

„Sie sind nur durch ein vergittertes Fenster getrennt."

„Falls eine von ihnen eine Entscheidung trifft, wird sie sich der anderen offenbaren, um sie von dem Gleichen zu überzeugen."

„Ich verstehe Euer Vorgehen und hoffe, dass Ihr Recht habt." Daraufhin verschwand der Scharfrichter und kam nach einer Weile mit der in Ketten liegenden Käthe Albrecht zurück. Noch immer schien ihr Wille ungebrochen. Mit versteinerter Miene sah sie Henricus an, ging an ihm vorüber und betrat die Folterkammer. Nachdem auch der Inquisitor eingetreten war, schlug dieser wuchtig die schwere Holztür in die Angeln. Er wollte ihre Furcht schüren. Seine langsamen Schritte hallten durch den gesamten Saal. Lächelnd, als wäre Institoris ihr bester Freund, beugte er sich über ihre Schulter.

„Seht Ihr, in welche Lage Ihr euch gebracht habt? Gesteht besser Eure Taten und schaut dem Tod ins Antlitz, als wenn man Euch dazu zwingt, die Untertänigkeit zum Leibhaftigen zu gestehen." Käthe zeigte keine Regung.

„Ich kann nicht gestehen, was ich nicht getan habe. Nie habe ich etwas Böses getan, meinen Mitmenschen gewünscht oder mit dem Teufel getanzt. Daher beeindruckt mich Eure Einschüchterung keineswegs, werter Henricus Institoris." Daraufhin wurde der Dominikaner hellhörig. Auf einen Fingerzeig hin begann Anton die Folterinstrumente vorzuführen, woraufhin der Inquisitor die Hände sanft auf ihre Schultern legte und fortfuhr: „Dies ist eine Streckbank, Frau Albrecht. Sie wird Euch die Arme aus den Gelenken reißen, die Beine bis zur Bewusstlosigkeit in die Länge ziehen und das Rückgrat brechen. Ist dies Euer Wunsch?" Unbeeindruckt schaute die ältere Frau in die andere Richtung, während Hennrich die Apparatur aus Eisen und der dicken Schraube auf den Tisch stellte.

„Seht, Frau Albrecht. Damit werde ich Euch langsam die Finger brechen, wenn Ihr nicht Eure Missetaten gesteht", sprach der Henker wohlwollend und betete, dass sie nun endlich ihr Schweigen brechen würde. Doch Käthe sah ihn kopfschüttelnd an.

„Was soll ich gestehen? Dass ich meinen Mitmenschen helfen wollte? Ich habe keine ärztliche Ausbildung genossen und dennoch weiß ich von der heilenden Wirkung verschiedenster Kräuter. Wenn dies mein Vergehen sein soll, dann wird mich der Herr trotz allem an seine Seite holen. Ungeachtet dessen, was Ihr sagt oder Euch einbildet." Daraufhin löste Hennrich die Handfesseln, legte ihre Hand entschlossen unter die Metallschienen und begann die dicke Schraube zu drehen, welche das Oberteil langsam auf ihre Finger zubewegte.

„Nun redet doch endlich." Kopfschüttelnd stand Institoris hinter ihr und sprach: „Lasst es gut sein, werter Scharfrichter. Sie wird nicht sprechen. Jetzt noch nicht.

Daher werden wir Frau Albrecht all den Methoden unterziehen, bis sie endlich gesteht."

„Jawohl, mein Herr."

„Schafft sie weg und bringt Fräulein Burg hinein. Vielleicht haben wir bei ihr mehr Erfolg." Als Käthe hinausgeführt wurde, zischte sie Henricus noch einen mahnenden Satz zu.

„Nehmt Euch vor Gottes Rache in Acht. Er wird richten all das Böse und somit auch Euch. Seid Euch im Klaren, dass Euer Stand Euch nicht vor der Hand des Allmächtigen schützen wird. Denn Ihr werdet es sein, der in den Grundtiefen der Hölle auf immer verschwindet. Denkt an meine Worte, wenn Ihr einst auf dem Totenbett um Eure Seele fleht."

„Schafft Sie endlich hier raus. Bringt mir Lisa Burg", zischte er den Henker an und gab ihr noch eine letzte Drohung mit auf den Weg. „Wir werden Euer Geständnis erhalten. Glaubt mir, Käthe Albrecht." Ohne jegliche Gefühlsregung half Anton Hennrich der Delinquentin auf und brachte sie zurück in ihre Zelle. Lisa hörte, wie die Tür zugeworfen wurde, was sie panisch zusammenzucken ließ. Während das junge Mädchen ein Stoßgebet sprach, sperrte der Scharfrichter laut klackend die Pforte auf. Auch sie führte er in den Kerkerraum. Unterdessen hatte sich Henricus allem Anschein nach beruhigt. Doch wie ein wildes Tier, streifte der Inquisitor um seine Beute.

„Na? Habt Ihr Euch entschieden, Fräulein Burg? Seid Ihr bereit dem Teufel abzuschwören und Eure gerechte Strafe zu akzeptieren?"

Ihrem Gesichtsausdruck war anzusehen, dass die Nerven blank lagen. Zitternd wie Espenlaub schaute sich Lisa immer wieder um. „Zeigt Ihr, was geschieht, wenn

Sie sich einem Geständnis verweigert." Auch ihr zeigte Hennrich den Apparat, mit welchem er unter Druck die Finger brechen würde. Schweißperlen der Angst bildeten sich auf der Stirn der jungen Wäscherin. Als ihr die weiteren Folterwerkzeuge präsentiert wurden, hielt sie die Luft an und schüttelte nur noch den Kopf.

„Ich will nicht noch mehr erleiden müssen", wisperte sie unter Tränen. „Wenn Ihr mich für eine Hexe haltet, dann bin ich es wohl, Herr." Zufrieden grinste Kramer. Dieses Geständnis verlieh ihm Genugtuung. Er schob den Stuhl zurück, der neben dem Tisch stand und nahm neben Lisa Platz.

„Ihr gesteht also Eure teuflischen Verfehlungen und akzeptiert Eure gerechte Strafe?" Ohne ihn anzuschauen, nickte Fräulein Burg.

„Ja, Herr. Ich will, dass es ein schnelles Ende nimmt. Eine solch schmerzhafte Schmach will ich auf keinen Fall über mich ergehen lassen."

„Nehmt Ihr die Handfesseln ab, werter Hennrich."

„Wie Ihr wünscht." Nachdem er sie von den Ketten befreit hatte, legte Heinrich der jungen Meid ein Schriftstück vor, tauchte die Feder in die bläuliche Tinte und reichte ihr das Schreibwerkzeug.

„Hier habt Ihr ein Blatt Papier. Schreibt Eure Vergehen auf, bittet um Vergebung und akzeptiert damit die gerechte Strafe für den Frevel, den Ihr unserem Herrn aufgebürdet habt."

So berichtete sie von den unmoralischen Schandtaten und setzte in einer kindlichen Schrift ihren Namen unter das Geständnis. „Damit habt Ihr Euer Schicksal besiegelt, Fräulein Burg. Um nicht in der Hölle zu schmoren, werdet Ihr Übermorgen auf dem Scheiterhaufen den Tod finden." Wie von Sinnen sprang die Wäscherin in die

Höhe, bettelte förmlich um Vergebung und schrie hysterisch: „Ich dachte, dass ich mit meiner Aussage das Richtige tue. Herr, ich will noch nicht sterben. Schon gar nicht unter diesen Umständen. Bitte, gewährt mir eine zweite Chance, um auf den rechten Pfad zurückzufinden."

„Ihr habt Eure Chance vertan, indem Ihr den Tod vieler junger Burschen durch Eure Freizügigkeit verursacht habt. Nun wird sich der Allmächtige Eurer Seele annehmen oder nicht. Das liegt nicht mehr in meiner Macht. Bringt sie fort." Mit Händen und Füßen wehrte sich die junge Frau gegen den harten Griff des Henkers. Doch es nutzte nichts. Ruckartig stieß er sie in die Zelle zurück. Aber bevor der Inquisitor den Scharfrichter verließ, wisperte er ihm noch eins zu.

„Bleibt hier. Lauscht den Gesprächen der beiden. Ich will erfahren, über was sich die Delinquentinnen in den letzten Stunden unterhalten." Anton nickte zustimmend, obwohl er die Schmerzen und die Angst der Frauen teilen konnte. Zufrieden, das Geständnis in den Händen haltend, machte sich Institoris auf den Rückweg zu seiner Unterkunft. Jedoch nicht ohne seinem Herrn in der Kirche zu huldigen. Letztendlich nahm der Mönch nach dem Gebet noch eine kleine Mahlzeit in der anliegenden Taverne zu sich, ehe sein Willen dem feinen Gemach galt, welches schon mit frischen Laken auf ihn zu warten schien. Doch an eine ruhige Nacht war für den Inquisitor nicht zu denken.

Im Schein der Kerze begann Heinrich das Geständnis der Wäscherin ins Reine zu schreiben. Bei jedem Federstrich schwang die Aufregung vor der peinlichen Befragung mit, die ihm, wie auch Frau Albrecht in den nächsten Tagen bevorstehen sollte. Immer wieder spielte er die Szenarien durch. Doch Henricus war sich sicher, dass sein Opfer das Vergehen sowie die Bindung zu Satan mit Abstreiten oder vehementem Schweigen untermauern würde. Als am folgenden Morgen die Sonne aufging und ihre glühenden Strahlen erneut auf die gläubige Stadt Ravensburg warf, läuteten die Kirchenglocken bereits zur siebten Stunde. Das Bett war gemacht und Henricus befand sich schon auf den Straßen, die zum örtlichen Gefängnis führten. Selbst in dem sonst so eifrigen Diener Gottes regte sich bei jedem Schritt ein Unwohlsein, welches er derart noch nie zuvor verspürt hatte. In jeder weiteren Minute wurden die Massen dichter, die es sich nicht trauten, ihm ins Antlitz zu schauen. Die Furcht der Bevölkerung schien ihm Stolz zu bereiten. Während sie alle demütig zur Seite traten, schritt Institoris abwertend an ihnen vorbei. In diesem Augenblick war er von der schweren Aufgabe abgelenkt, die ihm bevorstand. Gerade, als er die steinernen Stufen zum Kerker hinabsteigen wollte, durchfuhr ihn ein brennender Schmerz in seinen Gelenken, welcher die Knie lähmte.

Oh, gütiger Herr. Was willst du mir sagen? Soll ich die beiden Frauen in deinem Namen verschonen? Das kann nicht in Deinem Sinne sein.

Henricus biss auf die Zähne, stützte sich am eisernen Geländer ab und betrat schließlich die kühlen, feuchten Kellerräumlichkeiten. Schon an der ersten Pforte erwartete ihn der Scharfrichter.

„Auf ein Wort, Herr.“

„Gewiss doch“, antwortete der Inquisitor. „Was liegt Euch auf dem Herzen? Habt Ihr etwas erfahren können?“ Der Ravensburger Scharfrichter wies in eine stille Ecke und flüsterte leise.

„Auf die Nachfrage von Fräulein Burg, wie sie sich entschieden hätte, antwortete die Giftmischerin, dass sie, gegen alle Widrigkeiten, niemals die Verbundenheit zum Leibhaftigen gestehen werde. Ihr könntet ihr noch so viel Schmerz zufügen, sie stünde durch ihren Willen über Euch." Dies entfachte in dem Mönch nur noch mehr den starken Willen, den Geist der Bäuerin zu brechen. Ein zynisches Lächeln stahl sich auf seine Lippen.

„Das werden wir noch sehen."

„Des Weiteren fragte Frau Albrecht empört, gar überrascht, warum Lisa Burg die Hexerei gestanden habe. Sie wisperte, sie wolle sich die qualvolle Pein ersparen und so das Leid verkürzen. So oder so sei es das Ende. Warum dann unter höllischen Schmerzen sterben." Zum ersten Mal zeigte Henricus seinen Respekt.

„Die Wäscherin verfügt über eine ungeahnte Intelligenz. Das hätte ich ihr nie im Leben zugetraut." Während Hennrich mit verschränkten Armen in Richtung der Zellen sah, war dem Dominikaner anzumerken, wie er über sein weiteres Vorgehen nachdachte. „Kann Fräulein Burg von ihrem Quartier aus hören, was im Folterraum vor sich geht?"

„Ja, Herr", flüsterte sein Gegenüber. Er ahnte bereits, worauf der Geistliche hinauswollte. „Jedes Wort. Die Räumlichkeiten sind durch vergitterte Luftschächte verbunden."

„Ausgezeichnet", sprach Institoris samt einem diabolischen Lächeln. „Dann lasst uns beginnen, werter Hennrich. Ich werde Frau Albrecht erwarten." Als sich die Wege der Männer für kurze Zeit trennten, richtete Kramer seine Schreibutensilien. Unterdessen öffnete Anton Hennrich schweren Herzens, die massive Zellenpforte und bat Käthe vorzutreten. Erhobenen Hauptes trat sie ihrem Schicksal entgegen, ließ sich die Handfesseln anlegen und folgte dem Scharfrichter in den Höllensaal.

Während sie an Lisas Unterkunft vorbeiging, fiel sie plötzlich auf die Knie.

„Was ist?", fragte der Henker zuvorkommend und bemerkte nicht, wie die Bäuerin einen kleinen Zettel unter der Tür durchschob und leise antwortete: „Ich bin gestürzt. Nichts weiter. Der Hunger raubt mir allmählich die Sinne." Daraufhin stand sie auf und schritt voller Zuversicht ihrem Peiniger entgegen. Lisa vernahm nur noch das Zufallen der starken Holztür und sank betend auf die Knie. Immer wieder hörte sie die Stimme Kramers, die Käthe aufforderte, endlich ihre Missetaten zu gestehen. Doch die stolze Frau weigerte sich vehement. Plötzlich donnerte ein lauter Schrei durch den Schacht, welcher ihr das Blut in den Adern gefrieren ließ. Daraufhin folgte Henricus Aufforderung endlich zu gestehen. Doch es drangen nur Frau Albrechts erbärmliche Schreie zu ihr. So ging es fast drei Tage lang, bis die gellenden Schreie einem leisen Wimmern wichen und auf einmal verstummten. Tief atmend kauerte Lisa in einer Ecke ihrer Zelle. Sie wurde sich schlagartig bewusst, dass dies ihr letzter Tag auf Erden war. Sie faltete ihre Hände.

Allmächtiger Gott. Ich war nie ein schlechter Mensch, aber ich bin vom rechten Weg abgekommen. Dies schmerzt mich sehr. Schütze Frau Albrecht und nimm sie bitte in dein Reich auf. So auch mich, deine Dienerin, die schon morgen laut Aussage dieser Männer zur Hölle fahren soll. Begrüße mich an deinen Tisch und verzeih mir alle Sünden, die ich im Laufe meines Lebens begangen habe. Bitte, Herr im Himmel.

Sie bekreuzigte sich und vernahm, wie Käthes lebloser Körper durch den Gang geschleift wurde. Lisa öffnete derweil den zusammengefalteten Zettel, welcher mit Schmutz beschrieben war. Nachdem sie diese wenigen

Zeilen gelesen hatte, stand Fräulein Burg auf, trat an die schmalen Gitter und schaute zu, wie Kramer aus der Folterkammer trat. Wortlos, sie nicht einmal eines Blickes würdigend schritt er an der Zelle vorbei, während Lisa unter leisen Tränen schwor, dass ihr Abtreten von dieser Welt würdevoll von statten gehen sollte.

In den Abendstunden, während Käthe starb, erreichte der zweite, schwarze Reiter endlich die Hügel vor Rom. Durch enge, verschlungene Waldpfade kam er in schnellem Galopp zu einer freien, waldumringten Pläne. Blitzschnell sprang er von seinem Ross, band es an einem Baum fest und schritt forsch auf Bischof Verenus zu, der an dem Ort seiner Freizeitbeschäftigung nachging. Über seiner purpurroten Tracht trug der Würdenträger an der rechten Hand einen doppelten, ledernen Handschuh, auf welchem ein stolzer Falke saß. Die Krallen tief in den Schutz vergraben, schweifte sein Kopf umher. Im selben Moment streifte ihm der Bischof die Haube ab, gab ihm ein Zeichen durch einen lauten Pfiff und der Vogel schoss, wie ein Pfeil, in die Lüfte empor. Die Sonne brannte selbst zu dieser späten Tageszeit noch gnadenlos vom Himmel. Der Fremde ging entschlossen auf den Ehrenmann der katholischen Kirche zu und streifte seine Kapuze ab. Ein starker, blauäugiger Mann kam zum Vorschein, der ebenfalls langes, pechschwarzes Haar und einen gepflegten Vollbart trug.

„Signore Pasci“, begrüßte ihn Verenus erfreut. Nachdem der Späher seinen Ring geküsst hatte, bat ihn der Geistliche aufzustehen. „Habt Ihr Neuigkeiten?“

„Ja, Monsignore.“

Daraufhin übergab der Bischof den Handschuh an seinen Falkner und lief einige Schritte mit dem Späher in

Richtung der Bäume. Ein lauter Schrei ertönte, welcher die beiden zusammenzucken ließ. Eine Erleichterung machte sich breit, als sie bemerkten, woher der gellende Schrei kam. Verenus begann sich über das schreckhafte Verhalten zu amüsieren.

„Es war nur meine geliebte Gloria. Wahrscheinlich hat sie gerade eine Maus oder ein Eichhörnchen geschlagen." Ungeachtet dessen blieb Giovanni Pasci stehen und schaute seinen Herrn mit hoffnungsloser Miene an. „Sagt, Pasci. Was gibt es Neues aus dem Norden? Ihr wisst, was ich meine."

„Darauf wollte ich gerade zu sprechen kommen, Eure Eminenz." Verenus ahnte, dass es sich um eine ernste Angelegenheit bezüglich des Inquisitors handelte. So verschränkte er die Arme und lauschte, was sein Untergebener zu berichten hatte. „Meiner Ansicht nach ist Henricus Institoris wahnsinnig geworden. Er ist dermaßen erpicht darauf, die beiden Frauen in Ravensburg als Hexen zu überführen, dass ihm jeglicher Kommentar von anderen Seiten völlig egal zu sein scheint."

„Was glaubt Ihr? Werden wir mit unserer Sperre zu seinen Taten noch rechtzeitig kommen, um die armen Seelen zu retten, die auf seiner Liste stehen?" Der Bote schüttelte bedauernd den Kopf.

„Nein, Bischof. Laut eigener Aussage würde es mich nicht wundern, wenn er die Befragung, gar die Richtung, ohne den örtlichen Stadtrat oder den Geistlichen, im selben Augenblick vollzieht."

„Eure Worte stimmen mich traurig, werter Pasci. Wir müssen also mit gebundenen Händen der Hinrichtung zusehen und können den Frauen nicht mehr helfen, sondern nur noch um ihre Seelen beten." Betrübt starrte Verenus in die Ferne.

„Wie werden wir nun weiter vorgehen?", fragte Giovanni nachdenklich, denn auch er konnte eine solche Ungerechtigkeit nicht auf sich beruhen lassen. „Tatenlos zuzusehen wäre eine viel schwerere Sünde."

„Ich denke, es ist dringend notwendig, eine Untersuchung seiner Vorgehensweise einzuleiten. Sonst wird aus seinem gefällten Urteil ein Exempel für jedermann." Nachdenklich fuhr sich Pasci über die Stirn und erwiderte: „Wie können wir das Ziel erreichen? Immerhin hat er die Unterstützung des Heiligen Vaters."

„Auch wenn er Papst Innozenz Zustimmung hat, den Summis desiderantes affectibus zu verwenden, beliebt es dem Mönch nicht, sich über unseren Gott und dessen Willen hinwegzusetzen. Geht und behaltet ein wachsames Auge auf den Dominikaner. Ich will über jeden seiner nächsten Schritte auf dem Laufenden gehalten werden."

„Eure Eminenz." Giovanni verneigte sich abermals vor seinem Auftraggeber und machte sich auf, um so viele Menschenleben zu retten, wie es ihm möglich war. Er hatte sich kaum in den Sattel geschwungen, da erschien der Bote, welchen Walter Kolbe losgeschickt hatte. Schnell sprang der drahtige Bursche von seinem Ross, rannte auf den Bischof zu und ging zuvorkommend auf die Knie.

„Was habt Ihr für mich?", fragte Verenus neugierig und nahm von Gruner den Umschlag entgegen. Sein Späher verharrte auf seinem Pferd, in der Hoffnung, dass Walter positive Nachrichten hatte. Doch dem war nicht so.

Als der Bischof die Zeilen überflog, verdunkelte sich seine hagere Miene. „Habt Dank für die schnelle Übermittlung." In diesem Augenblick ertönte der Schrei des

Falken, welcher mit breiten schwingen auf dem Handschuh des Falkners Platz nahm. „Reitet weiter, mein Sohn. Ich denke, Ihr habt noch mehr wichtige Schriftstücke zu überbringen." Während der Bursche davonritt, kam Giovanni noch einmal zu dem Monsignore zurück. „Ich gehe davon aus, dass es bereits zu spät ist." Bedrückt antwortete der Geistliche: „Ja. Das ist es. Wir können nun nur noch um die armen Seelen der Frauen beten." Verenus sah dem Falken in seine klaren Augen und überlegte. „Sagt Eurem Kameraden Bescheid. Sucht jede Stadt und jedes Dorf in der Provinz Alemannia auf und berichtet den Pfarrern, wie auch den Bischöfen von seiner Vorgehensweise."

„Eure Eminenz", flüsterte der Späher entschlossen und wollte sich gerade auf den Weg machen, da fügte Verenus noch einen entscheidenden Satz hinzu. „Fügt hinzu, die Vorgehensweise sei nicht im Namen des Heiligen Vaters. Auch wenn er dies behaupten sollte. Nun geht. Macht dem Treiben ein Ende." Entschlossen schwang sich Giovanni auf den Rücken seines Pferdes und verschwand zwischen den dichten Bäumen in Richtung Norden. „Ich bete um Euren Erfolg, werter Pasci. Auf dass das Schwert Gottes gegen den Richtigen geführt wird."

3. Kapitel

Es kam der Sonntag, an dem die Urteilsvollstreckung stattfinden sollte. Schon in der Früh war die Hitze unerträglich. Kein Lüftchen wehte durch die Gassen von Ravensburg. Immer mehr Bürger kamen zum Marktplatz. Einige von ihnen trugen verwelkten Salat und auch kleine Kieselsteine mit sich. Als die Glocke acht schlug, drängten sich die Menschen bereits vor den Scheiterhaufen. Auch Henricus war unter ihnen. Mit verschränkten Armen stand der Inquisitor in vorderster Reihe. Keine Regung, weder des Mitleids noch eines Schuldgefühls, erfüllte seine hagere Miene. Schweigend trat Georgus neben ihn und starrte auf die Holzstapel.

„Ihr seht nicht sonderlich erfreut aus, werter Georgus“, flüsterte Kramer in zynischem Ton. Er erhielt keine Antwort. „Euer Schweigen zeigt mir, dass Ihr mit meinen Methoden nicht einverstanden seid.“

„Da habt Ihr Recht. Es wäre meine Aufgabe gewesen, den Verhören beizuwohnen. Woher soll ich wissen, dass alles im Rahmen der Gesetze stattgefunden hat.“

„Ich habe mich an sämtliche Regeln gehalten“, sprach Institoris, ohne rot zu werden. Er griff in seine Kutte und zog Lisas Geständnis hervor. „Seht Ihr? Sie hat es zugegeben dem Leibhaftigen zu huldigen.“ Skeptisch las der Stadtrat das Schreiben durch.

„Und Frau Albrecht?“

„Sie wurde dem peinlichen Verhör unterzogen.“ Der stämmige Georgus wusste genau, was dies zu bedeuten hatte. Er faltete die Hände und betete still für die Seele der Bäuerin. Niemand von ihnen bemerkte, wie sich Kolbe vorsichtig durch die Massen drängte, bis er nur zwei Meter hinter Heinrich stehen blieb. Sein Kopf war leicht gesenkt und die schwarze Kapuze versteckte sein betrübtes Antlitz. Allmählich verzogen sich die letzten kleinen Wolken, welche hin und wieder für ein wenig Schatten sorgten. Plötzlich ertönten von weitem die Trommeln. Sie kündigten die Verurteilten an. Wo vorher noch rege Gespräche zu vernehmen waren, herrschte nun Totenstille. Walter wurde schlecht. Er befürchtete, sich übergeben zu müssen, als die Menschen zurücktraten und den Weg frei machten. Hinter den uniformierten Trommlern folgte Pfarrer Ernst Böhmer, der mit traurigem Gesichtsausdruck das verzierte Kreuz vor sich hertrug. Ihm folgte die gefesselte Wäscherin, die zu diesem Anlass ein cremefarbenes, knöchellanges, schlichtes Kleid sowie eine helle Haube trug. Lisa schien mit dem Leben abgeschlossen zu haben und schritt stolzen Blickes vor dem Scharfrichter, der eine brennende Pechfackel in der rechten Hand hielt. Immer wieder schallten laute Beschimpfungen aus der Menge, welche sogar die dröhnenden Trommelschläge übertönten. Angewidert von der jungen Frau, trafen immer wieder verdorrte Salatköpfe, wie auch faules Obst, Fräulein Burg, die sich nicht beirren ließ. Im nächsten Augenblick verstummten die aufgebrachten Bürger, als zwei Wachen an der Menge vorbei gingen. In ihrer Mitte zog ein Esel eine kleine Holzkarre, auf der der leblose Körper Käthe Albrechts lag.

Schließlich erreichte der Tross den Marktplatz und die Instrumente verstummten. Während die städtischen Wachen den geschundenen, blutverkrusteten Leichnam an den ersten Pfosten banden, fesselte der Henker Lisa an dem zweiten Pfahl. Bedauernd blieb der Ortspfarrer vor der Wäscherin stehen, salbte ihr Haupt und sprach: „Ich bete, dass Ihr Euren Frieden findet." Daraufhin bedachte er sie mit einem Kreuzzeichen und fuhr fort. „Habt Ihr noch letzte Worte, die Ihr an alle richten wollt?"

„Ja, die habe ich Pater." Ihr eisiger Blick galt jedoch nicht ihren Mitmenschen, sondern allein Henricus Institoris. „Heute verlasse ich, auf Euer zutun, diese Welt. Doch nicht ohne Euch meine und die Worte mit auf den Weg zu geben, die Frau Albrecht mir vor ihrem grausamen Tod hinterließ, Prior Kramer." Ein Schauer lief ihm über den Rücken, denn ihre Stimme war voller Zorn. „Eines Tages werdet Ihr für Eure Taten zur Rechenschaft gezogen. Spätestens, wenn Ihr auf dem Sterbebett liegt und Gott Euch den Einlass in sein Reich verwehrt. Ihr versündigt Euch auf eine grausame Art. Dafür werdet ihr den Höllensturz erleiden. Mehr habe ich nicht zu sagen, Pfarrer Böhmer." Schweren Herzens trat der Henker an die Scheite heran und entzündete diese bei beiden. Die grausame Hitze machte sich breit, während die Flammen sich durch die trockenen Hölzer fraßen. Binnen Sekunden brannte auch das einfache Kleid der jungen Frau, bis sie schließlich hinter der Feuerwand verschwand. Kein Schrei drang aus ihrer Kehle.

„Seid Ihr nun zufrieden?", fragte Georgus.

„Das war erst der Anfang. Ich werde meinen Feldzug gegen das Böse fortsetzen, denn der Allmächtige ist an meiner Seite."

Unterdessen stand Kolbe, wie angewurzelt und mit pochendem Herzen, ein Stück entfernt. Der Späher versuchte nicht zu weinen, angesichts dieser diabolischen Hinrichtung. Zufrieden blieb der Inquisitor vor Ort. Bis nur noch Asche übrig war. „Meine Arbeit ist an dieser

Stelle getan. Ihr wisst, wo Ihr mich findet, falls noch einmal der Teufel an Eure Pforten klopft."

„Verlasst meine Stadt", flüsterte Georgus und wandte sich von ihm ab. „Nie im Leben hätte ich es für möglich gehalten, dass Ihr so skrupellos seid. Hoffentlich sehen wir uns nie wieder." Abwertend verneigte sich Kramer und hinkte zu seinem Gasthaus zurück.

Als er sich am nächsten Tag auf den Heimweg machte, um seinem Freund weiterhin bei der Fertigstellung des Hexenhammers zur Hand zu gehen, führte ihn erneut sein Weg durch die dicht bewachsenen Felder, welche sich zu beiden Seiten ausbreiteten. Jeder der Bauern stand wie angewurzelt da und stierte ihm nach. Diese Aufmerksamkeit war der Grund, warum Henricus stolz weiter ritt. Statt sich mit den einfachen Leuten auseinanderzusetzen und ihnen seine Entscheidung zu erklären, bewegte er seinen Esel weiter vorwärts. Aus der Ferne sah Heinrich plötzlich dichte Staubwolken, die von dem rauen, sandigen Feldweg emporstiegen. Es war Giovanni Pasci, der in schnellem Galopp an ihm vorbeiritt. Ein flüchtiger Blick und der Späher verschwand hinter den dicken Stadtmauern.

„Diese jungen Menschen", flüsterte Institoris und ritt weiter, während Giovanni die Gassen zum Marktplatz durchquerte. Plötzlich stoppte er. Der Ort war menschenleer. Nur Walter stand versteinert da. Behände sprang der Italiener von seinem schwarzen Rappen und schritt langsam auf seinen Freund zu. Schweigend legte er den Arm um dessen Schulter und flüsterte: „Ich weiß, ich bin zu spät."

„Wir hätten eh nichts tun können", wisperte Walter, während sein Blick dem Aschehaufen galt.

„Ich erreichte Bischof Verenus. Er sagt, wir sollen keine Trübnis aufkommen lassen, sondern gegen diesen Mönch ankämpfen." Die Nachricht ließ die Hoffnung in dem jungen Mann wieder aufkeimen.

„Was hast du vor", fragte er seinen Freund, während er den fassungslosen, gar wütenden, Blick nicht von den ausgebrannten Kohleresten lösen konnte. „Diesem Unrecht muss Einhalt geboten werden. Egal, was die Menschen auch getan haben."

„Wir sollen jede Stadt, jeden Ort, jede Kirche und auch jedes Bistum aufsuchen, um den Geistlichen von den Schandtaten zu berichten, die Henricus Institoris hier vollzogen hat. Dann liegt es an den Einheimischen, ob sie dem Wahnsinn die Tür öffnen. Auf jeden Fall nicht abgesegnet von unserer heiligen, katholischen Kirche."

Nach einer kurzen Andacht machten sich die beiden gen Osten auf den Weg, damit nicht noch mehr Menschen Opfer der vermeintlichen Hexenverfolgung wurden.

Zweieinhalb Jahre verstrichen, in denen sich die Arbeit von Kramer sowie Jakob Sprenger dem Ende neigte. An diesem Abend saßen sie zusammen in der Bibliothek des Ordens und verfassten die letzten Seiten. Jakob war anzusehen, dass ihm etwas auf der Seele brannte, was er jedoch nicht auszusprechen wagte. Die Verfassung seines Freundes blieb Henricus nicht verborgen. Nach einigen stillen Stunden, in denen die beiden weiter Texte verfassten, legte der Inquisitor seine Feder nieder, faltete die Hände unter seinem Kinn und flüsterte: „Was ist los mit dir, Bruder?" Nachdenklich legte auch Jakob sein Schreibwerkzeug hin und sah Heinrich an.

„Bist du dir sicher, dass dieser Leitfaden nicht zu unserem Nachteil wird?"

„Natürlich nicht", antwortete der Prior selbstsicher, stand von seinem Platz auf und lief mit stolzer Brust umher. „Dein Name wird schließlich keine Erwähnung finden. Also warum machst du dir solche Gedanken?"

„Du bist dir im Klaren darüber, dass deine Worte viele Menschen anregen werden, ihren nächsten ans Messer zu liefern."

„Das ist eine Torheit, werter Jakob. Jeder Mensch, der sich an Gottes Worte hält, wird seinen Nächsten nicht unschuldig ans Kreuz schlagen. Davon bin ich felsenfest überzeugt." Sprenger senkte sein Haupt, rieb sich die Augen und fuhr leise fort.

„Gerüchte machen die Runde." Voller Neugier schaute der Inquisitor seinen Bruder an. „Man sagt, der Vatikan habe sich gegen dich gestellt."

„Diese Aussagen sind mir gänzlich unbekannt. Immerhin wirke ich im Namen des Heiligen Vaters."

„Allem Anschein nach haben sich mehrere Bischöfe gegen dich gestellt. Sie sind der Meinung, dass du den Gedankengang des Papstes zu deinem eigenen Wohle missbrauchst." Zornig sprang Kramer in die Höhe und schlug das Tintenfass vom Tisch, ehe er nervös umherhinkte.

„Ich kann es nicht glauben. Mein ganzes Schaffen steht im Namen des allmächtigen Herrn. Wie können sie mir Eigennutz unterstellen?" Er atmete tief durch und fuhr mit eisernem Blick fort. „Ich werde die Obigen vom Gegenteil überzeugen. Spätestens wenn sie selbst einen Fall von Teufelei in ihren Reihen haben, werden sie nach mir rufen."

„Hoffentlich behältst du Recht. Lass uns nun weiterschreiben. Schon bald kannst du deine Signatur daruntersetzen."

Schon wenige Monate später hielt Henricus den vollendeten Hexenhammer in den Händen. Tränen der Freude liefen über die schmalen Wangen des Dominikaners, als er die ersten Seiten aufschlug.

„Es ist das Werk des Herrn", flüsterte er demütig.

„Was gedenkst du nun zu tun? Immerhin ist es das einzige Exemplar." Doch selbst dieser gutgemeinte Kommentar seines Freundes ließ ihn nicht zweifeln.

„Ich werde jemanden finden, der den ersten Druckauftrag übernimmt. Dann wird sich der Hexenhammer über den gesamten Kontinent verbreiten."

„Wenn du meinst", wisperte Sprenger, der die Bücher wieder in die Regale räumte.

„Du wirst schon sehen, mein lieber Jakob." Daraufhin verließ Heinrich, das erste Exemplar in Händen haltend, die Bibliothek und verschwand in seinen Gemächern. Es vergingen nur wenige Stunden, bis es an der Tür klopfte.

„Was wünscht Ihr?", fragte Institoris launisch, während er schwungvoll öffnete. Vor ihm stand ein erschrockener Novize, welcher sich höflich verneigte und ihm mit zittriger Hand ein erneutes Bittschreiben überreichte.

„Dieser Brief ist soeben angekommen, Prior Kramer." Ohne ihn eines Blickes zu würdigen, nahm er den Letter entgegen. Seine mürrische Miene hellte sich auf, als er das Schreiben las.

Siehst du, werter Freund. Ich wusste, dass meine Hilfe im Kampf gegen das Böse dringend gebraucht werden würde. Der Stadtrat von Innsbruck verlangt nach mir. Wenn ich Bischof Golser von meinem Vorgehen überzeugen kann, dann wird mir dies aufs Neue einen Vorteil verschaffen. Hoffen wir das Beste.

Er bekreuzigte sich, packte die wichtigsten Utensilien ein und verließ das Gebäude zum Stall hinüber. Im Sinne

Innsbrucks Probleme ebenso lösen zu können wie die Ravensburgs, betrat der Mönch den Stall. Ein Schrecken fuhr ihm durch die Glieder, als er seinen treuen Esel, zuckend, am Boden liegen sah. Der für den Stall zuständige Mönch verneigte sich und schüttelte den Kopf.

„Was ist geschehen?", wisperte Henricus, dem das Maultier mehr am Herzen zu liegen schien als jeder Mensch um ihn herum. Zitternd legte er die Hand auf den Brustkorb des Esels.

„Er stirbt, Prior Kramer. Es wird nicht mehr lange dauern."

„Warum?"

„Euer Gefährte ist alt. Seid froh, dass er Euch so lange Zeit treu beistand." Er strich seinem Freund über die graue Mähne und wünschte ihm eine gute Reise. Plötzlich schloss das Reittier ruhig die Augen. Die Atmung wurde schwächer. Henricus strich ihm über die Mähne, ehe der Esel ein letztes Mal durchschnaufte und starb. Doch Kramer blieben nur wenige Moment des Trauerns. Er küsste seinen Esel ein letztes Mal auf die Stirn und wandte sich dem Mönch zu, der für die Stallungen verantwortlich war. „Es tut mir leid, Prior Kramer."

„Macht Euch keine Vorwürfe. Er hatte ein gutes Alter erreicht. Dass er mich damals nach Ravensburg begleitet hat, rechne ich ihm hoch an. Gott möge sich seiner Seele annehmen." Als wäre nichts geschehen, erhob er sich auf einmal und flüsterte mit schmerzerfüllter Miene: „Ich brauche eine Fortbewegungsmöglichkeit. Haben wir noch einen anderen Esel oder ein Pferd im Stall, mit dem ich meine Reise beginnen kann?"

„Gewiss. Kommt mit mir." In den nahegelegenen Stallungen befanden sich die wenigen Pferde des Ordens. Zwar wollte er nie den Luxus genießen, aber in diesem

Augenblick sah er keine andere Möglichkeit. Henricus entschied sich für einen schwarzen, furchterregenden Rappen, der kaum zu züchtigen schien. Wiehernd stieg das Pferd auf und trat wild um sich. „Ihr braucht Geduld. Es ist nicht einfach, mit ihm zurechtzukommen."

„Ich schaffe das. So wie ich jede Hürde im Leben meistere." Nachdem Kramer die Zügel in die Hand genommen hatte, beruhigte sich der Hengst recht rasch.

„Meine Zeit ist kostbar", wisperte er ernst dem Stallmeister zu, welcher umgehend reagierte. Ohne ein weiteres Wort zu verlieren, sattelte er den Rappen und half Institoris beim Aufsteigen.

„Gott möge auf all Euren Wegen mit Euch sein, Prior Kramer."

„Habt Dank." Daraufhin gab er dem Pferd einen leichten Schlag und galoppierte los. Immer wieder kamen ihm die Worte seines alten Freundes in den Sinn, welche ein mulmiges Gefühl verursachten.

Tage der beschwerlichen Reise zollten ihren Tribut. Immer kälter wurden die Nächte, in denen Heinrich entschlossen zu seinem Ziel ritt. Stets machte er Halt, um sich und sein Ross für den weiteren Weg vorzubereiten. Schließlich hielt der Winter Einzug und der erste Schnee begleitete ihn auf seiner Weiterreise. In den späten Abendstunden war Innsbruck bereits in der Ferne zu sehen. Die Fackeln der Stadtmauern ließen durch ihre Helligkeit den Tanz der fallenden Schneeflocken erkennen. Nur in seine schlichte Kutte gekleidet, bibberte der Mönch. Diese grässlichen Wetterbedingungen trugen auch nicht zu seinem körperlichen Wohlergehen bei. Jeder Tritt des Pferdes schlug ihm auf die Gelenke, sodass er fest auf die Zähne beißen musste, um das letzte Stück zu einem Gasthof zu meistern, welcher nur noch wenige

Meter entfernt lag. Überglücklich schien der Inquisitor, als sie vor der günstigen Absteige zum Stehen kamen. Mit schmerzverzerrtem Gesicht stieg er ab und übergab die Zügel an einen ungepflegten Stallburschen, der sich um die Reittiere kümmerte. Wortlos gab er dem Zwölfjährigen eine kleine Münze, nickte und hoffte, dass er sein Ross gut behandeln würde. Nachdem der Knecht verschwunden war, hinkte Henricus zum Eingang. Lautstark schallten die Stimmen der Betrunkenen zu ihm hinaus. Ein Gefühl des Ekels befiel den Dominikaner. Denn wo ein jeder so gotteslästerlich sein Leben führte, konnte das Böse nicht weit sein. So trat er ein. Der alte Tresen war besetzt von jungen Männern, die auf der Durchreise waren oder sich einfach von ihrem harten Alltag ablenken wollten. In einer Ecke hockte ein alter Mann, der an einem langen Stück Holz schnitzte und nichts wahrzunehmen schien. Für ihn zeigte Institoris Interesse, im Gegensatz zu all den anderen, angetrunkenen Burschen. Mit einem Lächeln näherte er sich dem Fremden und nahm neben ihm Platz. Aufgeschreckt sah ihn der Greis an. Die braunen Augen weit geöffnet, musterte er den Mönch. Sein Name war Ignaz Köhler. Ein einfacher Bauer, dessen grauer Vollbart das halbe Gesicht bedeckte. Sein lichtes Haar war zu einem langen Zopf gebunden und die tiefen Falten ließen auf ein hartes, entbehrungsreiches Leben schließen.

„Wie geht es Euch, Diener Gottes?", fragte er leise und wandte sich wieder seiner Schnitzerei zu.

„Habt Dank für die freundliche Nachfrage. Das Alter bereitet mir Pein." Ein Lächeln stahl sich auf Ignaz Lippen, während er nur zustimmend nickte.

„Wem geht es nicht so? Man wird halt nicht jünger und der Zahn der Zeit nagt an einem."

Sowie Kramer mehr über das Leben des Alten erfahren wollte, wurde er unhöflich durch das laute, lallende Gebrülle der Anwesenden gestört. Bis der Wirt, ein unscheinbarer, hagerer Mann mittleren Alters, an den Ecktisch kam.

„Mein Name ist Emil Schanzer, Herr. Darf ich Euch etwas zu trinken und zu essen bringen?“

„Ja, das wäre nett“, antwortete Institoris, ehe er wieder jäh von dem Tumult unterbrochen wurde. Energisch wandte sich Emil seinen Gästen zu und schrie sie an: „Haltet jetzt die Klappe. Wenn ich mich nicht unterhalten kann, fliegt ihr alle raus. Habt ihr mich verstanden.“ Heinrich bewunderte das Durchsetzungsvermögen des unscheinbaren Mannes, der sich wieder mit einem gequälten Lächeln dem Gast zuwendete.

„Ich hätte gerne eine heiße Suppe und einen Becher Bier. Das ist alles, was mich glücklich machen würde.“ Nachdem der Wirt verschwunden war, beäugten ihn die Anwesenden voller Misstrauen. „Könnt Ihr mir sagen, warum diese Männer mich zu abwertend anschauen?“ Ignaz schnitzte unbeirrt weiter.

„Sie sind der Inquisitor, nicht wahr?“

„Ja, das bin ich.“

„Dann sollten Sie sich im Klaren sein, warum Sie hier nicht gut gelitten sind.“

„Ich will nur auf Anfrage des Stadtrates dem Vergehen der Angeklagten auf den Grund gehen. Nichts weiter.“ Während Emil ihm die Suppe sowie den Becher Bier brachte, fuhr der Alte fort.

„Gebt acht, werter Herr. Ich weiß genau, wer Ihr seid. Henricus Institoris, die Hand des Allmächtigen.“

„So werde ich genannt.“

„Nein“, antwortete Ignaz leise. „Ich nenne Euch so.“

„Wieso wird mir solche Ehre zuteil?", wollte der Mönch in Erfahrung bringen. Doch sein Gegenüber schaute nur zu den Männern am Tresen, die sich flüsternd weiter unterhielten.

„Das ist keine Ehre, sondern das Kreuz, welches Ihr von nun an mit Euch rumschleppt. Eure Ankunft war schon in aller Munde und Ihr werdet auf heftigen Widerstand stoßen. Diese Stadt steht nicht hinter Euren Methoden, wie einst die Bevölkerung in Ravensburg." Seine direkten Worte entfachten in dem Inquisitor noch mehr den Willen, die Stadt von dem Bösen zu säubern. Denn er sah in dem Widerstand die Klaue Satans, welche die Mauern Innsbrucks in dem eisernen Griff hielt.

„Ich fürchte mich nicht vor den Menschen", erwiderte Henricus und aß behutsam seine heiße Kartoffelsuppe. „Aber vor Gott, wenn ich in seinem Namen versage."

„Verbeißt Euch nicht in Eurem Glauben, Herr. Wenn der Geist des Menschen gegen Euch ist, erreicht Ihr auch nichts mit der schärfsten Klinge. So kräftig Ihr auch zuschlagt."

„Da bin ich anderer Meinung. Harren wir der Dinge, die da kommen." Nachdem Heinrich seine Schüssel und den Becher geleert hatte, beugte er sich zu dem Alten.

„Erzählt mir Eure Geschichte."

„Die wird euch sicher nicht interessieren."

„Lasst mich diese Entscheidung treffen." Im Schein der Kerze schnitzte Ignaz weiter und berichtete von seinem Leben.

„Ich war Pächter eines Grundstücks, nahe der Inn. Als die Kraft mich noch nicht verlassen hatte, waren meine Felder die prächtigsten in der gesamten Umgebung. Das hatte ich dem Fluss zu verdanken, der mir stets Wasser schenkte." Auf einmal stockte Köhler. Sein Atem wurde schwer und er rang sichtlich mit der Fassung. Dies blieb auch Heinrich nicht verborgen. Also legte er tröstend die Hand auf seine und forderte ihn behutsam auf weiterzusprechen. „Das Glück küsste mich, als ich meine Frau Helene kennenlernte. Sie war immer für mich da. Mein Engel und Stern in harten Zeiten."

„Was ist geschehen?", fragte Kramer, obwohl die Details ihm schon jetzt einen Schauer über den Rücken trieben.

„Erst verloren wir unsere Söhne im Alter von sieben und zehn. Davon hat sich unsere Ehe nie erholt. Wir lebten nur noch aneinander vorbei. Während ich mich in die ertragreiche Feldarbeit stürzte und den Verpächter monatlich glücklich machte, sprach Helene kein Wort mehr. Sie kümmerte sich weiterhin um den Haushalt und ging zur Kirche. Eines Tages sprach ich sie darauf an und wollte wissen, ob Gott ihr hilft, über den Verlust hinwegzukommen." Ignaz schwieg. Tränen liefen über seine Wangen, die im dichten, grauen Bart verschwanden. „Sie sagte, dass sie im Beisein des Herrn Frieden finden würde. Frieden, den ich ihr nicht schenken konnte. Eines Tages lag sie tot im Bett. Dieses Bild werde ich nie mehr vergessen. Entsetzt erkundigte sich Kramer, ob sie sich selbst das Leben genommen hatte. Daraufhin schüttelte der alte Ignaz den Kopf. „Sie starb an gebrochenem Herzen. Das weiß ich."

„Euer Schicksal ist tragisch und ich werde für Euer Seelenheil beten."

„Habt Dank, Herr. Ein weiterer Fürsprecher kann vor Gott nicht schaden."

„Ist die Pachtlizenz für die Felder noch in Eurer Hand?", fragte Institoris nach, woraufhin der damalige Bauer nur bedauernd den Kopf schüttelte.

„Nein. Sie wurde mir entzogen, weil ich schon zu alt
und krank bin. Nun verbringe ich jeden Augenblick des
Tages, bei Wind und Wetter, auf der Straße. Der Marktplatz sorgt für mein Überleben. Dort verkaufe ich einfache Schnitzereien. So reicht es abends für eine Schale
Suppe und vielleicht noch ein kühles Bier, welches meine
Sinne betäubt.“ In diesem Augenblick regte sich in Heinrich die Nächstenliebe. Er griff in seine Kutte und nahm
zwei Geldstücke hervor.

„Ich hoffe, dass dies Euren Schmerz lindern kann.“

„Das kann ich nicht annehmen. Wir kennen uns nicht.
Ihr habt meine Geschichte zum ersten Mal gehört und so
eine Geste habe ich noch nie von einem meiner Mitmenschen empfangen.“

„Darum möchte ich, dass Ihr es nehmt. Ihr seid ein guter Mensch und Gott wird sich eines Tages gütig zeigen.
Dessen bin ich mir gewiss.“ Der alte Bauer schämte sich.
Er war es nicht gewohnt, Almosen von einem solch wichtigen Mann entgegenzunehmen. So machte er den letzten
Schnitt und reichte Heinrich den Gehstock, den er für
sich selbst gefertigt hatte.

„Das Geld nehme ich gerne an. Aber nicht, ohne Ihnen
etwas dafür zurückzugeben.“ Ignaz reichte ihm den fein-
gemaserten Stock. „Es wird Euch das Laufen erleichtern.
Wenn Ihr ihn anseht, behaltet mich in guter Erinnerung.“
Gerührt nahm Kramer den aus massivem Eichenholz ge-
schnitzten Stock entgegen und bedankte sich abermals
dafür.

„Ihr seid ein ehrlicher Bürger, Herr Köhler. Diesen
Stock werde ich erst auf dem Totenbett zur Seite legen.“
Daraufhin stand der Alte auf, verneigte sich zum Abschied und verließ das Gasthaus. Aus dem Fenster konnte
der Inquisitor ihm noch nachschauen, bis der Bauer in

den Schneewehen und der Dunkelheit verschwand. Während er ihm so nachschaute, trat der Gastwirt an ihn heran und erkundigte sich, ob der Geistliche noch etwas wünsche. Dies bejahte der Prior.

„Habt Ihr noch ein Schlafquartier für die Nacht? Ich bin sehr erschöpft und brauche ein wenig Ruhe, ehe ich mich morgen zeitig auf den Weg in die Stadt mache." Emil verneigte sich.

„Geht den schmalen Gang entlang. Dort kommt Ihr zu einem großen Raum. Das erste Bett gehört Euch, Herr." Mit Hilfe seines neuen Stocks stand Heinrich langsam auf, reichte seinem Gastgeber eine weitere Münze und wisperte unter Schmerzen: „Das müsste Eure Unannehmlichkeiten ausgleichen."

„Zu gütig." Als Kramer den dunklen, schmalen Gang betrat, warf er erneut einen Blick zurück. Ihm fiel auf, dass die jungen Burschen plötzlich allesamt die Zeche bezahlten und aufbrachen.

Herr, hilf mir stark zu sein. Egal, was morgen auch geschehen wird. Ich bin auf ewig dein Diener und handle in deinem Namen.

Immer wieder wanderte seine Hand zu dem ersten Exemplar des Hexenhammers, welches er voller Stolz in der Satteltasche mit sich trug. Schließlich schloss der Inquisitor die Augen. Da niemand sonst in dem spartanischen Schlafraum lag, vermochte er es für wenige Stunden zu schlafen. Doch seine Hand blieb stets an der Satteltasche, schützend am Malleus Maleficarum.

Am nächsten Morgen wurde er unsanft durch das Scheppern der Becher geweckt, die Emil abwusch. Den Schlaf aus den Augen reibend stand er auf und konnte sich vor Schmerzen kaum aufrecht auf den Beinen halten. Nur langsam hinkte er hinaus und dankte dem Wirt für die Unterkunft. Eine eisige Kälte überraschte ihn, als er vor die Pforte trat. In dieser Nacht hatte es leicht geschneit und die Flocken bedeckten den Boden, wie ein weißer Zuckerguss. Der beruhigende Anblick wich schnell der harten Realität. Denn sämtliche Bäume wirkten wie furchterregende Gerippe im Schein der allmählich aufgehenden Sonne. Der Bursche wartete bereits mit dem gesattelten Pferd auf ihn. Er verneigte sich respektvoll vor dem Würdenträger, überreichte ihm die Zügel und verschwand.

Ein netter, junger Mann. Schade, dass nicht mehr aus ihm werden wird. Er hat das Herz auf dem rechten Fleck.

Mit einem Lächeln, das Ross an den Zügeln führend, begab sich Henricus auf die letzte, kurze Wegstrecke, die ihn von der Stadt trennte. Zur Rechten floss der Inn, dessen Uferbereiche ebenfalls von einer hauchdünnen, weißen Schicht bedeckt waren. Voller Stolz erreichte der Mönch die hohen Mauern Innsbrucks. Doch der herzliche Empfang ließ auf sich warten. Sprachlos stand der Inquisitor vor den schweren, verschlossenen Toren. Keine Fanfare ertönte und niemand schien ihn zu erwarten. Eine Weile blieb er in der Kälte stehen, bis sein lauter Ruf ertönte.

„Henricus Institoris. Ich werde erwartet. Also öffnet mir den Weg zu Eurer geliebten Stadt." Die Stille wirkte unerträglich, gar furchterregend. Da schallte ein lautes Knacken, gefolgt von dem rauen Ton eines gewichtigen Holzbalkens. Daraufhin wurden die Torflügel aufgestoßen. Sein Herz schien für einen Augenblick stillzustehen. Immer mehr Männer jeglichen Alters versperrten ihm, bewaffnet mit Schaufeln, Mistgabeln, sowie festen Knüppeln den herbeigesehnten Einzug. „Lasst mich durch, Ihr einfachen Männer. Denn ich bin von Eurem

Stadtrat geladen und vertrete den Allmächtigen." Manche der Einwohner schauten grimmig drein, während einige ihm vor die Füße spuckten.

„Ihr seid hier nicht erwünscht, Mönch", rief einer zornig aus der Menge. „Geht zurück, wo Ihr herkommt. Nun griff Henricus in seine Kutte und nahm den Bittbrief des Stadtrates hervor.

„Ich werde diesen Ort nicht verlassen, ohne mit Eurem Obersten gesprochen zu haben. Denn es war er, der mich um Hilfe rief."

„Verschwindet endlich. Ihr seid hier nicht willkommen."

„Genau", schrie ihn ein weiterer junger Mann an. „In Innsbruck werdet Ihr nicht Euer grausames Werk verrichten." Als sich Institoris umschaute, sah er die Männer, die abends zuvor noch im Gasthof gefeiert hatten. Plötzlich lichteten sich die Reihen. Durch den schmalen Gang kam Bischof Friedrich Weiser erhobenen Hauptes und mit entschlossenem Blick auf den ungebetenen Gast zu.

„Prior Kramer", zischte er und verneigte sich abwertend vor ihm.

„Mein Name lautet Henricus Institoris, werter Bischof." Sein Gegenüber verschränkte die Arme vor dem in purpurrot gehüllten Brustkorb und fuhr energisch fort.

„Wie auch immer. Nach Eurem letzten Besuch in unserer Stadt bin ich nicht gewillt Euch auch nur für eine Stunde Einlass nach Innsbruck zu gewähren."

„Ihr grollt mir immer noch für die Hexen und Ketzer, die ich durch meine peinliche Befragung eindeutig überführt habe? Ihr Schicksal war schon besiegelt, Hochwürden." Der Bischof schüttelte den Kopf und antwortete in bestimmendem Ton: „Ich war schon damals mit Euren

Verhören und Eurem Auftreten vor Gericht nicht einverstanden. Ich weiß, was in Ravensburg geschehen ist. Das wird in meinem Innsbruck nicht noch einmal passieren. Also geht und lasst Euch nicht wieder blicken. Habt Ihr das verstanden, Mönch?" Kramer griff entschlossen in seine Tasche und reckte seinen Hexenhammer demonstrativ in die Höhe. Niemand bemerkte, dass Verenus Späher, Giovanni und Walter zwischen den aufgebrachten Bürgern standen. Die Kapuzen tief ins Gesicht gezogen, konnten sich die beiden ein zufriedenes Lächeln nicht verkneifen.

„Das ist das Werk des Papstes Innozenz sowie das Meine", raunte der Dominikaner mit versteinertem Gesichtsausdruck. „Ihr habt nicht das Recht mich von meiner gottgegebenen Mission abzuhalten." Doch selbst diese Äußerung ließ den Bischof völlig kalt.

„Darf ich Euch nun auffordern zu gehen. Der Stadtrat ist nach langem Gespräch auf meiner Seite. Wir werden den Prozess vor einem weltlichen Gericht vollziehen. Ich selbst werde den geistigen Aspekt beurteilen. Also nehmt Euer zusammengeschustertes Buch mit. Ihr seid hier nicht willkommen. Damit ist das Thema beendet." Während sich die Tore wieder schlossen, brüllte Henricus entsetzt: „Dagegen werde ich Widerspruch einlegen."

„Tut das", erwiderte der Bischof. „Es wird Euch nur keinen Nutzen bringen."

Prior Kramer kochte vor Wut, sodass er die Kälte um ihn herum nicht mehr wahrzunehmen schien. Also begab sich Heinrich wieder in das Gasthaus, in dem er sich für mehrere Tage einquartierte. Dort schrieb er einen Brandbrief an die Stadtältesten, um auf diese Weise den Bischof mundtot zu machen. Bis nach vier erneuten Sonnenaufgängen ein Bote in der Taverne erschien. Dieser übergab dem Geistlichen die Entscheidung. Wie ein Donnerschlag traf den Inquisitor die Meinung der Innsbrucker Obrigkeit, während er in einer durch Kerzenlicht erhellten Ecke saß. Seine Augen stierten auf das Schreiben, welches er ungläubig in Stücke riss.

Sie versagen mir den Aufenthalt in Innsbruck. Dieser Bischof sei verdammt. Er stürzt durch seine Art den Ort in den Abgrund. Schon bald wird hier kein Schnee mehr fallen, wenn des Teufels Schergen es Schwefel regnen lassen. Verflucht seien sie alle.

Aufgeschreckt sah er den Wirt an, als dieser unverhofft vor ihm stand.

„Verzeiht mir die Frage, aber wie lange wollt Ihr noch über die Schlafmöglichkeit verfügen?"

„Nach dieser Nacht werde ich abreisen."

„Möchtet Ihr schon heute bezahlen? Mir wäre es recht, da morgen mein freier Tag ist." Wortlos legte der Mönch ein Silberstück auf den Tisch und antwortete leise: „Das dürfte für Eure Mühen ausreichen."

„Habt Dank, Prior Kramer." Emil wollte sich gerade abwenden, doch er drehte sich um und gab seinem Gast noch etwas mit auf den Weg. „Ich weiß es steht mir nicht zu, einem älteren weise Ratschläge zu geben. Doch ich hoffe, Ihr nehmt es mir nicht übel." Der Inquisitor verschränkte die Arme. Er lehnte sich neugierig zurück. „Ihr wart mir ein lieber Gast. Aber dennoch litt mein Geschäft unter Eurer Anwesenheit. Seither schneiden mich die Einwohner. Deshalb möchte ich Euch dringlichst bitten, Eure Meinungen abermals zu überdenken, Herr. Ihr könnt nicht aufs Härteste strafen, ohne selbst eines Tages eine grässliche Strafe zu erhalten."

„Danke um Eure Sorgen, werter Herr Schanzer. Aber Eure Gewinne sind mir gleich. Ich bin ein zahlender Gast.

Mehr braucht Euch nicht zu interessieren. Und wenn sich die gesamte Stadt das Maul über mich zerreißt, weiß ich, dass mein Pfad zur Glückseligkeit der einzig Wahre ist. Jeder, der sich von diesen Hexen und Ketzern blenden lässt, soll in ewiger Verdammnis sein Dasein fristen. Mein Handeln dient dem Wohle der Menschheit. War das alles?" Abermals verneigte sich der Wirt, welcher bemerkte, dass er durch gutes Zureden den Dominikaner nicht erreichen konnte. So ging er auf seine anliegende Stube und verschloss die Tür hinter sich.

Am folgenden Morgen brach Henricus schon früh auf. Während er wie ein getretener Hund die unebene Straße entlangritt, beobachteten ihn Pasci und Kolbe aus der Ferne.

„Ich denke, es war ein Erfolg", flüsterte Walter.

„Ja, mein Freund", wisperte Giovanni, der trotz allem noch sorgenvoll dreinschaute.

„Diese Schlacht hat er verloren. Aber es wäre töricht zu glauben, dass er seine Arbeit aufgeben wird. Das heißt, wir müssen unseren Kampf weiterführen."

„Sollen wir ihm folgen?", erkundigte sich Walter nach dem weiteren Vorgehen. Aber Pasci schüttelte den Kopf.

„Das ist sinnlos. Wir müssen die Menschen wachrütteln, mit den Geistlichen sprechen, sodass sie den Obigen der Städte und Gemeinden die Augen öffnen. Was hier in Innsbruck funktioniert hat, wird sich wie ein Lauffeuer ausbreiten. Er wird nie im Leben in die Annalen der Geschichte eingehen. Dafür werden wir sorgen." Walter nickte entschlossen und zustimmend.

„Dann lass uns losreiten. Ich will keine Zeit verlieren."

4. Kapitel

Mittlerweile hatte sich das erhitzte Gemüt des Dominikaners abgekühlt. Nach reiflicher Überlegung gab es für ihn nur eine Möglichkeit, auf Häresie, Zauber- und Hexenwerk aufmerksam zu machen und den Kampf gegen die Dämonen fortzusetzen. Nämlich den Hexenhammer für jeden der städtischen Anführer, wie auch den geistigen Oberhäuptern, als Lektüre nahezulegen. So schrieb er Tag und Nacht zusammen mit seinem Bruder Josef Sprenger das Original ab und verschickte dies mit der Aufforderung zur Vervielfältigung an sämtliche Druckereien des Landes.

Es war ein warmer Frühlingsmorgen. Die Sonne schien leicht durch die dünnen Wolkenteppiche, welche von einem leichten Westwind zügig fortbewegt wurden. Beim Rundgang im klösterlichen Garten fand Institoris zum ersten Mal seit einer gefühlten Ewigkeit wieder zur Ruhe. Fasziniert von der Schönheit der Natur, die mit Knospen, Blüten und frischem Grün aufwartete, gelang es ihm endlich einmal tief durchzuatmen. Doch Institoris spürte in jeder Zelle seines Körpers, dass, trotz der Schönheit dieses Morgens, noch düstere Wolken aufziehen würden, welche sich nicht so leicht verdrängen ließen. Nachdenklich nahm er auf einer der steinernen Bänke Platz, die den Klostergarten schmückten und zum Verweilen einluden. Tief durchatmend saß Henricus da, als plötzlich, wie aus dem Nichts, Jakob neben ihm stand.

In Händen hielt der Bruder die letzte handschriftliche Kopie des Malleus Maleficarum. Teilnahmslos übergab sein Freund die Abschrift und nahm erschöpft neben ihm Platz.

„Ein herrlicher Morgen“, flüsterte Jakob, während er, von einer immensen Unruhe beseelt, in die aufgehende, rötlich grelle Sonne schaute.

„Solch ein natürliches Spektakel habe ich schon seit Ewigkeiten nicht mehr gesehen.“

„Trotz all der Schönheit, welche Gott uns schenkt, möchte ich dich um eins bitten.“ Neugierig schaute Heinrich seinen Weggefährten an und antwortete: „Natürlich. Doch was liegt dir auf dem Herzen, dass du so deprimiert dreinschaust?“

„Ich habe die Abschriften des Hexenhammers, zusammen mit deiner Aufforderung zum Druck, nach Straßburg, Nürnberg, Augsburg und Memmingen geschickt. Dies ist das Letzte.“

„Dann bleibt nur noch Speyer übrig“, antwortete Heinrich voller Zuversicht. „Wenn es dort noch gedruckt wird, sind den Möglichkeiten, die Menschen zu bekehren, keine Grenzen mehr gesetzt.“

„Du vergisst, dass kaum jemand aus der einfachen Bevölkerung lesen kann“, gab Sprenger zu bedenken. „Sie sind auf die Predigten ihres Pfarrers angewiesen. Falls dieser sich jedoch gegen dich und deine Meinungen stellt, ist das alles zum Scheitern verurteilt.“

„Denkst du, das wüsste ich nicht?“, antwortete Henricus. „Doch wenn der Satan an ihre Türen klopft, besinnen sie sich wieder. Vertraue mir.“ Auf einmal wurde Sprengers Miene immer ernster. Während er sich über die graue Tonsur strich, brach es auf einmal aus ihm heraus.

„Ich will meinen Namen nie erwähnt wissen.“

„Das haben wir doch schon besprochen und ich gab dir mein Wort darauf.“

„Es ist nicht der Punkt“, erwiderte sein Freund und vergrub das schmale Gesicht hinter seinen ebenso dürren Händen. „Ich bin mit deinen Meinungen und Thesen keineswegs einverstanden. Schon als wir das erste Exemplar schrieben, war mir unwohl. Doch am heutigen Tag stelle ich mich gegen dein Werk. Deine in Stein gemeißelten Worte lassen keine anderen zu. Es ist aber das Wesen des Menschen zu hinterfragen und das eigene Bewusstsein für die anderen zu entwickeln. Du versetzt die Bürger in Angst, Schrecken und Paranoia.“

„Ich nehme deine Worte zur Kenntnis, werter Bruder. Aber nichts wird mich von meinem Weg abbringen. Wie ich dir schon früher gesagt habe, ist es mir gleich, ob dein Name Erwähnung findet. Die Leute sollen mich fürchten, denn ich bin das Schwert Gottes.“ Daraufhin erhob sich Josef. Ehe der Dominikaner die Tür erreicht hatte, drehte er sich um und sprach voller Enttäuschung: „Tu, was du für richtig hältst. Ich bete, dass Gott an deiner Seite bleiben wird, er sich nicht eines Tages von dir abwendet und sein glühendes Schwert gegen dich richtet. Denk immer daran… Egoismus und Rachsucht sind nicht die Tugenden, die der Herr uns angedeihen ließ.“ Wuchtig warf er die Tür hinter sich in die Angeln, während Henricus sprachlos zurückblieb.

So kam das Sommerende. Noch immer waren die Tage angenehm. Institoris unternahm des Öfteren lange Spaziergänge, um seine Gelenke auf die drohende, harte Winterzeit vorzubereiten. Einen Schritt nach dem anderen bewegte sich Kramer durch den weiten Garten, der das Grundstück des Ordens umkreiste. Schließlich nahm er erschöpft auf einem umgestürzten Baumstamm Platz,

atmete tief durch und schaute nachdenklich auf seinen
Gehstock, den ihm der Alte geschenkt hatte. Immer wieder galten ihm seine Gedanken und er hoffte, dass es dem
Bauern gut ging. Mit geschlossenen Augen genoss der
Inquisitor die letzten Sonnenstrahlen, als plötzlich das
Geräusch von schnellen Schritten an ihn herandrang. Vor
ihm sank ein weiterer Novize auf die Knie und reichte
ihm aufgeregt drei Umschläge, die am Morgen angekommen waren.

„Prior Institoris. Es gibt Neuigkeiten, die an Euch gerichtet sind", wisperte der Junge und rang um Luft.

„Setz dich hin, mein Sohn", sprach er väterlich. Der
Bursche reichte ihm die Briefe. Voller Neugier öffnete
der Mönch die Umschläge. Ein zufriedenes Lächeln stahl
sich auf Kramers Lippen. Diese Schreiben bestärkten ihn
zunehmend in seinem Vorhaben. „Von den Druckereien
in Straßburg, Nürnberg und auch Speyer ist die Zustimmung gekommen. Ein weiterer Schritt zur Bekämpfung
des Leibhaftigen. Nun fehlt noch Augsburg und Memmingen." Danach wandte sich der Prior dem Novizen zu
und flüsterte mit leuchtenden Augen. „Geh und überbring
Bruder Sprenger die freudige Botschaft." Nachdem der
Junge verschwunden war, genoss Heinrich den Teiltriumph, den er mit der Hilfe der Druckhäuser erzielen
konnte. Doch als er in den frühen Abendstunden ins
Hauptgebäude zurückkam, erwartete ihn bereits sein
Bruder Jakob. Der Missmut war ihm förmlich anzusehen.
Demonstrativ versteckte der Mönch die Hände hinter den
Kuttenärmeln. Als sein langjähriger Freund an ihm vorbeiging, strafte er Kramer mit Verachtung. Sprenger
konnte ihm seine Härte, sowie die Abneigung nicht verzeihen. Dies schmerzte Heinrich, doch er besann sich auf
ihm zugetragene Aufgabe. Nämlich die Welt von dem

Bösen zu reinigen. Auf seiner Stube rechnete Henricus aus, in welchen Regionen des Landes sein Hexenhammer verbreitet werden könnte. Nach der Berechnung war ihm selbst die Meinung seines besten Freundes egal. Ihn interessierten nicht die Tantiemen eines jeden Buches, sondern die Menschen, die er durch sein Zutun erreichte. Abermals verging ein Jahr, in welchem es zwar Anfragen zu Befragungen gab, Institoris jedoch, um seine Stellung zu bewahren, darauf achtete, dass ihm eine solche Niederlage, wie in Innsbruck, niemals wieder geschehen durfte. Während der Dominikaner vor dem Kreuz der Kirche sein mittägliches Gebet sprach, konnte er nicht erahnen, was in den nächsten Monaten auf ihn zukommen zukäme.

In einem kleinen Dorf nahe Worms befand sich die Apotheke von Michael Dörre. Sein Geschäft hatte er mit Blut, Schweiß und Tränen aufgebaut, nachdem seine recht wohlhabenden Eltern es vor ihrem Tod zugunsten ihres Sohnes überschrieben hatten. Er war ein nicht überdurchschnittlich großgewachsener, inzwischen vierzigjähriger Mann, der sich dem Wohlergehen seiner Mitmenschen verschrieben hatte. Der dreifache, treusorgende Familienvater war ein sehr gläubiger und stand den Ortsbewohnern mit Rat, Tat und selbstgemischten Arzneien helfend zur Seite. Dies machte ihn nicht nur allseits bekannt, sondern auch zu einem wertgeschätzten Mitglied der Gesellschaft.

Jeden Abend, beim Läuten der Kirchenglocken, schloss er den Laden ab und ging die schmale Treppe hinauf, wo sich die Familie ihr kleines friedliches Reich aufgebaut hatte. An diesem kühlen Abend legte er seinen Überhang auf einem klapprigen Stuhl ab, welcher auf dem schmalen Flur stand. Erleichterter Miene betrat der blonde Apotheker die kleine Küche. Nacheinander wurde er von seinen Kindern, dem zwanzigjährigen Siegmund, dem sechzehnjährigen Friedrich sowie der jüngsten vierzehnjährigen Tochter Merle begrüßt. Auch seine Ehefrau Gisela nahm ihren Gatten freudig in Empfang. Sie küsste Michael auf die Stirn, bevor dieser am Kopfende des Tisches Platz nahm. Obwohl er als Apotheker ein gutes Auskommen hatte, lebte die Familie Dörre eher sparsam. Sie leisteten sich keine Besonderheiten. Einmal in der Woche gab es Fleisch zum Abendessen. Ansonsten tischte Gisela Kartoffeln, Suppe oder ein schlichtes Butterbrot auf. So gab es auch an diesem Abend nur eine dünne Gemüsebrühe. Als die duftenden Teller auf dem Tisch standen, reichte Michael der Familie die Hände und sie beteten zusammen.

„Herr im Himmel, wir danken dir für diese gedeckte Tafel, die du uns heute Tag bereitet hast. Halte weiterhin deine schützende Hand über die Familie und erfreue dich an unserem demütigen Leben. Amen." Alle begannen, die dünne Suppe mit Heißhunger zu verschlingen, nur Siegmund starrte nachdenklich auf seinen Teller, welcher schnell kalt wurde. Aus den Augenwinkeln beobachtete der Apotheker das Verhalten seines ältesten Sohnes.

„Hast du keinen Hunger, mein Junge?" Der gelernte Zimmermann schüttelte den Kopf und antwortete leise: „Ich verstehe es nicht, Vater."

„Was meinst du?" Alle schauten ihn fragend an.

„Wir haben genügend Vermögen. Du hast deine Apotheke, ich bin Zimmermann und auch Friedrich verdient gute Münze als Maurer. Warum müssen wir täglich Suppe essen, wenn alle anderen, wie unser Stadtrat, Tag ein, Tag aus, die leckersten Speisen genießen dürfen?"

Michael war entsetzt über die egoistische Meinung seines Sohnes. So legte er den Löffel nieder und starrte Siegmund strafend an.

„Auch wenn wir zu den Wohlhabenden dieser Stadt gehören, ist es unsere Pflicht es dem einfachen Bürger gelichzutun“, predigte sein Vater. „Gott hat das Brot mit den Armen geteilt. Dasselbe werden auch wir tun. Denn es ist ein vom Herrn gegebenes Privileg, welches uns zuteil wird. Dies sollten wir nicht schamlos ausnutzen.“

„Ja, Vater“, antwortete sein Junge leise, während der Rest der Familie nickend zustimmte.

„Sag, wie lief heute der Laden?“, erkundigte sich Gisela neugierig. Ihr Mann nahm einen Schluck schalen Bieres und berichtete sorgenvoll.

„Ich habe heute damit zugebracht, Salben anzumischen“, wisperte der alte Dörre. „Frau Halber kam völlig aufgelöst in die Apotheke. Ihr kleiner Sohn leidet unter einer nicht bekannten Hautkrankheit. Selbst unser Dorfarzt weiß keinen Rat. Auch Herr Kaiser kam mit ähnlichen Beschwerden zu mir. Schon morgen können sie die Arzneien abholen.“ Grübelnd rührte seine Gattin in der Suppenschüssel. Die sonst so positiv gestimmte, achtunddreißigjährige Frau war stets der Meinung ihres Mannes. Doch diesmal hatte sie Einwände, die selbst der Apotheker nicht beiseitedrängen konnte.

„Du leistest wertvolle Arbeit im Sinne der Gesellschaft. Also warum solltest du dafür nicht Geld verlangen? Wenn sie dir etwas schulden, dann fordere es ein.“ Der Einwand brachte selbst den selbstlosen Michael Dörre zum Nachdenken. Wie hypnotisiert schwang sein Löffel durch die Suppenschüssel.

„Wahrscheinlich hast du recht, meine Liebe“, wisperte der Herr des Hauses. „Meine Nächstenliebe ist ein

Hindernis. Ich bin zu gutmütig. Immerhin schulden mir die Leute wertvolles Geld für erbrachte Dienste. Schon morgen werde ich eine Liste führen, so dass jeder seine Versäumnisse begleichen kann. Aber ich brauche einfach eine Übersicht." Schweigend saßen sie weiterhin am Tisch, während Michael krampfhaft versuchte, vom Thema abzulenken. In dieser Nacht plagte ihn eine fürchterliche Unruhe. Von einer Seite wälzte er sich auf die andere und hoffte inständig auf ein wenig Schlaf. Er ahnte nicht, dass sein stärkster Feind bereits auf dem Weg war.

Am folgenden Morgen war Michael schon früh im Laden, um die versprochenen Tinkturen anzumischen. Als die Sonne in diesen kühlen Morgenstunden ihre sanften Strahlen durch die noch geschlossenen Fensterläden warf, keimte in ihm die Hoffnung auf, sich mit den Schuldnern gütig zu einigen. Der blonde Mann schrak auf, als sich plötzlich unter dem Läuten des Glöckchens die Tür öffnete und Frau Köhler nähertrat. Ihr Blick drückte Verzweiflung aus. Dörre verneigte sich vor der Dame.

„Frau Köhler? Womit kann ich Ihnen an diesem kalten und dennoch schönen Morgen dienlich sein?" Die ältere Dame wirkte peinlich berührt und gab ihm ein Zeichen, näher zu kommen, so dass niemand sie verstehen konnte.

„Mein Sohn leidet seit kurzem unter starkem Husten und um seine Gesundheit ist es nicht zum Besten bestellt." Gerne hätte Dörre geholfen, aber auch er hatte Verpflichtungen. So schaute er sie mit Sorge an und schüttelte den Kopf.

„Ihr wisst von den noch ausstehenden Geldern, die mir zustehen?", sprach der Apotheker mit leiser Stimme, so dass niemand etwas von dem Dilemma mitbekam.

„Ja", flüsterte die alte Dame, während sie seine Hand nahm. „Aber ich brauche die Medizin. Bei meinem Gatten hatten Ihre Mischungen Wunder bewirkt und ich hoffe, dass Ihr mich nicht im Stich lasst."

„Wartet einen Augenblick. Ich werde sehen, was ich tun kann." Daraufhin verschwand der Apotheker in seiner stillen Kammer und braute geschwind einen Trank zusammen, der Frau Köhlers ältesten Sohn von seinem Leiden befreien sollte. Zufrieden kehrte er nach einer halben Stunde zurück. Voller Stolz stellte Michael das Fläschchen vor ihr auf die Theke.

„Hier, Frau Köhler. Das sollte ihm helfen. Aber ich erwarte die erste Rate am Mittwoch. Sonst kann ich Ihrer Familie nicht mehr helfen." Mit einem Gefühl zwischen Dankbarkeit und Wut, steckte sie die Medizin ein, verneigte sich kurz und verschwand. So ging es den ganzen Tag lang. Jeder Bürger, welcher seinen Laden betrat, hatte Schulden, die er kaum begleichen konnte. Doch Dörre bestand auf die Zahlungen bis Mitte der kommenden Woche. Dies stieß auf heftigen Unmut der Einwohner und schnell machten Gerüchte die Runde. Die Leute tuschelten hinter seinem Rücken. Er sei nur auf das Geld aus, ein Scharlatan oder sogar von einer Besessenheit war die Rede. Von all dem bemerkte der Apotheker nichts, bis eines Tages ein Gastredner an der heiligen Messe teilnahm. Die Bänke waren prall gefüllt und sogar hinter den Reihen standen die Leute. Alle wollten die Worte des Fremden hören, der ihre Kirche aufsuchte, um seine Predigten zu halten.

Auch die Familie Dörre saß zwischen ihnen. Immer, wenn sich Michael umsah, schauten seine Mitbürger verlegen zu Boden. Dies bereitete ihm ein Unwohlsein, welches er nicht beschreiben konnte. Plötzlich begannen die

Glocken zu läuten, die geschlossenen Pforten öffneten sich und voran schritten die Ministranten in ihren schlichten, langen Roben. Sie trugen das Kreuz an einem langen Stab vor sich her. Einer von ihnen schwenkte den Weihrauch durch die Reihen. Der Chor fing an lautstark zu singen und die Menschen erhoben sich demütig von ihren Sitzgelegenheiten. Selbst die Alten folgten diesem Ritus. Hinter ihnen schritt der örtliche Pfarrer, Herbert Braun, den Rosenkranz in der Hand, an den Anwohnern vorbei. Er war der viertgeborene Sohn eines einfachen Bauern, der sich dank eines Gönners zum geistlichen Oberhaupt des Dorfes hocharbeiten konnte. Herbert hatte im nahegelegenen Worms Theologie studiert und ein hohes Ansehen bei den Ortsbürgern. Der Vierunddreißigjährige übernahm die geistliche Stellung nach dem Ableben seines Vorgängers und versuchte, jedem gerecht zu werden. Doch der Malleus Maleficarum veränderte seine Sicht auf die Dinge des alltäglichen Lebens. Hinter seiner gütigen Miene, den braunen Augen und dem züchtigen Äußeren, schien sich ein verblendeter Christ zu verbergen. Keine der mahnenden Stimmen, wie des Bischofs von Innsbruck drang an ihn heran. Auf einmal betrat Henricus Institoris den Kirchensaal. Mit versteinerter Miene, sich auf den Gehstock stützend, hinkte er Pfarrer Braun nach. In seinem linken Arm trug er den Hexenhammer, welcher nun, durch sein Zutun, den Rest der Provinz erreicht hatte. Während der Inquisitor neben den Ministranten, vor dem Kreuz und hinter dem reich geschmückten Altar Platz nahm, stieg Pater Herbert die hölzernen Stufen zur Kanzel hinauf, von wo aus ihm ein Überblick über seine Schafe möglich war. Der junge Geistliche spürte die Anspannung unter den Anwesenden, konnte diese jedoch nicht zuordnen. Als der Chor schwieg, räusperte er sich kurz, spreizte die Arme und eröffnete den Gottesdienst, der ganz anders sein sollte, denn je zuvor.

„Ihr guten Bürger. Lange habe ich nachgedacht, worüber ich die heutige Predigt halten sollte. Doch die Ankunft des werten Henricus Institoris inspirierte mich. An diesem Sonntage wird er selbst predigen und eine Seite ansprechen, die bereits jeder von uns miterlebt hat. Der eine konnte widerstehen und sich abwenden, der andere ist wahrscheinlich dem verfallen, wovor der Inquisitor am heutigen Tage mahnen wird." Nach einigen Gebeten und Gesängen bat er Henricus auf die Kanzel, um den Anwesenden ins Gewissen zu reden. Nachdem er die Stufen unter Schmerzen genommen hatte, lehnte er seinen Stock gegen die Kanzel und umgriff die hölzerne Stütze, auf der er seinen Hexenhammer wuchtig abgelegt hatte. Sein Blick streifte ernst über die Köpfe hinweg. Schweigen erfüllte den Gottessaal, bis Henricus donnernde, raue Stimme ertönte. „Ihr guten Menschen, Schöpfung Gottes. Schwarze, dichte Schwingen der Dunkelheit legen sich über das Land. Wohin man sieht, herrschen die sieben Todsünden vor und der Teufel verpestet die Seelen tugendhafter Menschen mit süßen Worten. Auch die Häresie, also das Leugnen der göttlichen Gebote und Aussagen, die es stets von guten Christen zu widerlegen gilt, ist ein erbarmungsloses Problem unserer Zeit."

Daraufhin nahm er sein Exemplar des Hexenhammers, reckte ihn in die Höhe, als sei es die Bibel und fuhr energisch fort. „Seht das Buch, welches Luzifer, seinen Ketzern und den Hexen entgegensteht. Unterstützt durch seine Heiligkeit, unserem geliebten Papst Innozenz, werde ich keinesfalls ruhen, bis auch dem letzten Frevler seine gerechte Strafe zuteilwurde. Auch zwischen euch, ihr gutgläubigen Menschen, befindet sich das Böse. Also berichtet mir von denen, die Gottes Moral zu unterwandern suchen." Der Inquisitor legte den Malleus Maleficarum nieder, schlug die Bibel auf und zitierte Samuel 28: 7 bis 9. „Da sprach Saul zu seinen Knechten: „Suchet mir ein Weib die einen Wahrsagergeist hat, dass ich zu ihr gehe und sie frage." Seine Knechte sprachen zu ihm: „Siehe, zu Endor ist ein Weib, die hat einen Wahrsagergeist." Und Saul wechselte seine Kleider und zog andere an. Er ging hin und andere mit ihm. Sie kamen bei der Nacht zum Weibe und Saul sprach: „Liebe, weissage mir durch den Wahrsagergeist und bringe mir herauf, den ich dir sage. Das Weib sprach zu ihm: „Siehe, du weißest wohl, was Saul getan hat, wie er die Wahrsager und Zeichendeuter ausgerottet hat vom Lande. Warum willst du denn meine Seele in das Netz führen, dass ich ertötet werde?" Mit solch süßen, unschuldigen Phrasen werden Hexen und ihre männlichen Gleichgesinnten versuchen auch euch zu täuschen, auf dass ihr sie nicht weiter verfolgen und ihr Tun hinterfragen werdet. Lasst euch nicht in die Irre führen. Meldet diese angeblich unbescholtenen Bürger, die ihre hässliche, wahre Fratze in euren Träumen zeigen, sodass ich sie befragen und der Gerichtsbarkeit Gottes zuführen kann."

Die Bürgerschaft bekreuzigte sich und nacheinander verließen sie das Gotteshaus. Währenddessen blieben Henricus Institoris und Pfarrer Herbert Braun zurück. Als sie alle gegangen waren, wollten die Geistlichen gerade die Kirche verlassen, da kamen plötzlich Frau Köhler, ihr Sohn Theodor, sowie einige andere Einwohner des Ortes zu den Altarstufen. Ohne Worte sanken sie demütig auf die Knie.

„Was wünscht Ihr, werte Frau Köhler?", erkundigte sich der junge Pfarrer und half ihr auf, während der Rest es weiterhin nicht wagte aufzuschauen. Die rüstige Frau wandte sich jedoch nicht an ihn, sondern schaute zu dem Inquisitor, der rasch bemerkte, dass ihr etwas schwer auf dem Herzen lag. Zuvorkommend, mit einem Lächeln hinkte er näher.

„Womit können wir Euch dienen?“

„Ich schäme mich dies zu tun, aber nach Eurer Predigt habe ich keine andere Wahl, Herr.“ Nun war Kramers Interesse geweckt. Einladend wies er auf den Beichtstuhl.

„Lasst uns gehen. Dort können wir uns ungestört unterhalten.“ Ehe er der alten Köhler folgte, fragte Heinrich, ob in der engen Kammer Tinte und Feder bereitständen. Dies bejahte Braun durch ein dezentes Kopfnicken. Behutsam geleitete Kramer sie zu dem Beichtstuhl, wo er sich. Während sie in den schmalen Räumchen Platz nahmen, bat der örtliche Pfarrer, die Männer sich noch einen Moment zu gedulden. Langsam schlug Institoris sein dickes Notizbuch auf, tauchte die Feder in die schwarze Tinte und fragte, im Schein der Kerzen, warum sie ihn aufsuche.

„Es ist mir sehr unangenehm, gar peinlich darüber zu reden“, stotterte Frau Köhler nervös. „Es geht um den ansässigen Apotheker.“

„Ich muss Euch fragen, ob Ihr mich von der Schweigepflicht entbindet.“

„Ja, Herr“, antwortete Frau Köhler mit leiser Stimme. Interessiert bat Henricus sie weiterzusprechen, während er akribisch jedes Wort niederschrieb. „Sein Name ist Michael Dörre, Vater von drei Kindern, Prior Institoris.“

„Worin liegt sein Vergehen? Jede Kleinigkeit kann von Wichtigkeit sein.“ Verlegen antwortete sie leise: „Nun, er ist habgierig. Dörre verweigert jedem die Hilfe, der es sich nicht leisten kann, Medikamente käuflich zu erwerben. Selbst mir, die immer die Rechnungen beglichen hat, händigt der werte Apotheker nur noch Arznei aus, wenn ich diese im Laufe der nächsten vier Wochen bezahlen kann. Das ist Scharlatanerie, gütiger Herr."

„Wohl war. Das Verhalten ist in keinem Fall christlich, sondern laut Ihren Aussagen eher habgierig und eigennützig." Doch dies reichte ihm noch nicht. Also hakte er nach. „Erzählt mir mehr." Durch das eiserne Gitter sah sie im Kerzenlicht sein ernstes Antlitz. Frau Köhler wurde zusehends nervöser. Ihre Hände begannen zu zittern und Schweißperlen auf der Stirn zeugten von Aufregung. Denn sie wusste genau, dass jeder weitere Satz dem rechtschaffenden Apotheker, sowie seiner Familie, erheblichen Schaden zufügen konnte. Nach kurzem Schweigen fuhr die Dame leise fort.

„In Eurer Predigt spracht Ihr von bösen Träumen. Auch ich hatte solche." Mit weit aufgerissenen Augen starrte Henricus durch die verzierten Gitter.

„Sprecht, Frau Köhler. Ich muss mehr erfahren. Auch wenn es Euch schwerfällt."

„Als ich in den vergangenen Tagen einschlief, erschien mir Herr Dörre. Wir befanden uns in einem nahegelegenen Waldstück. Erst unterhielt er sich zuvorkommend mit mir. Doch nachdem wir auf das Geld zu sprechen kamen, fingen die Bäume Feuer. Ehe ich mich versah, stand rund um mich alles in lodernden Flammen. Der Apotheker nahm mich bei den Schultern. Sein Griff wurde immer fester, der Blick war starr und die Augen färbten sich glühend rot. Mit einer furchterregenden Stimme sagte er, dass ich bezahlen müsste, sonst nehme er sich meine Seele. Wie versteinert stand ich da, nicht fähig mich auch nur einen Schritt von ihm wegzubewegen. Ich schloss die Augen und betete, dass es schnell zu

Ende ginge. Doch nachdem ich sie wieder geöffnet hatte, schien mein letztes Stündlein geschlagen zu haben. Plötzlich drangen Teufelshörner aus seiner Stirn und die Zunge war gespalten, wie die einer Schlange." So notierte der Inquisitor jedes Wort der alten Frau, bis er genug gehört hatte.

„Habt vielen Dank. Ihr habt das Richtige getan, indem Ihr mir die Wahrheit berichtetet. Ich werde mich nun darum kümmern, sodass Ihr mit Eurer Familie in Frieden und im Schutze des Allmächtigen weiterleben könnt." So entließ er die Bürgerin, ehe ihr Sohn Theodor in den Beichtstuhl gebeten wurde. Auch er entband den Geistlichen von dem Schweigegelübde, ehe er von ähnlichen Ereignissen, die den Apotheker betrafen, berichtete. Zwei geschlagene Stunden später hatte Institoris den letzten Einwohner vernommen, dessen Aussage sich mit den vorherigen deckte. Inzwischen brach die Dunkelheit herein. Ein gewaltiger Sturm wehte durch die Gassen des Ortes und er schien wie ausgestorben. Die beiden Männer Gottes hatten sich in Brauns Unterkunft, nahe der Kirche, zurückgezogen. Dort fand Kramer auch einen Schlafplatz. Die Haushaltshilfe des Pfarrers sorgte für das leibliche Wohl. Nachdem sie den Esstisch abgeräumt und den Abwasch erledigt hatte, verabschiedete sich Fräulein Sander. Nun war niemand mehr anwesend, der die ernsten Gespräche belauschen konnte.

„Wollt Ihr einen Becher Wein?", erkundigte sich Braun samt einem freudigen Lächeln. Doch Henricus verneinte und sprach: „Ich trinke keinen Wein. Aber wenn Ihr mir einen Becher Bier reichen könntet, wäre ich mehr als dankbar, werter Pfarrer." Schnell schenkte er ihm ein und nahm gegenüber an dem schweren Holztisch Platz. Nachdenklich starrte der Mönch in die Flammen des Kaminfeuers, während der Ortsgeistliche darauf wartete, dass der Mönch seine Gedanken mit ihm teilte.

„Sagt mir, wie es nun weitergeht? Eure Schrift war eine Inspiration, werter Institoris." Ein flüchtiges Lächeln stahl sich auf sein hageres Gesicht, als er diese Lobeshymnen vernahm.

„Es ist nicht nur eine Person, die den Apotheker beschuldigt, sondern mehrere Einwohner, deren Geschichten sich decken. Ich habe keine Zweifel daran, dass Herr Dörre sich der Abkehr von Gott schuldig gemacht hat." Beide nahmen einen Schluck zu sich, bevor Kramer weitersprach. „Dieser Fall liegt noch nicht dem Gericht vor, oder?"

„Nein, Prior. Ihr habt heute zuerst davon erfahren. Unglaublich, dass ein angesehener Mann aus unserer Mitte solche diabolischen Dinge vollbringen kann."

„Das, wovor man oft die Augen verschließen möchte, ist dennoch die nackte Wahrheit. Schon morgen werdet Ihr zu Eurem Obersten gehen und von Dörres Verfehlungen berichten. Sprecht jedoch nur die Unterschlagung an, denn dies ist der Schlüssel zu seiner sofortigen Inhaftierung. Um das Weitere werde ich mich kümmern. Dieser liebreizende Ort soll so bleiben, wie er ist. Nämlich sündenfrei." Zufrieden und in dem vermeintlichen Wissen, das Richtige zu tun, stießen die beiden Geistlichen an.

„Wollt Ihr die Bürger einer weiteren Befragung unterziehen?"

„Genau das habe ich vor, Pfarrer Braun. Die Anklage soll hieb- und stichfest sein, sodass eine Verurteilung nur noch Formsache ist."

Gegen Mitternacht war der schnelle Galopp zweier Pferde zu vernehmen. Ihre schwarzen Reiter kaum zu erkennen. Erst das schwache Licht eines nahegelegenen

Gasthauses durchbrach ein wenig die Dunkelheit dieser düsteren Nacht. Behände sprangen sie aus den Sätteln, banden die Pferde vor der Taverne an und betraten das kleine Gebäude. Giovanni, wie auch Walter streiften ihre Kapuzen ab, ehe sie sich skeptisch umschauten. Doch außer dem Wirt war niemand anwesend. Unter dem Scheppern ihrer schweren Stiefel näherten sich die Boten von Bischof Verenus dem kargen Tresen, hinter welchem ein greiser Mann die Becher säuberte. Wortlos nahmen die beiden Platz.

„Wir brauchen zwei Schlafstätten für die kommende Nacht, sowie ein Bier und etwas zu essen, mein Herr", sprach Kolbe und legte einige kleine Münzen auf die Anrichte. Unbeeindruckt reinigte der alte Wirt seine Becher und raunte: „Was wollt Ihr hier? Ihr seid Fremde, wie dieser Mönch, der unseren kleinen Ort heimsucht." Plötzlich wurden die Boten hellhörig und neigten sich ein Stück näher an Karl Hönig heran.

„Ein Fremder, Herr? Wie sieht er aus?"

„Nun, wie ein schlichter Mönch. Was soll ich Euch noch sagen?" Walter drehte sich zu Giovanni und zischte leise: „Er ist es. Er ist bereits hier." Pasci wandte sich wieder an den Greis und fragte, was er von dem Fremden wusste. Schweigend stellte Karl ihnen zwei Biere vor.

„Ich kann lediglich sagen, dass er von seiner äußeren Erscheinung her ein harter Hund ist, meine Herren. Er hielt heute Morgen die Vormittagspredigt, in der es um Hexerei und solche Dinge ging. Mich interessiert dieser Hokuspokus nicht. In jedem Mensch steckt etwas Gutes. Was er von sich gibt, ist pure Schwarzmalerei." Er bemerkte, wie die Reiter nervöser wurden. So schaute er sich um, beugte sich vor und wisperte leise. „Am frühen Abend waren einige Gäste anwesend, die von Herrn

Dörre, dem ansässigen Apotheker, sprachen. Sie sagten, dass er nun seine gerechte Strafe bekäme. Ich gebe nicht viel auf solches Geschwätz, aber in ihren Augen konnte ich die Wut sehen, die sie gegenüber diesem rechtschaffenen Mann empfanden. Nach dem Gottesdienst waren einige von ihnen anwesend. Sie blieben länger in der Kirche als all die anderen. Es würde mich nicht im Geringsten wundern, wenn sie Dörre verunglimpfen."

„Wie kommt Ihr darauf?", wollte Walter in Erfahrung bringen.

„Sie schulden ihm Geld. Nun, da er feste Raten einfordert, steigt der Hass auf ihn." Er lächelte und stellte den beiden eine heiße Kartoffelsuppe vor. „Was soll er denn tun? Schließlich hat auch er Familie und möchte nur, dass sie genügend Brot auf dem Tisch haben."

„Es ist Eile geboten", zischte Giovanni. So wandte er sich wieder dem Wirt zu. „Sagt mir bitte, wie der Name eures Pfarrers lautet?"

„Pfarrer Herbert Braun." Nun aßen die Boten erst mit Heißhunger ihr spärliches Mahl, ehe sie sich in dem verlassenen Gastraum zur Ruhe begaben. Doch beide fanden erst einmal keinen Schlaf. Ihre Gedanken kreisten darum, weitere Leben zu retten. Walter drehte sich zu seinem Freund und wisperte besorgt: „Wie ist dein Plan?"

„In aller Frühe brechen wir auf. Ich muss den Pfarrer sprechen und ihn von der Ungerechtigkeit dieses Wahns überzeugen."

Kolbe hingegen war nicht so begeistert von dem Vorhaben und gab zu bedenken, dass er Giovanni auch fortschicken könnte. Dann hätte ihr Aufenthalt in diesem kleinen Nest nahe Worms auch nicht zum gewünschten Erfolg geführt. „Wenn er nicht mit mir sprechen möchte, gehen wir zum Ortsobersten. Er wird mir zuhören. Ich

wünschte, Monsignore Verenus hätte uns etwas schriftlich mitgegeben. Das würde unsere Stellung untermauern."

„Es bleibt uns nichts anderes übrig, als ohne Waffen
auf unseren Gegner zuzugehen. Wollen wir hoffen, dass
der Allmächtige an unserer Seite ist."

„Ja", murmelte Pasci. „Gottes Beistand wäre ein immenser Trumpf."

Während am nächsten Morgen das Tageslicht langsam durch den dichten Wolkenteppich brach, stand Henricus schon vor dem Spiegel und wusch sich den Schlaf
aus den Augen. Bevor er an seine Arbeit ging, wollte der
Dominikaner mehr von dem Vorort und seinen Bürgern
erfahren. Schmerzenden Schrittes bewegte er sich durch
die Gassen, in welchen sich allmählich Leben regte. Zur
gleichen Zeit begab sich Pfarrer Braun zum nahegelegenen Rathaus, um dem Vorsteher von den gestrigen De-
nunzierungen zu berichten. Mit gefalteten Händen, an
den Wachen vorbei, betrat er den schmalen, steinernen
Gang, welcher zum Zimmer des Dorfrates führte. Nach
einem behutsamen Klopfen wurde ihm gestattet einzutreten. Hinter dem großen, breiten Schreibtisch saß Siegfried Schönherr. Der inzwischen achtundvierzigjährige
Ortsvorsteher war unter der Bevölkerung sehr beliebt. Er
konnte sich den Problemen der Menschen annehmen und
fand auch stets eine Lösung. Einzig und allein die Unbe-
darftheit eines Kleinkindes stand ihm permanent im Weg.
Gerade vor dem Thema der Hexenverfolgung hegte er
größte Furcht. Siegfried wollte auf keinen Fall seine Stellung aufgrund einer solchen, seiner Meinung nach Be-
langlosigkeit, verlieren. So betete der stramme, dunkel-
haarige, barttragende Mann immer wieder um Gottes

Beistand und dessen kostbare Führung. Flink sprang er in die Höhe, als Braun das karge Schreibzimmer betrat. Nichts hatte sich verändert. Nackte Wände schmückten den Raum. Keinerlei Bücher, Landkarten oder Sonstiges erfüllten den Raum mit Wissen.

„Pfarrer Braun", sprach er überrascht und bot ihm einen Stuhl vor dem Arbeitstisch an. Schönherr ließ es auch an guten Manieren vermissen. So bot er seinem Gegenüber nicht mal einen Becher Wein an. „Was wünscht Ihr von mir?" Selbstsicher und gestützt durch Kramers Meinung, kam er gleich zur Sache.

„Ihr wisst, Prior Henricus Institoris ist unter uns. Am gestrigen Tage hielten wir eine gemeinsame Messe."

„Gewiss. Ich war anwesend, werter Pater."

„Wie ihm von einigen Einwohnern zu Ohren gekommen ist, handelt es sich bei Michael Dörre, dem Apotheker, nicht nur um einen Scharlatan, sondern auch um eine der vielen Reinkarnationen des Bösen." Geschockt saß Schönherr da und wusste nicht, was er sagen sollte. Also ließ er seinen Geistlichen weiterhin ausführen. „Ihnen allen erschien er als Dämon im Traum."

„War dies die Aussage eines Einzelnen oder der gesamten Menge?"

„Allesamt haben unabhängig voneinander das Gleiche ausgesagt. Daher glaube ich den Denunzianten." Der Ortsvorsteher stand grübelnd auf und schaute durch sein kleines Fenster hinaus auf den dichtbewölkten Himmel.

„Was sagt der Inquisitor dazu?"

„Seine Meinung ist die gleiche. Er möchte der Sache nachgehen." Schweißperlen bildeten sich auf der hohen Stirn des Ortsvorstehers. Nie zuvor war er mit solchen, einschneidenden Entscheidungen konfrontiert und antwortete: „Wenn Ihr meint, es sei das Beste, dann soll es so sein", flüsterte Schönherr, der damit die Verantwortung nur allzu gerne abgab. „Wann habt Ihr geplant, die Gerichtsbarkeit einzuschalten?" Überheblich, das Recht auf seiner Seite glaubend, stahl sich ein zynisches Lächeln auf seine schmalen Lippen. In gleichbleibender Bewegung strich der Geistliche über den rostbraunen Bart.

„Das werde ich noch mit Henricus Institoris absprechen. Aber am besten wäre es, so schnell wie möglich. Es liegt nun bei Euch, den Apotheker zu verhaften, in Ketten zu legen und seiner gerechten Strafe zuzuführen."

„Macht Euch keine Sorgen", sprach Siegfried entschlossen, trotzdem demütig, um den Zorn Gottes nicht selbst erdulden zu müssen. „Ich werde umgehend veranlassen, dass dieser gefallene Apotheker zum Verhör erscheint." Daraufhin verabschiedeten sie sich und mit geschwollener Brust verließ der Pfarrer das Gebäude. Nach fast einer viertel Stunde kam er zurück zu seinem Domizil, wo Giovanni, wie auch Walter, bereits seine Ankunft erwarteten. Überrascht über das Auftreten der in schwarz gekleideten Männer blieb der Geistliche stehen.

„Kann ich Euch helfen, meine Herren?" Zuvorkommend verneigten sich die Späher.

„Das könnt Ihr wirklich, Pfarrer Braun", wisperte Walter und sah sich geschwind um. Er trat näher und sprach: „Ist der Inquisitor, Henricus Institoris, bei Euch zu Gast?"

„Gewiss doch. Und er wird bleiben, solange es von Nöten ist. Mich würde eher interessieren, wer Euch zu mir schickt." Giovanni übernahm das Wort.

„Wir sind die Gesandten des Bischofs Valerius Verenus. Unsere Reise führte uns bislang durch viele Städte und Orte der Provinz, um dem Treiben des Mönches ein Ende zu bereiten." Braun, der auf Henricus Seite stand, war skeptisch und antwortete abwertend: „Wenn Ihr im Auftrag des Hochwürden unterwegs seid, könnt Ihr dies gewiss schriftlich belegen." Vor den Kopf gestoßen, schauten sich die beiden an. Walter schüttelte energisch den Kopf und fuhr genauso fort.

„Werter Pfarrer, wir haben einen mündlichen Auftrag. Vertraut bitte nicht dem Vorgehen des Inquisitors. Seine Methoden sind menschenunwürdig und grausam. Stellt diesen Apotheker vor ein weltliches Gericht, an dem auch Ihr als Geistlicher Eure Meinung äußern könnt." Doch der Pfarrer hatte eine andere Ansicht, die er unverhohlen zum Ausdruck brachte. Demonstrativ hielt er die Aufzeichnungen des Dominikaners in die Höhe.

„Mehrere Einwohner haben Dörre denunziert. Darüber werden wir uns nicht hinwegsetzen. Auch der Stadtrat steht hinter den bevorstehenden Verhören. Er wird zusammen mit dem Richter eine Anhörung anberaumen, was nicht heißt, dass wir den Apotheker ohne ein genaues Verhör entlassen."

„Damit setzt Ihr Euch über die Forderung des kirchlichen Prüfungsausschusses hinweg. Wo ist Eure christliche Nächstenliebe geblieben?", appellierte Giovanni an das Gewissen des Geistlichen. Doch er stieß auf taube Ohren.

„Meine Nächstenliebe endet vor der Höllenpforte. Hexen und Ketzer haben mit ihrer seelenverpestenden Art nichts in unserer Mitte verloren. Dafür kämpfe ich mit allen Mitteln."

„Aber der Papst", versuchte Kolbe ihn vom Gegenteil zu überzeugen, da wurde er von Braun harsch unterbrochen. Lautstark brüllte er die beiden Gesandten an: „Der Papst steht hinter Institoris. Lest das Vorwort des Hexenhammers. Damit ist unser Gespräch beendet. Nun darf ich Euch bitten zu gehen." Hastig schloss der Pfarrer seine Tür auf, verschwand und ließ die Boten sprachlos zurück.

„Hast du eine Idee?", fragte Walter hoffnungslos. Giovanni zuckte mit den Schultern.

„Nun ist guter Rat teuer. Wir sollten uns an den Ortsobersten wenden und ihm die Sachlage schildern."

„Du hast ihn gehört, Giovanni. Ohne eine schriftliche Vollmacht, stehen wir hier vor einem unüberwindbaren Hindernis. Wenn Herr Schönherr derselben Meinung ist, fällt Kramers Wahn der Nächste zum Opfer. In dieser Geschwindigkeit werden wir keine besiegelte Anweisung von Bischof Verenus erhalten."

„Dann müssen wir unser Glück bei dem Ortsherrn suchen. Ohne einen Versuch, ist der Apotheker geliefert."

Während Braun Henricus von seinem Erfolg berichtete, rannten die Freunde eilig zum Bürgerhaus. Die Sonne versank bereits am Horizont, als sie vor der verschlossenen Pforte standen. Durch die hölzernen Fensterläden drang kein Lampenlicht. Niemand schien mehr anwesend zu sein.

„Macht auf", brüllte Walter verzweifelt und seine donnernden Schläge krachten gegen das massive Holz. Bis Pasci ihn zurückhielt.

„Es ist keiner mehr da. Lass uns morgen noch einmal vorbeischauen." Wütend über die ausweglose Lage, fügte sich Kolbe dem Schicksal. Sie ahnten nicht, dass auf der anderen Seite der Ortschaft bereits die Verhaftung Michael Dörres im Gange war. Im Schutze der Dunkelheit stürmten vier Wachen die Räumlichkeiten der Apotheke, zertrümmerten die Scheiben und verschafften sich so Zugang. Die Familie, die sich bereits zu Bett begeben hatte, schrak mit rasendem Herzen in die Höhe, als sie den

Lärm aus dem Erdgeschoss vernahmen. Die Stiefelschritte der Männer auf der knarrenden Treppe drangen an sie heran. Michael, der seine Liebsten beschützen wollte, erhob sich und stellte sich schützend vor die Betten.

„Bleibt ruhig." Er griff sich ein Kantholz, welches sich neben ihm befand und hob es einschüchternd nach oben. Die Schritte wurden lauter. Im nächsten Augenblick öffnete sich mit einem schallenden Tritt die Schlafzimmertür.

„Schnappt ihn euch", befahl der uniformierte Kommandeur. Ehe sich Michael versah, war er umringt von Hellebarden, die ihm ein Erwehren verweigerten. „Herr Dörre, hiermit befindet Ihr Euch unter Arrest." Seine Angehörigen saßen aufrecht da. Sie wussten nicht, was überhaupt vor sich ging. Im selben Augenblick schlug ihm eine der Wachen den Knüppel aus der Hand und die anderen warfen sich auf ihn.

„Lasst mich los", schrie er aus voller Kehle. „Was wollt Ihr? Was wird mir vorgeworfen?" Doch der Kommandierende schwieg. Binnen Sekunden hatten sie dem Apotheker Handfesseln angelegt und stießen ihn vor sich her. Gisela stand auf. Ihr ganzer Körper bebte vor Furcht.

„Was geschieht hier?", schrie sie aufgeregt dem Hauptmann entgegen.

„Ich handele auf Befehl des Ortsvorstehers und der heiligen katholischen Kirche, Frau Dörre", versuchte der Uniformierte zu beruhigen. „Wenden Sie sich an das Gericht. Dort kann man Ihnen weiterhelfen. Wir befolgen Befehle, ohne diese zu hinterfragen." Ratlos blieb die Familie zurück, während Michael aus seinem Haus hinausgeführt wurde.

„Warum gerade Vater?", fragte Merle.

„Ich habe keine Ahnung. Doch ich werde es heraus-
finden“, wisperte Gisela entschlossen, nachdem sich der
erste Schock allmählich gelegt hatte. „Ich fürchte, das
Schlimmste steht uns noch bevor.“

5. Kapitel

Immer wieder fragte Dörre, warum er in Haft genommen wurde, als sie ihn durch die dunklen Gassen des Wormser Vororts führten. Doch er stieß auf eine Wand des Schweigens. Eine kalte Zelle war für diese Nacht sein neues Zuhause. Als sich die Kerkertür hinter ihm schloss, schaute er sich erschrocken um. Es war feucht, stank modrig und nur der Mondschein, welcher durch die schmalen Gitterstäbe fiel, spendete ein wenig Trost. Still sank er in der Ecke auf dem Stroh zu Boden und sprach zu seinem Gott.

Herr, welcher Prüfung unterziehst du mich? Und warum? Ich war immer ehrlich, großzügig und gottesfürchtig. Nichts habe ich mir vorzuwerfen. Sprich zu mir, Allmächtiger.

In der Morgendämmerung des folgenden Tages, hockte der Apotheker weiterhin auf dem feuchten Stroh. Die Knie fest mit den Armen umschlungen, beobachtete er drei Ratten, welche nur auf seinen Tod zu warten schienen. Wild fuchtelte Michael mit den Armen umher und gab dröhnende Laute von sich, als diese ihm zusehends näherkamen. Doch die Nager zeigten keinerlei Reaktion. Im Gegenteil. Sie näherten sich vorsichtig. Nun kamen dem Familienvater die Tränen und er warf mit dem aufgeweichten Stroh nach ihnen.

„Lasst mich in Ruhe, verflucht. Meine Zeit ist noch nicht gekommen, ihr ekelhaften Viecher." Plötzlich klackte der Schlüssel in der undurchdringlichen Pforte.

Diese öffnete sich und Michael sprang unter Tränen der Verzweiflung auf. Er wollte den Wärter gerade freudig umarmen, da stieß ihn dieser umgehend ein Stück von sich.

„Dreh dich um, Michael", befahl er dem Apotheker. Anhand der Stimme erkannte Dörre seinen alten Freund Georg Klein, der ihm die Arme auf dem Rücken verschränkte, ehe er ihm die Hand- und Fußfesseln anlegte. „Georg?"

„Ja", sprach sein Kamerad leise, während das letzte Schloss laut knackte.

„Was ist hier los? Warum werde ich so behandelt?"

„Ich habe keine Ahnung. Das wirst du noch vor Gericht erfahren. Nun lass mich meine Arbeit machen." Michael verstand seine Einstellung, denn hätte Klein sämtliche Befehle hinterfragt, wäre er schon lange außer Dienst gestellt. So ergab sich der Apotheke der gegebenen Situation und schritt schweigend vor seinem alten Freund her. Nachdem sie die Treppen zum Ausgang genommen hatten, eilten vier bewaffnete Wachen hinzu, die den Apotheker geleiten sollten. Es war noch zu solch früher Stunde, dass kein Bürger auf den Beinen war. Dies ermöglichte den reibungslosen Gang zum Gerichtssaal, der sich ebenfalls im Bürgerhaus befand. Schließlich betraten sie den kargen Raum, welcher mit nur wenigen, schlichten Tischen und einigen ungemütlichen Stühlen ausgestattet war. Erst jetzt wurde Michael bewusst, dass es um sein Leben ging. Adrenalin, sowie ein Schub Nervosität durchfluteten seinen Körper. Die Stille war unausstehlich, bis plötzlich Henricus Institoris in Begleitung seines Untergebenen, Pfarrer Braun, den Saal betrat. Ohne ihn eines Blickes zu würdigen, humpelte der Vertreter Gottes zur Anklagebank. Neben ihn setzte sich der örtliche Pfarrer, der donnernd die Unterlagen auf den Tisch schlug.

Was geht hier vor? Warum übernehmen dieser Mönch und unser Pfarrer die Anklage? Ich habe mir schließlich nichts zu Schulden kommen lassen.

Erneut vergingen zehn Minuten, die dem angeblichen Satansanhänger wie eine Ewigkeit erschienen. Er atmete erst erleichtert auf, als Schönherr zusammen mit dem Richter hineinkam. Ihr Justiziar hieß Benedikt Lehmann. Der gedrungene, ältere Herr trug schneeweißes Haar, welches zu einem Zopf gebunden war und er sah auf die Ferne nicht mehr gut. So musste er die Augen fest zusammenkneifen, um wenigstens die Silhouette des Angeklagten zu erahnen. Diese Miene ließ einem jeden das Blut in den Adern gefrieren, denn sie unterstrich neben der altbekannten Härte, noch seinen Willen den Prozess zügig zu beenden. Er räusperte sich kurz.

„Werte Herren. Die heutige Zusammenkunft dient lediglich der Lesung der Anklage." Lehmann sortierte die Schriften, verschränkte die Arme vor dem Oberkörper und fuhr launisch fort. „Ihr seid Michael Dörre, der ansässige Apotheker, ist das richtig?"

„Ja, Herr Richter Lehmann", antwortete Dörre entschlossen, als er aufstand und sich respektvoll vor ihm verneigte.

„Nehmt Platz. Ich habe Euch nicht zu dieser Geste aufgefordert." Für einen kurzen Moment wäre das Fallen einer Stecknadel zu hören gewesen. Nun wandte sich der Richter den Geistlichen zu. „Pfarrer Braun und", ehe er weitersprechen konnte, erhob sich Heinrich voller Stolz.

„Henricus Institoris, werter Richter Lehmann." Es hatte den Eindruck, als würde der Richter die Fassung verlieren. Aber der fünfundfünfzigjährige Justiziar, der schon ewig diese hohe, angesehene Position inne hatte, bewahrte die Ruhe.

„Danke. Ich kenne Euren Namen. Immerhin ist er in aller Munde."

„Ja, Herr Richter", antwortete Institoris kleinlaut, sich verneigend.

„Gravierende Vorwürfe, die Ihr diesem Mann zur Last legt." Nun ergriff Pfarrer Braun das Wort und begann seine flammende Rede.

„Dieser Mann, unser Apotheker, geschätzter Freund und Heiler, er ist beschuldigt der Erpressung, der Nötigung und Heimsuchung, werter Richter." Die beiden ersten Punkte schienen Lehmann völlig kalt zu lassen. Stattdessen richtete sich sein Augenmerk interessiert auf den dritten Anklagepunkt.

„Inwiefern sprecht Ihr von Heimsuchung, werter Pfarrer? Das ist ein ungewöhnlicher Punkt. Erklärt mir dies."

„Hohes Gericht, wie Henricus Institoris und mir bereits zu Ohren kam, und zwar durch Denunzierung vieler der Bürger, erschien ihnen Herr Dörre im Traum, nachdem er die armen Seelen heimtückisch zu erpressen versuchte." In diesem Augenblick hielt Michael nichts mehr auf seinem harten Stuhl. Wutentbrannt, merkend, dass es jetzt um sein Leben ging, sprang er gefesselt auf und schrie verzweifelt: „Das ist eine Lüge. Nie im Leben habe ich so etwas getan. Und warum die Leute mir unterstellen, ich hätte sie in ihren Träumen aufgesucht, ist mir völlig unverständlich. Ich bin mir keiner Schuld bewusst, Herr." Auf eine Geste des Richters hin, setzten die Wachmänner in ruppig auf seinen Platz, wo Dörre schließlich in Tränen ausbrach. Dies ließ die beiden Geistlichen doch kalt. Mit einem zynischen Lächeln sahen sie sich an, ehe Braun mit mächtiger Stimme fortfuhr.

„Es liegt im Wesen eines jeden Menschen, sich bis aufs Blut zu verteidigen, um dem Tode zu entrinnen. Nichtsdestotrotz wiegen die Anschuldigungen schwer, mein hoher Richter. Ich möchte das Wort an den Inquisitor, Henricus Institoris, übergeben." Unter Schmerzen erhob sich Heinrich, stützte sich auf den noblen Gehstock und sah den Apotheker strafend an.

„Dieser Mann ist in meinen Augen das beste Beispiel dafür, dass der Teufel vor keiner Seele Halt macht. Er bemächtigt sich heimlich, still und leise selbst denen, von denen wir alle es am wenigsten gedacht hätten. Die Aussagen der Betroffenen sind so detailliert und überschneiden sich in so vielen Punkten, dass es mir schwer fällt auch nur ein Fünkchen Wahrheit in den Unschuldsbekundungen des Angeklagten zu erkennen. Daher beantrage ich an dieser Stelle, den Fall Henricus Institoris zu übertragen, um auf diese Weise der Wahrheit Genüge zu tun." Der junge Pfarrer hatte seinen Satz nicht zu Ende gesprochen, als sich lautstark die Pforten öffneten und die beiden Boten hineinstürmten. Geistesgegenwärtig sprangen zwei Wachen vor sie und hielten die schwarzgekleideten Männer mit ihren gekreuzten Hellebarden in Schach.

„Stoppt diese Anhörung", brüllte Giovanni durch den Saal, während er versuchte, die an seine Körper gepressten Waffen, von sich fernzuhalten. „Hier geschieht ein von der katholischen Kirche nicht gewolltes Unrecht, Herr."

„Wer seid Ihr und was habt Ihr in meinem Gerichtssaal zu suchen?", schrie Lehmann, während Schönherr neben ihm immer kleiner wurde. Es schien, als wolle sich der Ortsvorsteher seines Postens entziehen. „Senkt die Waffen", befahl er daraufhin den Wachen und diese gehorchten umgehend. Allerdings hielten sie sich bereit, falls doch einer der Eindringlinge über die Stränge schlagen sollte. Während Walter an der Pforte stehen blieb, schritt Giovanni zuversichtlich an Michael vorbei. Demütig sank er vor dem Richterpult auf die Knie und sprach leise: „Verzeiht Herr, dass wir so unangemeldet Euren hohen Gerichtssaal betreten haben. Doch diesem Mann wird Unrecht getan." Heinrich durchfuhr ein Schockgefühl, denn es waren die Zwei, die ihm schon mehrmals in die Quere gekommen waren. Aber dies verdrängte der Inquisitor, da er sich auf keinen Fall etwas anmerken lassen wollte. Pasci übernahm das Reden, da Walter seine Gefühle in diesem Augenblick nicht im Zaum halten konnte.

„Richter Lehmann. Ich weiß, um eure Geschicke und den Drang immer die Wahrheit ans Licht zu bringen. Doch diesmal werdet Ihr auf eine falsche Fährte gelockt. Diesen rechtschaffenden Mann der Zauberei zu beschuldigen ist unrecht. Wie viele Bürger Eurer Ortschaft hat er durch sein medizinisches Wissen retten können?" Mittlerweile regte sich auch in dem Richter ein ungutes Gefühl. Dennoch wollte er die Macht behalten.

„Ich weiß genau, warum ich den Pöbel von dieser Verhandlung ausgelassen habe. Der reibungslose Ablauf war mir wichtig. Nun stört Ihr die erste Anhörung." Der gediente Justiziar schwieg für einen Moment, ehe er den Prozess wieder in geregelte Bahnen leitete. „Entfernt diese Fremden." Bevor zwei Wachsoldat sie packen konnten, sprang Walter seinem Kameraden zur Hilfe.

„Wir sind Gesandte des Bischof Verenus, Herr. Wollt Ihr Euch mit seiner Macht anlegen?"

„Könnt Ihr dies beweisen?", fragte der Richter skeptisch und erntete nur ein leichtes, deprimiertes Kopfschütteln beiderseits. „Dann habt Ihr in meinem Saale nichts zu suchen. Geht und besorgt Euch eine Vollmacht, die Euch im Namen der katholischen Kirche sprechen lässt. Nun stört mich nicht weiter in Ausübung meiner Pflicht." Als die Wachen sie unter Waffengewalt des Raumes verwiesen, konnte Kolbe nicht mehr an sich halten. Mit einem furchterregenden Gesichtsausdruck schrie er Institoris entgegen.

„Diese Schlacht ist noch nicht geschlagen, Mönch. Eines Tages wird sich Euer Gehabe rächen und Ihr wandert strikt in den Höllenschlund. Denn Ihr meidet die Wahrheit, wie der Teufel das Weihwasser. Denkt an meine Worte, wenn ihr an der Himmelspforte steht und den Pfad der Hölle beschreiten müsst." Nachdem die Boten entfernt waren und etwas Ruhe einkehrte, sank Henricus auf seinen Stuhl und übergab die weiteren Ausführungen seinem Mitstreiter Braun.

„Ihr seht nun, mit welchen Mächten wir es zu tun haben. Diese Männer versuchen das Unausweichliche zu verhindern. Ist es im Interesse unseres Herrn? Ich glaube nicht. Deshalb sollte Herr Dörre sich einer Befragung unterziehen."

„Ist eine peinliche Befragung ausgeschlossen? Denn dabei hätte selbst ich Bauchschmerzen", flüsterte der Ortsvorsteher verunsichert. Beschwichtigend erwiderte Kramer: „Eine peinliche Befragung ist das letzte Mittel. Beten wir darum, dass dieses Mittel nie zum Einsatz kommen wird." Der Richter wie auch der Ortsvorsteher schauten erleichtert drein, als sie die Worte vernahmen.

„Gebt mir Eure Unterlagen, so dass ich mir selbst ein Bild von den Missetaten machen kann." So übergab Braun die Aufzeichnungen an Richter Lehmann, der diese augenblicklich durchlas. Kleinlaut fügte Braun hinzu: „Hier sind die ersten Aussagen, werter Richter.

Ihnen werden weitere folgen, denn die Befragungen sind noch nicht abgeschlossen." Lehmann und Schönherr lasen und nickten ernst.

„Erhebt Euch, Herr Dörre." Mit wildem Herzschlag stand Michael auf. Sein ganzer Körper bebte vor Aufregung. „Nach der Durchsicht der Notizen des werten Henricus Institoris, überstelle ich Euch in sofortige Haft. Ihr werdet dem Inquisitor Rede und Antwort stehen. Die Urteilsverkündung wird vertagt." Der hölzerne Hammer preschte auf den Tisch nieder und das Schicksal von Herrn Dörre schien besiegelt zu sein. Doch als die Wachen ihn entfernen wollten, wehrte er sich vehement.

„Hoher Richter Lehmann", schrie der Apotheker verzweifelt. „Warum diese drakonische Strafe? Ich habe nichts Verbotenes getan. Dafür soll ich nun büßen?"

„Ihr habt mein Urteil gehört. Daran werdet Ihr Euch halten müssen."

„Aber es gibt schließlich nur eine Konsequenz. Nämlich mein Tod. Entweder durch Folter oder letztendlich auf dem Scheiterhaufen." Der Richter zuckte nur mit seinen dürren Schultern, während der Inquisitor, sowie der Pfarrer, mit weitgeöffneten Augen, dastanden.

„Mein Urteil ist rechtskräftig. Ihr solltet Euch nun auf die Befragung vorbereiten, um Euren Hals aus der Schlinge zu ziehen, Herr Dörre. Mehr habe ich nicht dazu zu sagen." Eine abwertende Geste wies die Wachen an, ihn aus dem Gerichtssaal zu entfernen. Als sie den Gefangenen aus dem Gebäude führten, erwarteten ihn bereits einige Bewohner, die von der Verhaftung erfahren hatten. Nur wenige Frauen, wie auch ältere Männer, traten an den Apotheker heran, lächelten zuversichtlich und sprachen ihm Mut zu. Doch dies war die Ausnahme. Der Großteil spuckte ihn verächtlich an, nachdem sie den

Mann aus ihrer Mitte mit den derbsten Schimpfworten eingedeckt hatten. Bischof Verenus Gesandte beobachteten dieses Vorgehen genau. In ihnen stieg ein Gefühl zwischen Hass und Verzweiflung auf.

„Wir müssen etwas tun", wisperte Kolbe, während er verächtlich den Kopf schüttelte.

„Was denn? Sie setzen sich einfach über die Einwände des hohen Bischofs hinweg."

„Ich habe keine Ahnung, ob wir hier eine Hilfe für den Apotheker sein können", sprach Walter, dessen Fäuste sich in seinem schwarzen Umhang ballten.

„Die einzige Möglichkeit ist, dass einer von uns losreitet und das unterzeichnete Dokument des werten Bischofs bei sich führt. Aber wir haben keine Zeit zu verlieren." Nachdenklich stand Kolbe da, bis er sich für diese Mission bereit erklärte.

„Lass mich losreiten. Mein Pferd ist schneller und ich kann schon in drei bis vier Tagen dort sein."

„Also gut", sprach Pasci, dem nicht wohl bei der Sache war. „Mach dich auf den Weg. Bring uns einen handsignierten Brief mit, auf dass wir zukünftig beweisen können, im Namen des Hochwürden zu handeln." Die beiden reichten sich die Hand und Walter machte sich auf, das Siegel des Bischofs zu erhalten. Im Staub des Nachmittags verschwand Kolbe am Horizont. Giovanni waren die Hände gebunden. Er konnte nun nichts weiter tun, als auf die Rückkehr seines Freundes zu warten. Schließlich mietete er sich in einem der kleinen Gasthäuser nahe des Ortes ein. Nur wenige Stunden später begann es auf einmal sintflutartig zu regnen. Das Wasser schoss in Strömen die Gassen hinunter und ein heftiger Sturm kam auf. Es folgte ein lautes Grollen, welches von grellen Blitzen untermalt wurde. Selbst Institoris standen die Haare zu Berge, angesichts dieser Naturgewalt. Wie gebannt stierte der Dominikaner aus dem Fenster und flüsterte. „Der Teufel ist unter uns. Er hat uns den Krieg erklärt.“

„Was meint Ihr?“, fragte Braun, während er die Schalen mit frischer Knochenmarksuppe zum Tisch trug.

„Dieser Fall macht mir zu schaffen“, wisperte Heinrich und nahm einen Schluck des kühlen Bieres.

„Wieso?“, antwortete Herbert Braun, ehe er mit Heißhunger begann seine Portion hinunterzuschlingen. Henricus schaute weiterhin teilnahmslos aus dem Fenster und langsam wurde sein Essen kalt.

„Die Anwesenheit dieser Fremden ist ein schlechtes Omen. Besonders, da sie kein Dokument für ihr Dasein geben konnten.“

„Glaubt Ihr, dass Bischof Verenus persönlich gegen Euch intrigiert?“

„Es ist nichts ausgeschlossen“, sprach der Mönch und schob seine gefüllte Schüssel dem Pfarrer zu. „Nehmt ruhig meine Portion. Mir scheint es die Kehle zuzuschnüren. Ich erinnere mich an sie. Zumindest an einen von ihnen.“

„Erlaubt mir die Frage, was es mit diesen schwarzgekleideten Herrschaften auf sich hat?“ Kramer drehte grübelnd seinen Stock.

„Ich denke, dass sie geschickt wurden, um mein Schaffen ins Lächerliche zu ziehen. Wer weiß schon, wer dahintersteckt. Sie sprachen von Bischof Verenus. Doch ich glaube nicht daran. Jemand der dem Papst so eng zur Seite steht, wendet sich nicht gegen ihn.“

Unterdessen saß Pasci in der Gaststätte und überlegte, was er nun unternehmen sollte. Schweigend aß er seinen Eintopf.

Wir werden den Tod dieses Mannes nicht verhindern können. Bis Walter in Rom ankommt vergehen bereits einige Tage, bei strammem Ritt. Wenn er hierhin zurückkehrt, ist der Tod des Apothekers besiegelt." Schweigen herrschte an dem abgelegenen Tisch. Bis er seinen Becher scheppernd auf die Tischbank schlug.

Ich muss die Ruhe bewahren und mir etwas überlegen, verflucht.

Plötzlich kam ihm ein Gedanke in den Sinn.

Der Kerker, in dem das erste Verhör stattfindet, ist vergittert. Ein Luftschacht führt in den Hinterhof. Dort werde ich alles belauschen können. Mit den Erkenntnissen weiß ich, wie Institoris genau vorgeht und wir können ihm Einhalt gebieten.

Giovanni klammerte sich an jeglichen Strohhalm, der ihm geboten wurde, sodass er mit einem guten Gewissen seinen Dienst zum Wohle der katholischen Kirche fortführen konnte.

Ich hoffe, dass wir Erfolg haben. Auch wenn dies den Tod des Apothekers bedeutet.

Als der folgende Tag sich langsam ankündigte, schlich er, im Schutze der Dämmerung, zum gepflasterten Hinterhof. Während Giovanni nervös den Blick schweifen ließ, um von unerwünschtem Besuch geschützt zu sein, lauschte er, ob es wirklich der richtige Lüftungsschacht war. Angespannt stand er da. Plötzlich hielt Pasci den Atem an. Er hörte, wie die Zellentür geöffnet wurde und sich schallende Schritte dem Verhörraum näherten. Das donnernde Geräusch, des auf den Tisch schlagenden Notizbuches drang an ihn heran. Eine dichte Gänsehaut befiel seinen Körper. Auf einmal herrschte eine Totenstille, die ihres Gleichen suchte. Im Inneren bereiteten die Inquisitoren die Zeugenbefragung vor. Henricus eindringliche Stimme war zu hören. Doch er war nicht allein. Pfarrer Braun und der Scharfrichter des Ortes, Peter Aurich, wohnten dem Verhör bei. Aurich war ein unscheinbarer, vierzigjähriger Mann und treusorgender Familienvater. Zusammen mit seiner Gattin Hilde hatte er drei Kinder. Ihr ältester Sohn war gerade sechzehn geworden. Peter arbeitete hauptberuflich in einer Sattlerei, wo er für das Gerben von Leder verantwortlich war. Doch dieses schmale Gehalt sorgte nicht dafür, dass immer genügend Essen auf dem Tisch stand. Also übernahm er freiwillig die Position des örtlichen Henkers. Da Aurich nicht erkannt werden wollte, verbarg der Gerber sein Gesicht hinter einer ledernen Maske, die nur seine Augen sehen ließ. So auch an diesem Morgen. Während der maskierte, schweigend in einer dunklen Ecke des Raumes stand, saßen die Geistlichen bereits am Tisch. Vor ihnen befanden sich Tinte, Feder und das dicke Buch, in dem Henricus die Berichte der Denunzianten niederschrieb. Nacheinander wurden die Frauen und Männer aufgerufen. Anstatt die Anschuldigungen zu widerrufen, mehrten sich diese und vier weitere Dorfbewohner schlossen sich an. Während Frau Köhler, sowie ihr Sohn dieselbe Geschichte noch einmal erzählten, kamen bei den restlichen Aussagen weitere Details ans Licht. Der eine erzählte, dass nachdem er eine Arznei für seine an Husten leidende Frau erhalten hatte, ihr Körper am folgenden Morgen von eitrigen Pusteln übersät war. Während er den Arzt verständigte, starb seine Gattin einen grausamen Tod. Dafür machte er nun den Apotheker verantwortlich.

Doch die Geschichte eines Bürgers ließ ihn in einem viel düstereren Licht erscheinen. Der Mann hieß Otto Tillborn, war neunundzwanzig Jahre alt, hatte lichtes, braunes, dennoch langes Haar, einen ungepflegten Vollbart und verdingte sich als Tagelöhner in verschiedenen Handwerksbetrieben, wie auch bei der Feldarbeit. Mit einem selbstgefälligen Grinsen saß er dem Inquisitor und dem Pfarrer gegenüber. Dieses Gehabe gefiel Henricus zwar nicht, dennoch erhoffte er sich Anklagepunkte, die Michael Dörre keine Wahl ließen, sodass er sich schuldig bekennen musste.

„Wer ist der Mann?“, fragte Kramer zu Braun gewandt, während der hagere Hilfsarbeiter seinen ungepflegten Schopf zu einem Pferdeschwanz band.

„Dies ist Otto Tillborn. Ein rechtschaffender, fleißiger Bürger dieses kleinen Ortes“, antwortete der Pfarrer und bürgte somit für die Aussage des Mannes. Institoris tauchte seine Feder in die Tinte und schrieb den Namen nieder. Danach schaute er dem überheblichen Herrn in die Augen.

„Könnt Ihr etwas Nützliches zum Fall Michael Dörre beitragen?“

„Ja, das kann ich, Herr“, flüsterte Tillborn, der sich lächelnd nach vorne beugte. Sein Atem war schlecht, die Zähne in ein leichtes Braun gefärbt. „Ich beobachte schon seit einiger Zeit das Treiben des Apothekers.“

„Sprecht ruhig weiter.“

„Alles begann, während meine Gattin Susanne und ich uns Nachwuchs wünschten. Mir ist schon klar, dass es Euch mit Ekel erfüllt, angesichts meiner heruntergekommenen Erscheinung.“ Schweigen herrschte, bis Braun den Kopf schüttelte und leicht zynisch antwortete: „Aber nein, Herr Tillborn. Wir sind Gesandte Gottes und richten nicht grundlos über unsere Mitmenschen.“ Erneut lächelte sein Gegenüber und fuhr fort: „Glaubt mir, wir haben versucht ein Kind zu zeugen. Doch es blieb nur ein frommer Wunsch. Eines Tages kam meine Frau auf die Idee, den Apotheker um Rat zu fragen. Ich hatte nichts dagegen und pflichtete ihr bei. Schon am selben Abend kam sie zurück. In den Händen hielt sie ein Fläschchen samt einem seltsamen Gebräu, welches entsetzlich roch. Dörre sagte, sie solle es eine Woche lang zu sich nehmen. Und zwar vor dem Schlafen gehen. Also verzichtete ich darauf, das Bett meiner Frau aufzusuchen, bis meine Susanne bereit war, es erneut zu versuchen. Doch statt sich mir hinzugeben, wandte sie sich immer mehr von mir ab. Da ich Herrn Bassen bei den Dachdeckerarbeiten an seinem Haus half, konnte ich sehen, wie meine Geliebte fast täglich in der Apotheke verschwand und mit einem Lächeln heraustrat. Aber am Abend wies mich Susanne immer wieder zurück. Erst dachte ich an ein Verhältnis mit Dörre. Als ich ihn jedoch vor der Türe seines feinen Hauses sah, konnte ich dies nicht glauben. Er wirkte abweisend und stand kopfschüttelnd da, als meine Frau den Laden verließ."

„Das klingt alles sehr glaubwürdig, Herr Tillborn. Dennoch hilft es uns bislang kein Stück weiter", raunte der Mönch, der allmählich die Geduld verlor.

„Lasst mich weiterreden, Herr. Der Grund, warum ich hier bin, wird sich Euch gleich erschließen."

„Dann sprecht. Aber bedenkt, dass meine Zeit kostbar ist."

„In den kommenden Nächten wirkte meine geliebte Frau unruhig. Sie drehte sich umher, schwitzte und stöhnte. Selbst der ansässige Arzt konnte sich auf diese Vorkommnisse keinen Reim machen. Ich sollte es weiter beobachten und ihm Bescheid geben, falls der Zustand sich verschlimmern würde." Mitfühlend fragte Braun, wie es nun weitergegangen sei. Nun stiegen in Otto die

Gefühle hoch, welche er kaum noch kontrollieren konnte. „Eines Nachts, es ist noch nicht lange her, da lag sie neben mir, im Nachbarbett. Susanne wirkte unruhig und wandte sich von einer Seite auf die andere. Vorsichtig näherte ich mich ihr und hielt die Hand auf ihre Stirn. Umgehend zuckte ich zurück, denn ihre Stirn glühte." Tillborn stockte für einen Moment, wischte sich die Tränen von den schmalen Wangen, ehe er bedrückt fortfuhr. „Entschuldigt. Die Ereignisse lassen mich selbst nun, nach vier weiteren Tagen, nicht los."

„Er verschwendet meine Zeit", raunte Henricus garstig und sah seinen Nebenmann strafend an. „Was will er hier? Falls er nur eine rührende Geschichte zum Besten geben will, ist er hier fehl am Platz."

„Nun gebt Ihm doch einen Augenblick, um sich zu sammeln", erwiderte Braun demütig und drehte sich abermals dem Zeugen zu. „Ihr solltet zum Punkt kommen, Herr Tillborn."

„Ja, Herr. Ich will auf keinen Fall Eure kostbare Zeit verschwenden", wisperte der Tagelöhner. Nachdem die beiden Geistlichen ihn wütend anschauten, kam Tillborn nun zum Kern seiner Geschichte. „In fraglicher Nacht vernahm ich plötzlich Laute, die mir noch nie zuvor zu Ohren gekommen sind. Es klang so, als hätte sie Beischlaf mit einem Fremden." Dies ließ die Inquisitoren hellhörig werden. „Langsam näherte ich mich ihrem Bett und sah, wie sie im Tiefschlaf wollüstige Laute von sich gab. Die Augen verschlossen, strampelte sie die Decke von sich und zusehends mehrten sich die blutigen Male, welche denen einer Rasierklinge glichen, Herr."

„Wo befanden sich diese?", wollte Kramer in Erfahrung bringen. Dem Tagelöhner stockte kurz der Atem, bevor er weitersprach.

„An Brust, Armen und im Intimbereich, Herr. Ich stand wie versteinert da, denn solche Grausamkeit habe ich nie im Leben gesehen." Der Inquisitor unterbrach die Anhörung, da er diese Beschreibung der Vorkommnisse als wichtig empfand und so dem armen Tagelöhner die Chance bot, seine Berichte abermals zu überdenken. Doch ohne ein Merkmal, dass an seiner Aussage etwas nicht stimmen würde, antwortete der arme Bürger. „Herr, ich bitte um Eure gnädige Geduld. Ich musste weiter ausholen, damit sich Euch der Sinn meiner Geschichte offenbart." Kramer verlor immer mehr die Geduld. Er ging in sich, kam binnen Sekunden zur Ruhe und starrte den Hilfsarbeiter an, als würde es um sein Leben gehen. Nervös tippte seine Feder auf das Papier, während er Otto unentwegt anschaute.

„Was geschah, nachdem Ihr Eure Gattin in Augenschein genommen hattet?"

„Sie stöhnte, im Wechsel mit einem zufriedenen Kichern, Herr. Je länger ich ihr zuhörte, desto lasziver wurden die Stimmen, die sie von sich gab."

„Was meint Ihr genau?"

„Die Beine und Arme räkelten sich, wie Schlangen und die Stimmen zeugten von Erregung." Während Otto mit verschränkten Armen seine Emotionen hinter der Maske versteckte und versuchte an sich zu halten, fuhr Braun energisch fort.

„Ist das wirklich alles? Oder Habt Ihr noch weitere Verfehlungen des Apothekers, die Ihr uns mitteilen wollt?"

Tillborn schwieg für einen Moment und sah zu dem Henker rüber. Schweißperlen bildeten sich auf seiner Stirn und er konnte sich nur noch wiederholen. Also wisperte der Tagelöhner leise: „Wie schon gesagt, da waren

Kratzspuren. Tiefe Kratzspuren in ihrem Intimbereich sowie an ihren Brüsten." Wuchtig schlug Henricus die Feder nieder. Er befand sich am Rande des Wutausbruchs.

„Wollt Ihr uns zum Narren halten, Herr Tillborn? Soll ich Euch auch in eine rattenverseuchte Zelle sperren lassen oder sagt Ihr endlich die Wahrheit." Entschlossen stierte Otto den Mönch an, lehnte sich vor und zischte: „Ich sage Euch die Wahrheit, Herr. Und wenn ich es nicht tun sollte, möge mich auf der Stelle der Blitz erschlagen." Langsam tropfte das Kondenswasser zu Boden und unterbrach die furchterregende Stille. „Wer sonst als der Apotheker, soll Schuld daran haben? Er ist der Einzige, der die Macht besitzt, durch Tränke, Salben und diverse Wässerchen ein solches Unheil anzurichten. Selbst der Arzt, den ich erneut am nächsten Morgen rief, konnte sich keinen Reim darauf machen." Nun wollte sich Braun seiner Aussage vergewissern und fragte noch ein letztes Mal nach, ob diese Anschuldigungen für bare Münze zu nehmen waren. „Ja, Pfarrer Braun. Ich schwöre bei Gott, dass meine Berichte der Wahrheit entsprechen. Ich kann mir nichts anderes vorstellen, dass meiner Susanne solch derbe Male zuführen konnte. Außerdem habt Ihr die Aussagen von Frau Köhler und ihrem Sohn gehört. Wer sollte diese tiefen Wunden verursacht haben, als ein diabolischer Untertan des Leibhaftigen?"

„Das reicht mir", wisperte Kramer, der seine letzten Notizen vervollständigte.

„Muss ich vor Gericht meine Aussage wiederholen?", fragte Tillborn. „Denn ich will diesem Menschen nie mehr in die Augen sehen müssen." Mit einem Lächeln erwiderte der Mönch: „Ich denke, dass wird nicht nötig sein. Wir haben alles niedergeschrieben. Nun kann sich

Herr Dörre dazu rechtfertigen." So entließen die beiden den Tagelöhner, um sich zur Beratung zurückzuziehen. Als Pasci die Schritte auf der Steintreppe vernahm, suchte er schnell das Weite. Er hatte alles mitangehört und blieb an einer stillen Gassenecke stehen, wo er außer Sicht war. Sein Atem war schnell. Der Puls raste vor Aufregung.

Gott im Himmel. Dies war der letzte Nagel zum Sarg des Apothekers. Walter wird es niemals rechtzeitig schaffen, mit der Urkunde zu erscheinen. Michael Dörre, ich bete um deine Seele.

Mit Tränen der Verzweiflung in den Augen bekreuzigte sich der gute Christ, streifte die dunkle Kapuze über den Kopf und verschwand schnellen Schrittes. Zur selben Zeit nahmen Pfarrer Braun und der Inquisitor in einem abgelegenen Zimmer der Haftanstalt Platz. Während der Ortsgeistliche die Aufzeichnungen sortierte, trat Henricus zum geöffneten Fenster. Er schloss die Augen und atmete die feuchte, frische Luft dieses Tages ein.

„Wie soll es nun weitergehen?", erkundigte sich Braun, der die letzten Papiere säuberlich stapelte.

„Das kann ich Euch sagen, werter Pfarrer Braun. Alles soll bleiben, wie es momentan ist. Der Apotheker befindet sich im Kerker und wir haben sämtliche Aussagen der Bürgerschaft gesammelt. Nun warten wir ab." Überrascht schaute der Pfarrer drein, als er diese Worte hörte. Denn er hatte mit einem schnelleren Vorgehen gerechnet. Institoris lächelte. „Ich sehe Eure fragende Miene. Lasst es mich erklären." Mit Hilfe seines Gehstocks hinkte der Dominikaner an den Tisch und nahm langsam Platz. „Die Gehilfen von Bischof Verenus werden nicht rechtzeitig hier eintreffen, falls sie überhaupt ein Schreiben des Monsignores erhalten."

„Aber sie handeln im Auftrag des Hochwürden.“

„Mag sein. Doch Verenus würde sich über den Willen des Heiligen Vaters hinwegsetzen. Damit kommt selbst er nicht durch. So haben wir Zeit gewonnen.“ Daraufhin tupfte sich Kramer den Schweiß von der Stirn. „Geht und beraumt eine weitere Sitzung des Ortsgerichts an. Richter Lehmann soll von den Ergebnissen in Kenntnis gesetzt werden. Er wird uns das genaue Verhör des Verdächtigen gestatten.“ Daraufhin sprang der Pfarrer auf.

„Dann werde ich umgehend das Gericht aufsuchen.“ Aber er erntete lediglich ein langsames Kopfschütteln.

„Ihr werdet bleiben, wo Ihr seid. Herr Dörre kann sich noch weitere zwei Tage gedulden, bis wir ihn verhören. So lange kann er sich im modrigen Kerker seiner Schuld bewusst werden.“

„Vielleicht sollten wir auch seine Ehefrau verhören. Sie kann bestimmt genauere Aussagen über das Verhalten ihres Mannes geben.“ Dieser Vorschlag stieß bei dem Inquisitor ebenfalls auf taube Ohren.

„Sie wird ihren Gatten nicht ans Messer liefern. Also lassen wir auch sie im Unklaren über das Schicksal ihres Mannes.“ Der Mönch hatte seine Anweisungen gegeben und Braun wagte es nicht, dies in Frage zu stellen.

Zwei weitere Tage gingen so ins Land. Endlich erreichte Walter, der durchgeritten war, in der Abenddämmerung das Anwesen von Bischof Verenus auf den Hügeln vor Rom. Aus den Fenstern der prunkvollen Villa drang noch Licht auf den geschotterten Weg.

Ein Stallbursche, der sich gerade auf dem Weg zu seinem wohlverdienten Feierabend befand, sah, wie der Bote im strammen Galopp auf ihn zukam. Ein leichter Wind wehte durch die mannshohen Bäume, die den Pfad säumten. Behände sprang Kolbe vom Pferd, übergab die Zügel und fragte, während er auf die Pforte zulief, ob Bischof Verenus zugegen sei.

„Der Bischof befindet sich im Haus, Herr“, antwortete der Bursche, welcher gerade das Pferd in die Stallungen führte. „Er möchte aber zu dieser späten Zeit nicht mehr gestört werden.“

„Ja, ja“, zischte Walter leise und pochte mit der Faust an die Eingangstür.

„Wer stört?“, schallte Verenus Stimme lautstark aus dem Inneren.

„Walter Kolbe, Hochwürden. Es ist dringend.“

„Tretet ein.“ Vorsichtig öffnete der Bote und trat in den großen Raum, der Ess- und Schreibzimmer genügend Platz bot. Als der Bischof ihn sah, legte er die Feder nieder.

„Senior Kolbe? Was ist geschehen?“, sprach der Bischof, bevor er sich von seinem prunkvollen Schreibtisch erhob. „Setzt Euch. Wollt Ihr etwas trinken?“

„Ich könnte einen Schluck vertragen, Bischof.“ Als sich Walter in die gemütliche Ecke setzte, die aus vier samtbezogenen Stühlen und einem kleinen Beistelltisch bestand, erschien Verenus mit zwei Bechern Wein. „Habt Dank, Herr.“ Dem Geistlichen war in diesem Augenblick nicht nach Floskeln zumute, denn er ahnte, dass im Norden einiges im Argen lag. Nun begann sein Späher von den Ereignissen nahe Worms zu berichten. Zusehends entgleisten Verenus Gesichtszüge, die sich mit Wut und Ernst erfüllten.

„Habt Ihr versucht, dem Richter oder dem Ortsvorsteher unseren Standpunkt klarzumachen?“

„Weiß Gott, aber es blieb bei dem kläglichen Versuch. Erst sprachen wir mit dem Pfarrer, doch stießen auf taube

Ohren. Er glaubt an die übermenschlichen Fähigkeiten des Dominikaners. Auch bei der Anhörung sind wir kläglich gescheitert, Bischof Verenus. Alles, was sie durchweg sehen wollten, war ein Schreiben, welches uns bevollmächtigt, dem Mönch Einhalt zu gebieten. Versteht Ihr unser Dilemma? Es ist der erste Ort, der sich gegen die Gesetze der katholischen Kirche sträubt und verblendet ist von Institoris Arbeit."

„Ich verstehe Euch nur zu gut, werter Kolbe", flüsterte sein Gegenüber nachdenklich und schwenkte den Kelch in der rechten Hand. „Aber ich kann Euch nicht weiterhelfen." Diese Worte trafen Walter wie ein Donnerschlag. Mit offenem Mund saß er da und wusste nicht mehr, was er noch sagen sollte.

„Aber Ihr", stotterte er, ehe Bischof Verenus mitleidsvoll fortfuhr.

„Ich kann Euch kein Dekret ausstellen, welches Henricus von seinem Tun abhält."

„Wir müssen doch etwas tun können. Unsre Hoffnungen liegen bei Euch." Totenstille flutete den Raum. Nur das Knistern des abendlichen Kaminfeuers zeugte von Leben.

„So gern ich dem verblendeten Mönch das Handwerk legen möchte. Mein Posten ist an der Seite unseres Heiligen Vaters. Das kann ich auf keinen Fall aufs Spiel setzen." Die Enttäuschung über diese Aussage stand dem Boten förmlich ins Gesicht geschrieben. Er wollte gerade aufstehen und gehen, als sich der Bischof plötzlich erhob. Forschen Schrittes ging er an den Schreibtisch, öffnete eine Schublade und kam mit einem ledernen Säckchen zurück. Ruckartig warf er seinem Gesandten den Beutel zu. „Nehmt dies. Wenn Ihr mehr braucht, lasst es mich wissen. Wenn ich Euch auch nichts Schriftliches geben kann, sollte dies die Ortsvorsteher oder Richter umstimmen. Neugierig löste Walter das Band und sah hinein. Es war mit Goldmünzen prall gefüllt. „Bestecht die Männer in den hohen Positionen. Sie werden sich gegen ihn wenden. Niemand wird etwas davon erfahren."

„Ja, Hochwürden", flüsterte Kolbe, geblendet von dem Schimmern der Münzen.

„Noch eins", sprach der Bischof fordernd. „Erwähnt nicht meinen Namen. Sagt einfach, dass Ihr im Namen der katholischen Kirche, somit im Namen des Allmächtigen handelt." Wortlos verneigte sich Walter und wollte gerade das Domizil des Bischofs verlassen, als dieser ihn aufhielt. Ein beherzter Griff an seinen Umhang stoppte ihn. „Ihr wollt doch sicherlich nicht heute Nacht schon losreiten?", fragte Verenus besorgt. „Bleibt wenigstens heute Nacht hier. Schlaft Euch aus und brecht von mir aus morgen bei Sonnenaufgang Richtung Norden auf."

„Das kann ich nicht annehmen, werter Monsignore. Irgendwo werde ich schon einen Ort finden, an dem ich für ein, zwei Stunden Ruhe finde." Daraufhin klatschte seine Hochwürden in die Hände, woraufhin einer seiner Bediensteten erschien.

„Bereitet für Herrn Walter Kolbe das Gästezimmer vor und sorgt dafür, dass er zur Ruhe kommt."

„Gewiss, Herr", antwortete der Diener. Nachdem dieser schnell verschwunden war, wandte sich der Geistliche wieder seinem Mitstreiter zu. Väterlich legte er die Hand auf dessen Schulter und sprach: „Leistet mir noch eine Weile Gesellschaft. Solange, bis Euer Gemach vorbereitet ist."

So saßen die beiden noch eine Weile zusammen und unterhielten sich bei einem weiteren Becher Wein über die Verrohung der Gesellschaft. Doch stets kamen sie auf

Henricus Institoris zu sprechen, dessen Name allein schon die Zornesröte in Walters hageres Gesicht trieb.

„Auch wenn Ihr den Menschen abgrundtief hasst und ihm das Schlechteste wünscht“, mahnte der Bischof. „Ich war allzu oft in Eurer Lage. Glaubt Ihr, ich wäre heute in dieser Position, wenn ich immer auf mein Herz gehört hätte?“

„Nein, Hochwürden. Aber es fällt mir schwer, angesichts dieser schreienden Ungerechtigkeit ruhig zu bleiben. Am liebsten würde ich den alten Mönch selbst zur Hölle schicken.“

„Er wird damit nicht durchkommen“, versuchte ihm Verenus mit leiser Stimme gut zuzureden. „Vor Gottes höchstem Gericht wird auch er nicht bestehen. Dies wird der alte Kramer schon selbst merken, wenn er auf dem Sterbebett liegt und unser gütiger Vater ihm die kalte Schulter zeigt.“ Lächelnd sank Walter vor ihm auf die Knie, küsste seinen Siegelring und sprach voller Zuversicht: „Habt Dank für Eure weisen Worte. Mein Hass hat mich erblinden lassen. Aber nach unserem Gespräch bin ich wieder guter Dinge. Bereit für den immerwährenden Kampf gegen die Ungerechtigkeit.“ Stolz half ihm Verenus auf.

„So will ich Euch sehen, mein guter Kolbe. Haltet Euer Haupt immer aufrecht. Denn Ihr und Euer Freund, Giovanni Pasci, seid das Schwert Gottes, welches den Frieden unter die Menschen bringen wird. Lasst Euch auf Eurem Pfad der Tugendhaftigkeit nicht beirren, denn Ihr handelt im Namen des Herrn. Nun geht schlafen. Die folgenden Tage werden erneut eine harte Prüfung für Euch werden.“ Mittlerweile waren einige Tage vergangen, in denen Kramer seinen Plan vorantrieb. Während Dörre die spärliche Mahlzeit gegen die Ratten verteidigte, die ihm allmählich keinen Respekt mehr zollten, fand eine erneute Sitzung im Gerichtssaal statt. An diesem Donnerstagmorgen waren bereits der Ortsvorsteher, sowie der hohe Richter Lehmann anwesend. Angespannt warteten sie auf die Ankunft der Geistlichen, von denen sie sich erhofften, Licht ins Dunkel zu bringen. Als die Kirchenglocke acht Uhr in der Früh schlug, wurde Lehmanns Miene zusehends grimmiger.

„Wo bleibt Euer Inquisitor, Schönherr?", raunte er. „Will dieser Mönch meine kostbare Zeit verschwenden? Oder hält er sich für eine höhere Macht?"

„Wartet noch einen Augenblick, hoher Richter. Ich denke, die Geistlichen werden in Kürze erscheinen." Weitere Minuten verstrichen, bis sich auf einmal die Pforte öffnete und Institoris in Begleitung des Ortspfarrers den Saal betrat.

„Verzeiht, dass wir Euch warten ließen. Doch nun habe ich endlich sämtliche Aussagen zusammengetragen, die das Schicksal des Apothekers besiegeln werden."

„Dann zeigt her", zischte Lehmann, der ungehalten eine Geste gab vorzutreten. Ohne ihn eines Blickes zu würdigen, ohne jeglichen Zweifel, legte Braun ihm den Stapel Notizen vor, die Henricus vorher ins Reine geschrieben hatte. Nacheinander reichte der Richter diese an Schönherr weiter. Mit jeder Zeile, die sie lasen, entgleisten zusehends ihre Gesichtszüge. Totenstille herrschte in dem großen Raum, bis Lehmann mit seiner dürren Faust auf den Tisch schlug. Er schien außer sich vor Wut, als er den Beschluss verkündete.

„Die Aussagen der Denunzianten decken sich in den meisten Punkten. Insbesondere die von Otto Tillborn. Denn er war nicht unter denen, die Euch ihre Berichte schon im Beichtstuhl unterbreiteten. Hiermit ergeht die

gerichtliche Anweisung, den Delinquenten einem ordentlichen Verhör zu unterziehen. Falls dieses Mittel
nicht zu einem Geständnis führt, wird in Abwesenheit
des Angeklagten das peinliche Verhör angeordnet. Holt
die Wahrheit aus ihm raus, werter Henricus Institoris. Ich
will wieder Ruhe und Frieden in meinem beschaulichen
Landkreis haben." Zuversichtlich grinsend, an seinen
Gehstock gefesselt, verneigte sich der Inquisitor.

„Ich werde Euch nicht enttäuschen, hoher Richter.
Doch nun habe ich viel Arbeit vor mir. Daher bitte ich
Euch, mich zu entschuldigen." Der Hammer donnerte auf
den Tisch und selbst Schönherr ging mit dem Gewissen,
das Beste für seine Gemeinde getan zu haben, wieder an
sein Werk.

6. Kapitel

In den frühen Morgenstunden machte sich Walter auf den Rückweg. In strammem Galopp ritt er den Pfad entlang, immer zu Richtung Norden. Verenus stand auf seiner kleinen Terrasse und schaute ihm nach, bis er hinter dem Hügel, im Schein der aufgehenden Sonne, verschwunden war. Inständig betete er um den Erfolg seiner Mannen wie auch um das Leben der armen Menschen, die diesem tödlichen Aberglauben ausgesetzt waren.

Zur selben Zeit schritt Henricus zusammen mit seinem hörigen Pfarrer zu den Kerkern. In Gedanken legte er sich schon die Fragen zurecht, welche den Apotheker überführen sollten. Selbst auf die Ansprache Brauns reagierte der Dominikaner nicht. Zu wichtig schien ihm die Aufgabe Herrn Dörre, der satanischen Machenschaften zu überführen. Die dunklen Schatten der Häuser wurden durch die engen Gassen noch verstärkt. Nur langsam konnte sich Henricus furchtlos fortbewegen. Seine Schmerzen in jeglichen Gelenken schienen an diesem Tag schlimmer, denn je zuvor. Mit verbissener Miene, der Pein trotzend, humpelte er an seinem verzierten Stock weiter, bis sie endlich die Kerkeranlage erreichten.

„Darf ich Euch die Stufen hinab helfen?", fragte Braun zuvorkommend und griff nach seinem Arm. Blitzschnell stieß Kramer ihn von sich.

„Ich komme zurecht. Konzentriert Euch auf unsere Aufgabe."

Während die beiden in dem feuchten Vernehmungsraum Platz nahmen, näherte sich Peter Aurich, versteckt
hinter seiner furchterregenden Ledermaske, Dörres Zelle.
Das laute Klacken des Schlüssels ließ den Gefangenen
zusammenzucken. Überlegen trat der maskierte Henker
in die stinkige, kühle Unterkunft und sprach mit tiefer
Stimme: „Ihr werdet erwartet, Herr Dörre." Nach einigen
Tagen und Nächten in dieser Enge, erhob sich der Apotheker teilnahmslos und reckte ihm die Hände entgegen,
so dass Aurich ihm die Handfesseln anlegen konnte.

„Tut Euch keinen Zwang an, Peter. Ihr verrichtet nur
Eure Arbeit", sprach Michael mit einem leidigen Lächeln. Aurich trieb es einen kalten Schauer über den Rücken.

„Woran habt Ihr mich erkannt?", fragte er und schloss
die eisernen Fesseln.

„Ich bin immerhin der Apotheker. Alle meine Patienten liegen mir am Herzen. Ihr Körperbau, die Stimme,
Gebrechen und alles, was dazu gehört, merke ich mir genau. Auch wenn Ihr Euer Gesicht hinter dieser Maske
versteckt, seid Ihr wie ein offenes Buch für mich."

„Ich wusste nicht, dass…", versuchte sich Aurich zu
rechtfertigen, doch Dörre schüttelte nur verloren den
Kopf.

„Es war kein Geheimnis, dass Ihr es seid. Aber behaltet Eure Maskerade aufrecht. Von mir wird niemand etwas erfahren." Dörre stockte kurz, ehe er leise, desillusi-
oniert fortfuhr. „Ich werde diese kalten Wände eh nicht
mehr lebend verlassen. Damit habe ich mich bereits ab-
gefunden." Im selben Augenblick schien Aurich keine
Luft mehr zu bekommen. Ihn beschlich ein Gefühl, als
würde man ihm die Kehle zuschnüren.

„Wir müssen los. Sie warten bereits."

Schweigend verließen die beiden die karge Zelle und nach kurzer Zeit waren sie an dem Vernehmungsraum angekommen. Als der Apotheker in die Augen der Inquisitoren schaute, wusste er genau, dass sein letztes Stündlein geschlagen hatte. Ruhig nahm er auf dem harten Stuhl Platz, der ihm gereicht wurde. Aber die Fesseln blieben angelegt. Henricus wusste um seine Überlegenheit, also ließ er es den Delinquenten nicht spüren. Ganz im Gegenteil zu Pfarrer Braun, welcher überheblich und gar missachtend Michael gegenübertrat.

„Ah, Herr Dörre. Haben Sie es ermöglichen können zu erscheinen?" Der Apotheker nahm diesen zynischen Kommentar mit einem Schulterzucken entgegen. Daher wandte er sich eher dem erfahrenen Geistlichen zu, statt auf die Provokationen zu antworten.

„Herr Dörre, wie fühlt Ihr Euch?", erkundigte sich Henricus nach dem Gesundheitszustand des Angeklagten.

„Danke, Prior Institoris. Man gewöhnt sich an die Einsamkcit und den Hunger."

„Gibt man Ihnen nicht genug zu essen?", fragte der Inquisitor, der seine Verurteilten wenigstens bei körperlicher Gesundheit wissen wollte. Mit stark eingefallenem Gesicht starrte ihn der Apotheker an und wartete darauf, was Kramer ihm zum Vorwurf machte.

„Ich muss mit den Ratten um jedes Stück Brot kämpfen. Es raubt mir den letzten Nerv, Herr. Doch sagt mir, was mich nun erwartet. Noch ein paar Nächte und ich bin des Wahnsinns." Pfarrer Braun musste an sich halten, denn ihm lagen weitere, derbe Sprüche auf der Zunge.

„Ihr kommt direkt auf den Punkt", flüsterte Heinrich mit bedrohlicher Stimme, während er sein Buch öffnete, die Feder in das Tintenfass tauchte und sich bereit machte, die Ausreden seines Gegenübers niederzuschreiben. „Also lasst uns mit dem Verhör beginnen. Euer Name ist Michael Dörre, Apotheker dieses Ortes. Ist das korrekt?" Dörre schüttelte lachend den Kopf.

„Das muss ein Scherz sein. Ihr wisst genau, wie ich heiße und was meine Stellung im Ort ist." Donnernd schlug Henricus Faust auf den Tisch, was selbst den maskierten Henker vor Schreck erstarren ließ.

„Gebt mir eine vernünftige Antwort, Herr Dörre. Sonst werden wir schnell zu anderen Mitteln greifen. Habt Ihr mich verstanden?" Nach kurzem Schweigen machte Michael die gewünschten Angaben und das Verhör wurde eröffnet. „Ihr wisst, warum Ihr hier seid und nicht im Kreise Eurer geliebten Familie."

„Ja, Prior Institoris. Doch ich kann mir nicht vorstellen, wer mir so etwas antut. Ich war immer loyal zu den Bürgern und habe mich um deren Gesundheit gekümmert, wie es meine Aufgabe war."

„Ihr habt also nicht versucht Euch an der Not der Menschen zu bereichern?",

hakte Braun nach. „Denn dies besagen die Niederschriften der Verhöre Eurer Mitbürger."

„Um Himmels Willen", wisperte der Apotheker verzweifelt. „Ich habe diese Leute mit Arzneien versorgt, nie sofort das ganze Geld verlangt, sondern ihnen Zahlungsmöglichkeiten gegeben, die ihre Geldbeutel nicht allzu sehr schröpften."

„Ihr habt nicht versucht, Euch auf schändlichste Weise an den Armen des Ortes zu bereichern?"

„Nein, Inquisitor. Ich ermöglichte ihnen allen, die Rechnungen innerhalb eines zeitlichen Rahmens zu begleichen, welche ich mit den einzelnen Personen absprach. Niemals habe ich jemanden genötigt zu bezahlen oder ihm angedroht, ihm nicht mehr zu helfen." Dies machte Kramer hellhörig. Neugierig fragte er nach, wie Michael auf diesen Punkt gekommen sei. Immerhin hatte Institoris kein Wort darüber verloren, dass Dörre die Hilfe versagt habe. „Es ist die Nervosität, Herr. Ich will nur alles ausschließen, was mir schädlich sein könnte."

„Stellen wir diesen Punkt zurück. Ich werde später darauf zu sprechen kommen. Sagt mir eins, wie kommt es zu den einstimmigen Aussagen, Ihr wäret Euren Mitbürgern im Traum erschienen?" Der Apotheker schwieg entsetzt.

„Lasst mich Euch eine Frage stellen", sprach Braun und beugte sich zu ihm vor. „Habt Ihr je mit dem Teufel einen Bund geschlossen?" Außer sich starrte Dörre den Pfarrer an. Schnell hob er die gefesselten Hände und strich sich die Haare aus dem Gesicht.

„Niemals. Ich bin ein guter Christ."

„Was habt Ihr da an der linken Schläfe?", fügte Henricus bei, während er auf die freiliegende Stirn des Apothekers wies.

„Das ist eine Narbe aus meiner Kindheit, Herr. Sie begleitet mich schon ewig. Ich fiel beim Spiel mit meinen Geschwistern hin und schlug mit dem Kopf auf einen Stein. Daher stammt die Narbe." Die Geistlichen schauten sich an. Braun lächelte, denn dies war ein weiterer Ansatz, dem Teufelsanhänger das Handwerk zu legen.

„So? Ein Sturz. Wurde die Wunde genäht?" Dörre schüttelte den Kopf und antwortete: „Meine Mutter stillte die Blutung. Danach bekam ich, soweit ich weiß einen Verband angelegt und nach einigen Tagen war die Verletzung nicht mehr zu sehen."

„Das heißt, Eure Mutter besaß schon außergewöhnliche Kräfte." Allmählich wurde Michael klar, worauf die beiden hinaus wollten. Statt zu schreien oder sich erneut zu exkulpieren, schwieg er beharrlich. „Ihr wollt mir nicht antworten? Es wäre allerdings zu Eurem Besten.“ Leise erwiderte Dörre: „Ich weiß, dass es hier um mein Leben geht. Jeglicher Versuch, mich zu erklären, wird gegen mich herumgedreht. Warum sollte ich Euch also weiteres Holz liefern, welches Ihr auf meinen Scheiterhaufen legt?“

„Ihr verweigert somit die Zusammenarbeit. Das nehme ich zur Kenntnis. Aber es wird Euch keineswegs helfen, wenn Ihr schweigt.“ Institoris schrieb jedes Wort nieder. Danach legte er die Feder zur Seite. „Stand schon Eure Mutter mit dem Leibhaftigen im Bunde?“

„Lasst meine Familie aus dem Spiel. Ich bin es, dem Ihr etwas anhängen wollt. Doch ich verstehe noch immer nicht, was Ihr mir genau vorwerft.“

„Dann werde ich Euch auf die Sprünge helfen.“ Mit seinem dürren Finger wies Kramer auf den Apotheker und brüllte ihn an. „Ihr seid ein Jünger Satans, der sich hinter dem Mantel der Rechtschaffenheit versteckt.“

„Was?“

„Ihr habt mich genau verstanden, Dörre. Ich habe genug von Euren fadenscheinigen Erklärungsversuchen. Nächtlich erscheint Ihr den Bürgern dieses Ortes in den Träumen und schüchtert diejenigen ein, die Euch Geld schulden. So sieht es aus.“

„Völlig an den Haaren herbeigezogen“, schrie Michael den Inquisitor an. „Der Verbündete Luzifers seid anscheinend Ihr selbst.“ In diesem Augenblick schwieg sogar Pfarrer Braun. Er konnte nicht glauben, mit welch harten Sätzen sie aufeinander einschlugen. Kurzes Schweige herrschte vor, bis Institoris lautstark versuchte den Delinquenten zu überführen.

„Dann sagt mir, was Ihr der armen Susanne Tillborn angetan habt? Auch ihr seid Ihr im Traum erschienen und nicht nur einmal.“

„Wovon sprecht Ihr, mein Gott.“

„Nachdem sie bei Euch Hilfe erbeten hatte, brautet Ihr eine Flüssigkeit zusammen, die sie von ihrem Gatten entfernte, statt ihm willig zu sein.“ Nun ahnte Michael, auf wessen Aussage sich die Inquisitoren beriefen. Er verneinte die Anschuldigungen vehement.

„Ich habe versucht, dem Eheglück neuen Schwung zu geben. Dazu zog ich alte Rezepturen zu Rate, die mir von alten Männern meiner Zunft mitgeteilt wurden. Mehr habe ich nicht getan.“ Institoris schüttelte den Kopf, während Braun aufsprang und den Apotheker anschrie.

„Als ob Ihr nur den Trank gebraut hättet. Ihr habt Susanne Tillborn in euren Bann gezogen und sie nachts, in ihren Träumen, heimgesucht. Zeigt mir Eure Hände.“ Um seine Unschuld zu bezeugen, legte Dörre seine gefesselten Hände auf den Tisch. „Seht Ihr. Es befindet sich getrocknetes Blut unter seinen Fingernägeln.“ Wie vom Blitz getroffen, schaute Michael drein. Er konnte sich keinen Reim auf diese Verleumdung machen.

„Dies ist das getrocknete Blut eines Hühnchens, welches ich am Abend meiner Inhaftierung ausgenommen hatte, damit meine Familie etwas Vernünftiges zu essen bekommt.“

„Redet keinen Schwachsinn“, fuhr Kramer dazwischen. „Das ist das Lebenselixier von Frau Tillborn. In der Erscheinung einer diabolischen Kreatur, habt Ihr Euch an Ihr vergangen und Kratzspuren an ihrem Körper hinterlassen.“

Der Angeklagte wehrte sich mit Händen und Füßen, begann verzweifelt zu lachen und erwiderte energisch:

„Ich bezeuge vor unserem Gott meine Unschuld. Egal, was Ihr mir vorwerft. Ich habe mich nicht an Frau Tillborn versündigt und auch nie meine Kunden zur Zahlung gezwungen. Mehr sag ich nicht mehr dazu.“

„Gut, Herr Dörre. Ich habe genug gehört. Da Ihr nicht weiter auf die Anschuldigungen eingehen wollt, bleibt mir nur noch die peinliche Befragung“, zischte Henricus und schlug sein Buch schallend zu.

„Wenn Ihr meint, dass Euch die Folter zu einem Geständnis bringt, nur zu. Doch ich bin mir keiner Schuld bewusst und das bezeuge ich vor Gott. Spätestens, wenn ich an seine Pforte klopfe.“

„Ihr zeigt Humor, werter Dörre“, raunte der Ortspfarrer zynisch. „Aber an welche Pforte Ihr klopfen werdet, steht noch in den Sternen. Denn Ihr werdet Euch zum Leibhaftigen gesellen und ein heißes Bad in dessen Schwefelsuppe nehmen.“ Die Kirchenglocke schlug zur dritten Nachmittagsstunde, als sich Kramer an den Henker wandte.

„Schafft Ihn weg. Morgen zu dieser Zeit wird er gestehen. Bereitet Euch auf die Folter vor, denn ich werde erst zufrieden dreinschauen, wenn Ihr Eure Sünden vor mir und dem Allmächtigen gesteht.“ Ohne sich dazu zu äußern, wurde Dörre von Aurich in seine Zelle geführt.

In dieser Nacht betete Michael zu seinem Gott und flehte, dass die ihm nahende Tortur ein schnelles Ende nehmen würde. Angesichts dessen, was ihm bevorstand, schob er sogar seinen Blechteller mit dem vorerst letzten Abendessen vor, so dass die Ratten sich genüsslich darüber hermachen konnten. Während er versteinert da saß, die Knie fest an den Körper gepresst, befand sich Giovanni schon wieder auf dem kleinen Zimmer des

Gasthofes. Nervös lief er umher. Dem Boten war anzusehen, dass ihm diese Untätigkeit schwer zu schaffen machte. So blieb Pasci nichts anderes übrig, als sich mit ein paar Bieren die Zeit zu vertreiben. Nachdem er seinen Schlafraum verlassen und sich in Richtung des Gastsaales bewegt hatte, vernahm er schon die ersten Stimmen, die sich zu dem Verfahren gegen den Apotheker unverhohlen äußerten. Pasci blieb stehen. Von Anschuldigungen der Sodomie und Satanismus, wie Missbrauch seiner Stellung als Apotheker, drang alles an ihn heran. Eine wahnsinnige Wut stieg in dem Venezianer auf. Also musste er seinen Zorn verbergen. Langsamen Schrittes lief er durch den Gastraum. Keines Blickes würdigte er die Männer, die so schamlos über den Apotheker lästerten. Je derber die Kommentare wurden, umso stärker versuchte Giovanni Ruhe zu bewahren. In weiser Voraussicht begab er sich an einen der rückwärtigen Tische, so dass ihm die meisten Äußerungen verborgen blieben. Einen Becher Bier nach dem anderen nahm er zu sich, bis der letzte Gast verschwunden war und damit auch ihre verblendeten Einstellungen. Erst nachdem der Gastwirt die Türe abgesperrt hatte, bat er auch Pasci, endlich zur Ruhe zu gehen. Nur widerwillig folgte er dem Wirt. Sein Körper fand jedoch nicht den nötigen Frieden, um ein Auge zu schließen.

„Herr, hilf uns. Es sind deine Schafe, die du hier zur Schlachtbank führst. Ich habe das Gespräch belauscht und mich somit ebenso gegen dich gestellt. Nun bedarf es deiner Güte, so dass dieser arme, unschuldig angeklagte Mann in den Kreise seiner Familie zurückkehren kann. Bitte, gönn ihm dieses Glück. Lass unsere Arbeit nicht umsonst gewesen sein. Amen.“ Er bekreuzigte sich und bereitete sich auf den kommenden Tag vor.

Michael Dörre hatte keine Minute Schlaf bekommen. Noch immer saß er, die Knie fest umfassend, auf seinem feuchten Strohbett. Sein Blick galt starr der kargen, steinernen Wand. Langsam ging die Sonne auf und warf ihre aufmunternden Strahlen durch die Gitterstäbe des schmalen Zellenfensters. Selbst die furchterregenden Geräusche der Nager verstummten. Da öffnete sich plötzlich die schwere Pforte. Es war Aurich, an dessen traurigem Blick schon zu erkennen war, was Michael nun bevorstand. Langsam streckte ihm der Henker die Hand entgegen. Betrübt sprach er leise: „Steht auf. Die Zeit ist gekommen." Wortlos erhob sich der Apotheker und wagte es nicht, sein Gegenüber anzusehen. Vorsichtig hob er die Hände.

„Legt mir die Fesseln an, Aurich. Ich bin bereit." So streifte Peter ihm die Handschellen über, verschloss sie und die beiden begaben sich auf den Weg. An diesem Morgen machte Dörre nur kleine Schritte. Die Ketten, welche an den Fußknöcheln befestigt waren, schleiften laut schallend über den kalten, feuchten Steinboden, während ihn die eisernen Armfesseln hinunter zu reißen schienen. Auf einmal blieb der Maskierte stehen. Er wies auf eine weitere Holztür.

„Wir sind da", flüsterte Peter und neigte sich zu Michael hinüber. „Glaubt mir, dass es mir nicht leicht fallen wird."

„Ich vergebe Euch schon jetzt jegliche Tat. Denn Ihr seid nur das Werkzeug." Unter einem schrillen Quietschen öffnete der Henker die Tür. Als Dörre nähergetreten war, schaute er sich um. Nun sah er all die Gerätschaften, von denen er bislang nur gehört hatte. Neben einem glühenden Ofen stand in dem großen Saal eine Streckbank.

Die Wand wurde von Eisenstäben in jeglicher Dicke, schweren Hämmern, Zangen und Peitschen verdeckt, die mit kleinen Stahlkugeln an den Enden besetzt waren. Die Neunschwänzige Katze flößte ihm Respekt ein. Allein die Vorstellung, die vielen Schläge auf dem Rücken zu verspüren, ließ das Herz des Apothekers schneller schlagen. Schweißperlen liefen ihm über das Gesicht und so bemerkte er nicht einmal die beiden Geistlichen, die schon zwischen den Folterwerkzeugen auf ihn warteten. Pfarrer Braun konnte sich sein diabolisches Grinsen nicht verkneifen. Gerade wollte er mit seinen gehässigen Kommentaren fortfahren, da fiel ihm Henricus ins Wort.

„Hier endet Eure Arbeit, werter Pfarrer Braun." Damit hatte der junge Geistliche nicht gerechnet.

„Aber, ich dachte", brachte er heraus, als der Mönch ihm in die Parade fuhr. „Ihr werdet nicht gebraucht. Geht und kümmert Euch um die Gemeinde. Eure wüsten Sprüche sind in diesem tragischen Augenblick völlig fehl am Platz." Wie ein getretener Hund, verließ Braun daraufhin den Saal. Doch nicht ohne Dörre noch einen verächtlichen Blick zuzuwerfen. Donnernd schlug die Tür hinter ihm in die Angeln. Kramer setzte sich an einen kleinen Tisch, der sich in einer dunklen Ecke befand. Schweigend zündete er eine Kerze an und legte das ledergebundene Buch ab.

„Ich hoffe, Ihr hattet genügend Zeit, über Eure Einstellung nachzudenken, Herr Dörre."

„Ja, die hatte ich. Aber meine Aussagen bleiben die gleichen. Ich habe nichts weiter zu sagen und nicht, wie es Euch lieb wäre, den Drang mich selbst zu belasten, indem ich mich zum Leibhaftigen bekenne", murmelte Michael, ohne ihm ins Antlitz zu schauen. Bedrohlich baute sich der Inquisitor vor ihm auf.

„Das ist Eure letzte Möglichkeit, um Eure schäbige Seele zu retten. Also gehet in Euch und gesteht." Doch der Familienvater schwieg weiterhin, bis Institoris der Geduldsfaden riss. „Ihr lasst mir keine Wahl." Er drehte sich zu Aurich, der hinter dem Delinquenten stand, und gab ihm ein Zeichen. Mit einem scharfen Messer schnitt der Henker ihm das schmutzige Hemd auf. Oben ohne fesselte ihn Peter an den im Boden verankerten Stuhl, ehe er aus einem klapprigen Schrank die Daumenschrauben nahm. „Dann wollen wir beginnen. Ihr könnt Euch immer noch umentscheiden, Herr Dörre." Wie ein wildes Tier umkreiste Henricus den Tisch, während der Vollstrecker die Schrauben der Zwinge löste. „Seid Ihr Rechts- oder Linkshänder?"

„Rechtshänder, Prior", zischte Dörre angespannt. Mit seinem Schlüssel öffnete Aurich daraufhin die rechte Handfessel, packte Michaels Hand und legte sie auf die Eisenplatte. Während Kramer erneut auf den Apotheker einredete, senkte sich die oberste Platte. Plötzlich spürte Michael den kalten Stahl. „Dieser Mann wird Euch zum Reden bringen", flüsterte der Mönch. „Ich warte auf Euer Geständnis." Doch der Familienvater schwieg beharrlich, als Peter begann, die Schraube mit roher Kraft zuzudrehen. Immer stärker quetschten sich Dörres Finger unter dem stärker werdenden Druck. Er schloss die Augen und versuchte, den zunehmenden Schmerz zu verdrängen. Tränen liefen über seine Wangen, als ein lautes Knacken das Brechen des Zeigefingers andeutete. „Gesteht Eure Sünden und Ihr braucht keine weiteren Schmerzen zu erleiden." Der Apotheker schüttelte den Kopf und wisperte: „Ich werde nicht gestehen, was ich nicht getan habe. Egal, welche Pein Ihr mir auch zufügt." Kramer beugte sich vor. Leise flüsterte der Mönch in sein Ohr: „Wie Ihr wünscht. Doch dies ist erst der Anfang. Ich sorge dafür, dass Ihr unausstehliche Höllenqualen erleidet. Solche, die Ihr selbst Eurer Kundschaft angedeihen ließet."

Aurich schaute ihn fragend an. Er erntete nur ein Nicken, woraufhin der Henker mit aller Kraft an den Schraubenhebeln drehte. Die Eisenplatten pressten sich immer stärker zusammen, so dass auch die anderen Fingerknöchel brachen. Ein gellender Schrei schoss plötzlich aus der Kehle des stolzen Apothekers und er wurde für einen Augenblick ohnmächtig. „Macht weiter", befahl Institoris mit verschränkten Armen. Es bedurfte nur einem Griff zur Seite und ein Schwung eiskalten Wassers weckte den Angeklagten aus seinem Schutzschlaf. „Na? Seid Ihr wieder unter den Lebenden, Dörre?", schrie ihn Henricus an. Mit Genugtuung sah er zu, wie Michael um Luft rang. Dennoch biss er auf die Zähne und zischte den Mönch an: „Ihr könnt mir die Finger brechen, aber meinen Geist brecht Ihr nicht. Ihr nicht, Institoris." Durch diese Aussage in seinem Stolz gekränkt, kochend vor Wut, wandte sich der Dominikaner ab und überlegte, wie es nun weitergehen sollte. Während er noch überlegte, gab er dem Scharfrichter den Befehl, die Schrauben noch enger zu drehen. Ein donnernder Schrei fuhr durch den Raum. Wimmernd konnte Michael nur zusehen, wie sich seine Finger allmählich blau verfärbten. Nachdem auch dieser letzte Schub nicht zum gewünschten Ergebnis führte, verließ der Geistliche den Folterraum. Unterdessen befreite Aurich den Familienvater von dem Gerät, fesselte seine gebrochene Hand und entschuldigte sich leise für die Qualen, die er ihm zufügen musste.

„Ist schon gut", wimmerte Michael, der sich zusehends beruhigte. „Ich gebe Euch keine Schuld." So verließ auch Peter den Saal, um sich anzuhören, welche

Grausamkeiten er dem Apotheker noch antun musste. Nachdenklich schlug Kramer immer wieder mit der Handfläche gegen die raue, kalte Wand. Es dauerte fast eine Stunde, bis er sich entschieden hatte. Energisch wandte sich der Mönch dem Henker zu.

„Lasst uns ihm die Verblendung austreiben. Könnt Ihr seinem Augenlicht schaden?"

„Ja, Herr", erwiderte Peter leise. „Doch Ihr wisst, dass es unrecht ist." Blitzschnell packte ihn Henricus am Hemdkragen und riss ihn nahe an sich ran. Mit einem Blick, der schieren Wahnsinn widerspiegelte, zischte er: „Unrecht ist, was dieser Mann getan hat. Fragt nicht nach dem Recht, sondern vollzieht Eure Aufgabe. Das ist alles, was Ihr zu tun habt. Versucht nicht den Sinn zu hinterfragen, denn es entzieht sich Eurer geistigen Fähigkeiten."

„Ja, Herr", knurrte Aurich, der sich durch den abwertenden Kommentar erniedrigt fühlte. Also ballte er die Fäuste und kehrte an seine Wirkungsstätte zurück. Der heiße Atem Institoris im Genick sorgte zusätzlich für einen steigenden Zorn in dem einfachen Mann.

Schon seit dem Sonnenaufgang hockte Pasci neben dem kleinen Gitter, durch welches er die bisherigen Gespräche belauschen konnte. An diesem Morgen war jedoch kein Laut zu hören. Nervosität machte sich in ihm breit, denn er ahnte, dass sich Michael Dörre nicht mehr in seiner spärlichen Zelle, sondern schon bei der peinlichen Befragung befand. Hastig lief er zwischen den harten Stäben umher und versuchte einige Sätze zu erhaschen. Doch es tat sich nichts.

Verflucht. Ich brauche Informationen. Aber an keiner Stelle kann ich etwas hören. Hoffentlich hat Walter mehr Glück. Ich bete um die Stärke dieses verurteilten Mannes,

Herr. Er soll sich, bis zum bitteren Ende gegen den Mönch behaupten, auf dass seine Seele in deiner Gnade schließlich zur Ruhe finden wird.

Weiter lief er umher und lauschte an den Luken, doch kein Laut war zu vernehmen.

Zur gleichen Zeit stand Bischof Verenus auf dem kleinen Balkon seiner Bergvilla und starrte grübelnd auf die Stadt nieder, die ihn zum Erfolg geführt hatte. Ihm ging das Gespräch mit Walter Kolbe, sowie dessen Niedergeschlagenheit nicht mehr aus dem Kopf. Obwohl er ein treuer Anhänger von Papst Innozenz war, missfiel ihm die Entscheidung des Heiligen Vaters, sein Vorwort zu einer solchen Verfolgung guter Christen führte, nur weil einige wenige aus Neid, Missgunst oder gar Hass, ihre Mitmenschen denunzierten.

Ein schöner Sonnenaufgang. So friedlich, sanft streicht die Sonne über diese wichtige Stadt. Ich wünschte, ich könnte meinen Männern im Norden hilfreich sein. Doch es bleibt mir anscheinend versagt. Herr, ich konnte ihnen nicht mehr mit auf den Weg geben als ein spärliches Beutelchen Goldmünzen.

Demütig faltete er die Hände, sank auf die Knie und schloss für einen Augenblick die Augen.

Ich bitte dich, mir den rechten Weg zu weisen, gütiger Gott. Lass mich diesem Mönch Einhalt gebieten.

Als er an seinen Schreibtisch zurückkehren wollte, kam ihm die Idee, welche nicht zum Schaden des Papstes führen und Henricus Institoris endgültig in die Schranken weisen würde.

Schnell begab er sich hinter den schweren Tisch. Ein zuversichtliches Lächeln stahl sich auf seine Lippen. Hastig nahm er sich etwas zum Schreiben und fing an, jegliche christlichen Männer seines Standes aufzuzählen, die vor Gott ihre Unschuld behalten hatten und der katholischen Kirche integer waren.

Ein Prüfungsausschuss aus Bischöfen, hohen Würdenträgern und Pfarrern, soll sich einfinden und über jeden Fall gesondert entscheiden. Auch wenn im Nachhinein keine Leben gerettet wurden, können wir auf jeden Fall wieder zur Ruhe kommen. Es würde auch den Ruf des Mönches beschädigen, so dass niemand mehr nach ihm ruft.

Nachdem er seine Signatur darunter gesetzt hatte, lehnte sich der Hochwürden zurück.

Das könnte funktionieren. Je mehr ich finde, die diesen Machenschaften ein Ende bereiten wollen, umso stärker wird der Druck auf seine Heiligkeit, seinen Absatz aus dem Buch zu nehmen. Wie viele unschuldige Leben könnten wir retten, wenn uns einige Geistliche unterstützten. Ich muss es versuchen.

So bereitete der Bischof seine Liste vor und schrieb jeden persönlich an.

Gegen Nachmittag betraten Institoris und Aurich wieder den Folterraum, wo Michael mit gebrochenen Fingern saß. Jeder Pulsschlag machte ihn wahnsinnig.

„Nun, Herr Dörre?“, sprach Heinrich, der sich in einer erhabenen Stellung zu befinden schien. „Habt Ihr euch zugunsten des Herrn entschieden?“ Der Apotheker behielt dennoch Fassung und spielte über die grauenhaften Schmerzen hinweg, die die erste Folterarie mit sich gebracht hatte.

„Ich habe meine Ansichten keineswegs geändert“, wimmerte Dörre, der, trotz der immensen Schmerzen, auf seinem Standpunkt beharrte. „Ihr könntet mir, wie gesagt, alle Grausamkeiten entgegenbringen, aber es wird nichts an meiner Aussage ändern." Abermals fing Henricus an, den Apotheker zu befragen. Zynisch zischte er ihn an: „Seht Euch nur Eure zertrümmerte Hand an. Es war erst der Anfang. Also berichtet mir von der Unsittlichkeit, die Ihr Frau Tillborn widerfahren ließet. Oder dem erscheinen Eurer Gestalt in den Träumen der restlichen unschuldigen Menschen."

Michael kämpfte nicht nur gegen den pochenden, hämmernden Schmerz seiner gebrochenen Finger an, sondern wehrte sich vehement gegen diese absurd klingenden Anschuldigungen.

„Ich habe nichts getan, außer meiner Familie durch das ausstehende Geld, ein besseres Leben zu ermöglichen."

„Somit bestätigt Ihr schon einmal die Habgier, Dörre. Eine Todsünde im Auge des Herrn."

„Keinesfalls habe ich mich oder meine Familie einer Todsünde strafbar gemacht. Wir sind gottesgläubige, hart arbeitende Leute, die durch ihr Handwerk leben wollen." Henricus lauschte dem Apotheker mit verschränkten Armen.

„Ihr kennt schon mal die sieben Todsünden. Ich werde beweisen, dass die Schuld einer derer bei Euch liegt." Ohne einen Ausweg zu erkennen, schaute Michael zur feuchten Decke und sprach: „Ist Folter und Tod wirklich die einzige Möglichkeit?"

„Es gibt kein Zurück", wisperte Kramer und nahm noch ein letztes Mal tief Luft. „Ihr habt diesen Weg eingeschlagen. Und wenn Ihr nicht gesteht, wird die Tortur umso schlimmer für Euch. Gesteht, und es wird Euch nur die Hitze des Scheiterhaufens zuteil." Schließlich ergab er sich seinem Schicksal und schaute den Henker Aurich an.

„Macht weiter. Es bleibt mir sowieso nichts erspart.“ Als Peter erneut die Schrauben löste und das erste Blut wieder in die gebrochenen Knochen schoss, war der Schmerz kaum noch zu ertragen. Michael brachte keine Silbe mehr heraus. Zu sehr war er damit beschäftigt, nicht erneut ohnmächtig zu werden. Tief atmend versuchte Michael die Pein auszublenden. „Da der Teufel mit Euren Augen sieht, wird es die nächste Stelle sein, die wir uns vornehmen. Notfalls werde ich Euch aller Sinne berauben, bis Ihr endlich gesteht.“ Ein letztes Mal nahm Dörre tief Luft, ehe er die nächste diabolische Erfindung über sich ergehen ließ. Wie versteinert saß er da und versuchte erst einmal die Schmerzen der Daumenschrauben zu ertragen, als der Henker ihm ein Lederband um den Kopf band. Je nachdem, welche Augenseite betroffen sein würde, konnte der Henker den Kieselstein drehen, der in das Band eingenäht war. Schweren Herzens entschied sich Aurich für die Linke. Schweigend befestigte Peter den Holzstab, mit dem er durch ständiges Drehen immer mehr Druck auf den jeweiligen Bereich ausüben konnte. „Wollt Ihr wirklich Euer Augenlicht verlieren, wegen eines einzigen Satzes? Sagt einfach, ich gestehe meine Taten und die ganze Tortur bleibt Euch erspart.“ Dörre verspürte den kalten Stein, der sich stets heftiger in sein Auge bohrte. Doch der Apotheker blieb bei seinem Standpunkt.

„Ihr könnt mir nichts, Institoris“, sprach er, tief atmend, um sich auf den folgenden Schmerz vorzubereiten. „Gott steht mir zur Seite, egal was Ihr sagt oder mir unterstellt.“ Langsam wisperte Michael das Vater Unser, während sich die Schraube enger drehte und ihm das Augenlicht nahm. Ein gellender Schrei ließ den Raum erbeben, als Blut über sein Gesicht lief.

Währenddessen schlich Giovanni nervös umher und beobachtete die Umgebung, bis ihm plötzlich ein hagerer Mann auffiel, der am Haus gegenüber Ausbesserungsarbeiten vollzog. Stets galt dessen kurzer Blick dem Kerkerbau und ein Lächeln stahl sich auf seine Lippen, ohne dass er auf Pasci achtete. Dieses Verhalten machte den Gesandten von Bischof Verenus neugierig. Also ging er auf die andere Straßenseite. Er ließ sich nichts anmerken und sprach den ungepflegten Tagelöhner auf seine schwere Arbeit an.

„In dieser Hitze so hart zu schuften ist doch bestimmt ein Kreuz", rief er lobend, voller Respekt zu Otto nach oben.

„Da habt Ihr wohl Recht, werter Herr", antwortete Tillborn lachend und wischte sich den Schweiß von der hohen Stirn. „Darf ich nach Eurem Namen fragen?"

„Gewiss doch", antwortete Giovanni, während er ihm die Hand reichte. „Vincenzo Materella. Ich arbeite eng mit Henricus Institoris zusammen. Ich denke, Ihr habt schon seinen Namen gehört."

„Aber ja. Er ist in aller Munde." Bereits nach kurzer Zeit hatte Pasci den heruntergekommenen Mann so in Sicherheit gewogen, dass er ihm im Vertrauen von den Vorkommnnissen berichtete. „Der Herr verhört soeben Herrn Dörre, den örtlichen Apotheker."

„Dies ist mir zu Ohren gekommen. Aber wisst Ihr wieso? Institoris gewährt mir nicht in alle Unterlagen Einsicht."

Gutmütig, unterstrichen von einer gewissen Dummheit, berichtete Tillborn stolz von seiner Aussage. Giovanni stand mit verschränkten Armen da und lauschte den Worten, während es ihn von innen zu zerreißen schien. Er konnte nicht fassen, mit welcher Gleichgültigkeit dieser Mann das Leben eines Mitmenschen aufs Spiel setzte. So hielt er für einen Augenblick inne und fragte Tillborn, ob es möglich sei, seine Frau einem Arzt vorzustellen, der seine harte Aussage untermauern könnte. Erst zögerlich, dann selbstsicher gab Otto die Zustimmung. Allerdings nur in seiner Anwesenheit. Auch dem stimmte Pasci zu und ließ sich noch den genauen Wohnort nennen, ehe er sich verabschiedete. Schnellen Schrittes rannte er los.

Ich muss einen Arzt finden. Einen, der nicht blind vor Selbstüberschätzung ist. Einen Mann, der die Wahrheit ans Licht bringt.

So fragte er sich bei der auf den Straßen befindlichen Bürgerschaft durch, bis ihm ein alter Mann den Rat gab, bei Herrn Doktor Ferdinand Christ vorstellig zu werden. Es war bereits fünf Uhr, als der Bote endlich vor dem alten, kleinen Häuschen stand, wo der Arzt seine Patienten versorgte. Hastig klopfte Giovanni gegen die massive Holztür.

„Moment", tönte es aus dem Inneren, bis sich auf einmal die Tür aufsprang und ein unscheinbarer, kleiner Mann mit grauen Haaren und einem ebenso grauen Bart öffnete. „Was kann ich für Euch tun, junger Mann", fragte er mit einer zuvorkommenden und dennoch skeptischen Stimme, während er sein Gegenüber genau in Augenschein nahm.

„Entschuldigt die späte Störung, werter Doktor Christ. Ich möchte Euch bitten, den Körper der Frau des Tagelöhners Otto Tillborn zu untersuchen."

„Wie ist Euer Name?"

„Vincenzo Materella, Herr." Mit einer leichten Geste bat der Arzt ihn einzutreten.

„Das müssen wir wohl nicht auf der Straße besprechen, vor denen, die sich später das Maul zerreißen. Tretet ein."

Vorsichtig betrat Pasci das schmale Zimmer, in dem sich ein hölzerner Untersuchungstisch, neben einer Schüssel Wasser zum Reinigen der Werkzeuge und einer Tasche, gefüllt mit sämtlichen Utensilien befand. Nur ein schlichtes Tuch trennte den Schlaf vom Arbeitsbereich des alten Mannes. Hinter dem halb zugezogenen Vorhang verbarg sich ein schlichtes Holzbett, ein kleines Schränkchen und auch eine weitere schlichte, eingedellte Waschschüssel. In der anderen Ecke befanden sich ein alter Tisch, ein Stuhl, sowie ein alter Ofen, auf dem ein Topf neben einer alten Kanne stand.

„Entschuldigen Sie, junger Mann. Ich kann Ihnen nur den einzigen Platz in meinem bescheidenen Domizil anbieten."

„Aber nein", sprach Pasci mit leiser Stimme. „Setzt Euch. Ich kann auch für einen Moment stehen."

„Sie sind ein höflicher, junger Herr", antwortete der alte Mediziner und setzte sich tief atmend hin. „Ihr seid also wegen Susanne Tillborn hier?"

„Ja, werter Herr Doktor."

„Der Fall liegt aber bereits Henricus Institoris vor. Warum sollte ich mich da einmischen?" Allmählich wurde sich Giovanni der Tragweite seiner Lüge bewusst. Doch es gab kein Zurück mehr. Er musste nun diese aufrechterhalten, um das Ziel nicht aus den Augen zu verlieren.

„Der werte Mönch höchst persönlich schickt mich, so dass Ihr eine Begutachtung der Male von Frau Tillborn vornehmen könnt. Ich soll ihm Eure Einschätzung umgehend mitteilen."

Nachdenklich nickte der alte Mann, erhob sich und griff nach seiner Tasche.

„Dann geleitet mich zum Hause der Tillborns." Als sie sich auf den Weg machten, ahnte Henricus nichts von der drohenden Intrige gegen ihn.

Er war noch immer davon felsenfest überzeugt, den Apotheker zu überführen. Blitzschnell packte Institoris Dörre am Schopf und riss seinen Kopf zurück. Inzwischen mischte sich das frische unter das angetrocknete Blut. Hasserfüllt stierte Michael seinen Peiniger an. Schweigen herrschte.

„Wie spät ist es?", fragte Kramer den Henker. Dieser erwiderte leise: „Es ist gleich sechs. Sollten wir nicht allmählich eine Pause einlegen?" Außer sich vor Entsetzen brüllte Heinrich Peter an.

„Seid Ihr von Sinnen? Ich gebe jetzt nicht auf. Wir werden seinen Willen brechen und er gestehen. Macht weiter. Drückt ihm glühende Eisen auf den Körper. Irgendwann wird er sich zum Satan bekennen."

„Das wäre Euch recht", zischte Dörre unter entsetzlichen Schmerzen. Mit dem verbliebenen Auge stierte er den Inquisitor strafend an.

„Kommen wir auf den Punkt. Was habt Ihr mit Frau Susanne Tillborn gemacht?"

„Ich gab Ihr eine Arznei, da sie und ihr Gatte sich so sehr Kinder wünschten. Nichts weiter."

„Eine Lüge nach der anderen", donnerte Henricus Stimme durch den Raum, unterstützt durch seine Faust, welche krachend auf den Tisch schlug. „Ihr seid in ihren Geist eingedrungen und habt Euch an ihr wollüstig vergangen."

Allmählich von den Strapazen der andauernden Folter erschöpft, schüttelte der Apotheker den Kopf.

„Ich habe mich weder an Frau Tillborn vergangen noch ihren Geist des Nachts heimgesucht. Aber Ihr glaubt mir eh nicht. Deshalb spare ich mir besser den Atem, um Eurem Martyrium weiterhin standhaft zu wiedersagen." Ohne auch nur einen Satz zu äußern, gehorchte Aurich, legte ein Eisen in den glühenden Ofen, bis dieses feuerrot erschien. Abgelenkt von Henricus, bemerkte Michael nicht einmal, dass sich der Henker näherte. Wie ein Blitz durchfuhr diese heiße Pein seinen gesamten Körper. Erneut schallte sein überraschter Schrei durch den gesamten Keller. Nun liefen ihm selbst die Tränen über die Wangen und er fragte sich, wie viel er noch ertragen konnte. Immer wieder legte der Scharfrichter das heiße Metall auf seinen Rücken und drückte es tief in das Fleisch hinein.

„Diese Schmerzen kann nur ein Jünger des Satans ertragen. Gesteht endlich Eure Sünden, Dörre. Sonst wird das Leiden kein Ende für Euch nehmen." Erneut presste Aurich das brennende Metallstück auf seinen Körper und der Apotheker rang um Atem, während ihm wiederum die Tränen über die schmalen Wangen liefen.

„Ihr werdet meine Standhaftigkeit nicht brechen können. Ich bin stärker. Stärker im Glauben und der Liebe zu meinem Gott." Der Mönch wusste nun nicht mehr weiter. Daher schrie er Dörre ein letztes Mal ungehalten an.

„Ich lasse mir etwas für Euch einfallen. Ihr werdet mir Rede und Antwort stehen, ehe schließlich das Bekenntnis der Sünden aus Eurem Mund hervorkommt."

„Tut, was Ihr nicht lassen könnt. Doch ich gestehe nichts, was ich nie im Leben getan habe."

Institoris überlegte sich nun die nächsten Schritte und wandte sich an Peter. Mit befehlendem Ton fuhr er ihn an.

„Bringt Ihn auf seine Zelle. Ich werde Euch sagen, wie es weitergeht."

„Ja, Herr", flüsterte Aurich, löste die Ketten und half Michael auf. Die Erschöpfung war dem Verdächtigen anzumerken. Noch nie zuvor hatte er solche Qualen erleiden müssen. Und dennoch wollte Michael diese dunklen Räumlichkeiten mit erhobenem Haupt verlassen.

Während der unschuldige Apotheker hinaus gestützt wurde, erreichten Pasci und der Arzt die Wohnung des Tagelöhners. Im Inneren brannte Licht. Das hieß, dass sie noch nicht die nächtliche Ruhe störten. Christ wollte gerade an die Tür klopfen, als Giovanni ihn zurückhielt.

„Lasst mich für Euch sprechen, werter Herr Doktor." Daraufhin ließ ihm der Mediziner den Vortritt. Vorsichtig klopfte der Bote an die Haustür. Sie warteten geschlagene fünf Minuten, ehe sich etwas tat. Otto öffnete und bat die beiden höflich herein. Der Hilfsarbeiter wies auf den zugezogenen Vorhang, welcher das Schlafzimmer von der Kochecke trennte. „Darf ich Euch vorstellen", versuchte Giovani das Eis zu brechen und sah sofort, dass sich die beiden Männer gut kannten.

„Ihr braucht kein Wort zu sprechen", erwiderte Tillborn und reichte dem Mediziner die Hand. „Seid willkommen, Herr Doktor Christ. Ihr seid bestimmt im Auftrag von Herrn Henricus Institoris hier." Kurz stockte der Arzt, bevor er von Pasci ein leichtes Kopfnicken vernahm.

„Genau, Herr Tillborn. Ich soll nach Eurer werten Frau schauen, die Wundmale dokumentieren und sie auf ihre Gesundheit hin untersuchen.

„Ja. Tretet ein. Sie ist sich bereits am Umziehen", antwortete der Tagelöhner und sah Giovanni an. „Würdet

Ihr vor der Tür warten? Ich will nicht, dass meine Gattin sich schämt." Pasci verneigte sich verständnisvoll.

„Wie Ihr wünscht." Vorsichtig schob er den alten Arzt vor.

„Folgt mir, Herr Doktor Christ." So verschwanden die beiden, während Otto schnell die Pforte hinter sich schloss. Nervös begann der Bote auf und abzulaufen. Er hoffte, dass niemand etwas von seinem wirklichen Vorhaben mitbekam. Nach einer quälend langen Stunde, in der Pasci allmählich dem Wahnsinn näher kam, trat der Arzt heraus. Mit einem Lächeln schüttelte er Tillborns Hand und sprach leise, so dass keiner etwas von seinem Besuch mitbekam.

„Ihr hattet Recht. Sie weist Male auf. Doch sie sind schon am Verkrusten und sind kaum noch zu sehen. Bald schon wird nichts mehr Zeugnis davon geben können." Nachdenklich strich Pasci über seinen dichten Bart.

„Konntet Ihr die Verletzungen auf jemanden zurückführen?" Auf diese Frage hin, konnte der Mediziner nur bedauernd den Kopf schütteln.

„Das kann ich nicht. Sie sind schon so verändert, dass es keine Aussage zulässt. Allerdings weist Frau Tillborn auch blaue Flecke am Rücken auf, von denen Ihr kein Wort erwähntet. Wurde bei dem Apotheker Blut unter den Nägeln festgestellt?"

„Dies ist einer der Gründe, warum Sie Ihre Meinung äußern sollten. Er zeigt getrocknete Reste unter den Fingernägeln auf. Doch er behauptet, vor dem Essen ein Tier geschlachtet zu haben."

„Es wäre eine Erklärung. Aber in seiner Lage reicht das nicht aus. Es tut mir sehr leid. Ich kann nun nichts weiter tun." Der Venezianer nickte verständnisvoll, auch wenn ihm die Antwort missfiel.

„Dennoch danke ich Ihnen für Ihre Mühen.“ Giovanni griff in die Manteltasche und gab dem Arzt einen Silberling.

„Das wäre nicht nötig gewesen“, sprach Christ.

„Doch. Ich habe schließlich Ihre Zeit verschwendet.“ Sich höflich verneigend verschwanden die beiden in entgegengesetzte Richtungen. Auf dem Rückweg zu seiner Unterkunft, ließ der Bote noch einmal die letzten Stunden Revue passieren. Der Himmel zog sich zu und es begann leicht zu regnen.

Erst jetzt machte er sich Gedanken über die blauen Male an ihrem Rücken, die Doktor Christ erwähnt hatte.

„Warum hat ihr Gatte dies nicht erwähnt? Vielleicht hat er es einfach vergessen.“ Doch daran glaubte Pasci nicht so recht, da Otto seine Geschichte bis ins kleinste Detail wiedergegeben hatte. Ihm fehlte nur der eindeutige Beweis.

7. *Kapitel*

Nach zwei Stunden wurde Dörre, auf Institoris Wunsch hin, wieder unsanft aus seiner Ruhe geholt. Gerade hatten sich die unmenschlichen Schmerzen etwas gelegt, da riss Aurich die Zellentür auf. Der Apotheker sah ihn wehleidig an.

„Es war schon klar, dass Ihr mir keine Ruhe gönnt", winselte Michael, während er langsam seinen geschundenen Körper aufrichtete.

„Ich kann Ihnen nicht sagen, wie leid es mir tut", flüsterte der Henker und reichte dem Delinquenten eine helfende Hand. „Aber Sie sollen wiederum bei Henricus Institoris vorstellig werden." Mit dem Licht seines letzten Auges reichte Michael ihm die zittrige Hand.

„Helft mir bitte auf. Ich will dem Mönch erhobenen Hauptes entgegentreten", zischte der Apotheker, nachdem er sich wieder seiner qualvollen Schmerzen bewusst wurde. Mitleidsvoll, zerfressen von Schuld, reichte ihm Peter die Hand und half dem geschundenen Mann auf.

„Seid Ihr bereit?", fragte der Henker besorgt und stützte das Opfer.

„Ohne meine Pein zu zeigen, werde ich Institoris erneut entgegentreten." Aurich bewunderte Michael für dessen Durchhaltevermögen und sprach: „Wir müssen los."

So lief der Scharfrichter neben ihm her und jeder Schritt schien selbst für ihn zur Qual zu werden. Die Nachmittagsstunden brachen an. Der leichte Wind legte sich und der Himmel zog sich zu. Dies waren die Vorboten eines Unwetters. Wie ein alter Mann, schlich Dörre vor dem Henker her, bis sie erneut vor der eisenbeschlagenen Pforte standen.

„Seid Ihr bereit?", erkundigte sich Peter, den weiterhin ein schlechtes Gewissen plagte. Mit einem Lächeln wandte sich der Apotheker dem Scharfrichter zu und wisperte: „Zieht doch endlich Eure Maske ab. Es wäre mir ein Leichteres, Euch direkt ins Antlitz zu schauen, statt dieses lederne Ding über Eurem Kopf zu sehen." Im selben Augenblick streifte Peter Aurich den Gesichtsschutz ab und Michael zuckte zurück. Erst jetzt erkannte Dörre, wie sehr ihn sein Leid beschäftigte. Michael lächelte, während das Blut, welches aus seinem Auge lief, allmählich verkrustete. Langsam schlich Michael, in feste Ketten gelegt, in den Saal. Wiederum saß Henricus an dem kleinen Tisch in der Ecke. Eine Kerze leuchtete ihm, da die Sonne bereits begann unterzugehen. Mit einem diabolischen Lächeln auf den schmalen Lippen, hinkte er zu den beiden. Dieses wich jedoch einem fragenden Blick.

„Warum tragt Ihr Eure Maske nicht?", donnerte Henricus Stimme durch den Folterraum. Doch ehe sich Peter dazu rechtfertigen konnte, fiel ihm Dörre ins Wort.

„Ich kenne diesen Mann, Prior. Er soll sein Gesicht nicht vor mir verbergen müssen, denn ich habe weder den Willen noch die Notwendigkeit, ihn bloßzustellen." Zähneknirschend nahm der Mönch die Meinung Aurichs zur Kenntnis und raunte entschlossen: „Wir sind noch nicht am Ende der Anhörung."

Ernsten Blickes näherte er sich mit dem Gehstock. Er rechnete schon mit der Antwort des Angeklagten. So ließ er ihn angesichts seiner trostlosen Zukunft weitersprechen.

„Dessen bin ich mir im Klaren, werter Prior. Nichtsdestotrotz werde ich nichts mehr sagen, da ich meine Hände in Unschuld wasche." Auf diese Aussage hin konnte der Inquisitor nur den Kopf schütteln.

„Ich dachte, der Verlust Eures Augenlichts, wie auch die Peitschenhiebe und die gebrochene Hand, würden Euch dazu bringen, meine Zeit nicht zu verschwenden und mir endlich zu gestehen, dass Ihr im Bunde mit Luzifer steht." Da der Dominikaner seine Möglichkeiten schwinden sah, dem Beschuldigten auch nur ein Wörtchen zu entlocken, griff er nun zu harten Mitteln. Ehe er zur Streckbank schaute, flüsterte Kramer mit erschreckender Stimme. „Ihr wollt also nicht Eure Missetaten gestehen." Henricus wandte sich an den Scharfrichter und raunte: „Schnallt Ihn auf den Tisch. Mal sehen, wie lange er das durchhält. Ich werde mein Geständnis erhalten. Egal auf welche Weise." Ohne ihn eines Blickes zu würdigen, bewegte sich Dörre, unter Hilfe des Henkers, zu der langen Holzbank, die vorne und hinten mit zwei schweren Eisenrädern versehen war.

„Soll ich Euch behilflich sein?", erkundigte sich Aurich, als er sah, wie Michael sich quälte, auf den Tisch zu steigen.

„Er ist im Stande selbst für seine Vergehen zu büßen", brüllte Henricus und sah seinen Henker strafend an. „Ich habe Euch das Ablegen Eurer Maske durchgehen lassen. Aber nun habe ich den Eindruck, ihr verbündet Euch ebenfalls mit dem Leibhaftigen."

Entrüstet stand Peter da. Seine Muskeln spannten sich an und er wartete nur noch auf ein falsches Wort des alten Mannes. Während in Aurich die Wut hoch kam, versuchte Dörre, auch um seiner selbst, die Lage zu beruhigen.

„Lasst uns fortfahren", wisperte Michael leise und starrte emotionslos zur steinernen Decke des Raumes. „Mein Leben findet hier eh ein Ende. Nass, kalt und elendig." Nur Peter fühlte sich durch diese emotionale Aussage angesprochen. Er kämpfte mit sich, als er Michael hoch nahm, seinem entkräfteten Körper auf die Streckbank half und ihn festband. Nun wartete der Henker mit einem schlechten Gewissen auf den Befehl die schweren Räder zu drehen, welche an beiden Seiten des Tisches ihren Zweck vollführten.

„Streckt ihn", flüsterte Henricus mit ernster Stimme. „Genau so, wie er es gewollt hat." Eine Drehung nach der anderen brachte die Seile zur Spannung. Plötzlich hallten die lauten Schreie des Apothekers über die Gänge, bis hinaus zu den Schächten, wo Pasci schon auf ein Lebenszeichen wartete.

Wenn seine Laute schon bis hier hinausdringen, muss ihm Grässliches widerfahren.

Also betete Giovanni für den armen Kerl. Während Aurich die schweren Räder drehte, streckte sich Michaels Körper. Tränen liefen über die Wangen des Apothekers und die heiseren Schreie wurden immer leiser. Arme und Beine waren nun bis zum Anschlag gereckt, so dass es nur noch einer Drehung bedurfte, bis ein lautes Knacken in dem großen Saal hallte. Ein lautes Brüllen fuhr aus Dörres Kehle, ehe er die Besinnung verlor.

„Die Gelenke sind ausgekugelt", wisperte der Henker und schaute den Inquisitor fragend an.

„Weckt Ihn auf", befahl der Mönch. Nur widerwillig griff Peter nach dem gefüllten Eimer Wasser, der neben der Folterbank stand. In einem Schwung schüttete er es über Michaels Kopf. Allmählich kam dieser zu sich. Doch jeder Atemzug bereitete ihm höllische Qualen.

„Seid Ihr nun willens, Eure Missetaten zu gestehen?" Michael rang um Luft und schwieg. „Tragt Euer Schicksal, wie ein wahrer Mann. Alles kann auf der Stelle vorbei sein." Abermals drehte Peter mit aller Kraft das Rad weiter. Ein erneuter, gellender Schrei durchfuhr den Folterkeller. Der Blick des Scharfrichters drückte sein tiefes Mitleid aus und er betete, dass sich der Apotheker endlich schuldig bekannte, um diesem elendigen Martyrium ein Ende zu setzen. Henricus wollte gerade eine Frage stellen, als Michael den Kopf zur Seite drehte.

„Ihr habt mich gebrochen, Institoris. Ich halte es nicht mehr aus." Ein letztes Mal atmete er tief ein. „Ich bekenne mich schuldig. Das wolltet Ihr doch hören." Daraufhin stahl sich ein zufriedenes Lächeln auf Henricus Lippen.

„Endlich, Herr Dörre", sprach der Mönch. „Ihr hättet Euch all die Pein ersparen können. Also gebt Ihr zu, dass Ihr einen Pakt mit dem Teufel geschlossen habt?"

„Ja, Herr." Nun wandte sich Kramer dem örtlichen Henker zu.

„Schafft Ihn in seine Zelle. Dort wird er verbleiben, bis der hohe Richter das Urteil verkündet hat." Während langsam die Sonne am Horizont verschwand, schleppte Aurich den Apotheker zu den Kerkerräumen. Jede Bewegung, auch wenn er nur mit den Zehenspitzen den Boden berührte, ließ Michael vor Schmerzen wimmern. Endlich erreichten die beiden, nach einer gefühlten, qualvollen Ewigkeit, die Zellenpforte. Behutsam legte Peter ihn auf das feuchte Stroh und flüsterte mitfühlend: „Dies bedeutet Euer Ende, werter Dörre." Mit schmerzverzerrter Miene sah Michael ihn an.

„Dessen bin ich mir durchaus im Klaren. Doch lieber ein Ende mit Schrecken als ein Schrecken ohne Ende. Ich hoffe nur, dass ich meine Frau und die Kinder noch einmal sehen kann." Aurich antwortete teilnahmsvoll: „Das werdet Ihr. Aber auf Entfernung." Er versuchte krampfhaft seine Gefühle zu unterdrücken. „Ich werde versuchen, Euch einen grausamen Tod zu ersparen. Dies ist alles, was ich nun noch für Euch tun kann."

„Habt Dank, Aurich. Gott wird Euch eines Tages dafür belohnen." Daraufhin verschwand der Scharfrichter auf dem dunklen, kalten Gang.

In diesen späten Abendstunden saß Giovanni Pasci in dem gut besuchten Gasthaus Schreil, welches mitten im Ort gelegen war. Er nahm an einem der kleinen Tische Platz, die die schummrigen Ecken füllten. Immer mehr Einwohner suchten das Etablissement auf. Der Wirt brachte ihm schließlich einen Krug Bier, ehe er geschwind seiner Arbeit nachging. Pasci wirkte verwundert, denn es waren hauptsächlich Männer, die hineinkamen, um sich von ihrem harten Tag ein wenig abzulenken. Den Arbeitern galt jedoch nicht seine ungeteilte Aufmerksamkeit, sondern der Hauptpforte, durch welche jeden Augenblick Walter Kolbe treten sollte. Stunde um Stunde verging, allerdings gab es keine Spur seines Freundes. Plötzlich sprang die Tür auf und Walter stürmte herein. Eilig schweifte sein Blick umher, bis er Giovanni sah. Langsam ging er an den Tisch, wo der Reiter sich schwungvoll hinsetzte. Beide schwiegen einen Moment, als Pasci sich vorbeugte und seinen Kameraden leise fragte, ob sein Besuch bei Bischof Verenus von Erfolg gekrönt war. Doch er erntete nur ein enttäuschtes Kopfschütteln.

„Und, was hat er gesagt?", wollte der Venezianer mehr von Kolbe erfahren.

„Er ist der Meinung, dass seine Stellung an der Seite des Papstes ihm nicht ermögliche, uns ein Dokument auszustellen, welches die Menschen vor dem Mönch schützt." Nachdenklich strich Giovanni über seinen dichten Bart.

„Wie sollen wir unsere Forderungen gegenüber den Richtern und Ortsvorstehern geltend machen, wenn nicht mit einem Dekret des Hochwürden?" Walter schaute sich um, bevor er den Lederbeutel voller Goldmünzen auf den Tisch legte. „Was ist das?"

„Sieh nach", flüsterte Walter und lehnte sich zurück, während Pasci einen kurzen Blick riskierte.

„Das ist nicht sein Ernst?"

„Doch. Wir sollen nicht mehr seinen Namen nennen, sondern das Gold sprechen lassen. Auf dass die Habgier der Menschen ihre Mitmenschen schützen möge." Im selben Moment öffnete sich erneut der Eingang und Richter Lehmann trat ein. Mit zugekniffenen Augen musterte er die Umgebung. Blitzschnell beugte sich Giovanni vor und zog seinem Freund die Kapuze über.

„Kein Wort mehr", zischte der Venezianer, ehe auch er sein Antlitz unter dem Kopfteil des Mantels verbarg. „Steck den Beutel weg. Es ist Lehmann." Nervös sahen sie zu, wie der Richter Platz nahm, dem Wirt zunickte und binnen kurzer Zeit die köstlichsten Speisen vorgesetzt bekam.

„Sieh dir nur an, wie sich der werte Mann des Gesetzes verköstigt, während die meisten der Menschen in diesem Ort Hunger leiden. Ich würde am liebsten hingehen und ihm eine Geflügelkeule in den dürren Rachen schieben", raunte Kolbe leise. Die Kirchenglocken schlugen schon Mitternacht, als sich der Richter endlich erhob. Gnädig legte er ein Silberstück auf den Tresen, bevor er sich höflich von dem Wirt verabschiedete und auf den Nachhauseweg machte.

„Ich habe eine Idee", flüsterte Giovanni und stand auf. „Nimm vier Goldstücke aus dem Beutel. Steck sie in deine Hosentasche. Folge mir." Ohne großes Nachfragen, tat Walter, was ihm gesagt wurde. So verließen auch die beiden Boten den Gasthof. Draußen schaute er sich geschwind um und sah, wie sich der Richter langsam in Richtung des Dorfplatzes bewegte. „Komm mit. Stell bloß keine Fragen." Eilig rannten sie dem Alten nach, bis Pasci ihn eingeholt hatte. Höflich verneigte er sich vor dem Justizangestellten.

„Verzeiht, werter Herr Lehmann. Aber ich muss dringend mit Euch reden." Lehmann lächelte zynisch.

„Ich kann mir schon denken, was Ihr von mir wollt. Doch ich werde mein Urteil nicht revidieren. Habt Ihr das verstanden?"

„Natürlich kann ich Eure Meinung verstehen, Herr Richter. Aber denkt doch bitte an die Familie, welcher Ihr den Vater und Ernährer raubt."

„Wer glaubt Ihr, wer Ihr seid? Ich bin seit nunmehr fünfunddreißig Jahren in diesem Amt, habe schon so viele Urteile gesprochen und mich nie von meinem Pfad abbringen lassen. Das werdet auch Ihr nicht schaffen, egal wie süß auch Eure Worte sein mögen." Giovanni merkte, dass sich der Ehrenmann nicht bestechen ließ. Dennoch ließ er nichts unversucht, um den Apotheker zu retten oder ihm wenigstens einen schnellen Tod zu ermöglichen.

„Walter?", flüsterte er seinem Kameraden zu, welcher in seine Manteltasche griff und dem Richter die vier Goldmünzen übergab. „Ich hoffe, dass diese kleine Gabe Eure Meinung ändern wird." Pasci hatte seinen Satz nicht

einmal beendet, da warf Lehmann die Münzen scheppernd auf den steinernen Boden. Obwohl er nicht groß
gewachsen und eher schmächtiger Statur war, packte er
den Venezianer am Kragen. Flink riss er ihn nahe an sich
heran.

„Ich lasse mich nicht bestechen. Nicht von Euch. Ich
bleibe meiner Linie treu. Steckt Euer Geld weg und geht
mir aus den Augen.“ Er wollte sich gerade umdrehen, als
Kolbe ihn abermals ansprach.

„Richter Lehmann. Wenn wir schon nichts an dem Urteil ändern können, so gönnt dem Apotheker wenigstens
einen schnellen Tod.“ Der Alte wandte sich um und
starrte ihn fragend an, während Walter energisch fortfuhr. „Bringt ihn bitte nicht auf den Scheiterhaufen.
Denkt an die Familie. Wenn dieser Mann schon sterben
muss, dann wenigstens durch einen schnellen Hieb.“

„Ihr sprecht von einer scharfen Klinge? Der Mann hat
sich der Ketzerei schuldig gemacht. Darauf steht der
Flammentod. Doch lasst mich sehen, was ich noch tun
kann. Macht Euch aber keine Hoffnungen.“

„Habt Dank, Herr Lehmann.“

„Die Herren“, sprach der Richter, verneigte sich und
ging seiner Wege, bis er im Dunkel der Seitenstraße verschwand.

„Glaubst du wirklich, dass er Wort hält?“, fragte
Kolbe. Doch er erntete nur ein unsicheres Schulterzucken.

„Ich hoffe es.“

Noch bevor die Sonne am nächsten Tag aufging, stand
Peter Aurich schon vor den Pforten des Bürgermeister-
amts, um an der endgültigen Urteilsverkündung teilzunehmen. Schönherr, der davon wusste, war ebenfalls zu

dieser frühen Zeit anwesend. Er öffnete dem Henker die Tür, so dass er ungesehen in dem Gebäude verschwinden konnte. Niemand nahm weiter Notiz von dem normalen Mann, der sein Antlitz sonst hinter der Maske versteckte.

„Nehmt noch eine Weile Platz, Herr Aurich. Es wird noch dauern, bis die Urteilsfindung stattfindet."

„Habt dank, Herr Schönherr. Ich will nur nicht, dass mich jemand erkennt. Ohne meine Maske fühle ich mich angreifbar und sogar nackt." Verständnisvoll legte der Ortsvorsteher die Hand auf dessen Schulter und antwortete: „Ich habe Verständnis für Ihre Lage. Macht Euch keine Gedanken. Niemand wird erfahren, wer wirklich unter der Henkermaske steckt." Ein angespanntes Lächeln fuhr über Peters Lippen. Als Herr Schönherr den Saal verlassen hatte, blieb Aurich allein zurück. Nach einer Weile stand er auf und lief wie ein eingesperrtes Tier umher. Die Nervosität stieg. Also trat er ans Fenster und schaute in das grelle Licht der aufgehenden Sonne.

Herr, ich bin nicht würdig, Wünsche an dich zu senden, angesichts meiner Taten. Doch ich flehe nicht für mich, sondern für Michael Dörre. Es führt anscheinend kein Weg mehr an seiner Hinrichtung vorbei. Daher bete ich, oh gütiger Gott, lass mich das Schwert benutzen dürfen, so dass er einen schnellen, würdevollen Tod stirbt. Im Namen des Vaters, des Sohnes und des Heiligen Geistes. Amen.

Er bekreuzigte sich und nahm schließlich wieder auf dem harten Stuhl Platz, der ihm zugewiesen wurde. Von draußen waren die Stimmen der Menschen zu hören, die ihrem Alltag nachgingen. Peter versuchte, sich in ihren wohlgesinnten Geist hineinzuversetzen, aber dies gelang ihm nicht. Im Gegenteil. Der Scharfrichter zuckte zusammen, als Henricus Institoris in Begleitung des Pfarrers den Saal betrat. Wohlwollend grüßten sie ihn, bevor sie sich auf die unbequeme Bank setzten. Aus den Augenwinkeln konnte Aurich deren Anspannung bemerken. Während Pfarrer Braun die Unterlagen zusammenlegte, drehte Institoris den verzierten Gehstock zwischen seinen rauen Fingern. Plötzlich sprang, laut quietschend, die Hintertür auf und auch Richter Lehmann betrat, in Begleitung Schönherrs, den Saal. Der Alte Justiziar räusperte sich, ehe er um die Unterlagen zu diesem brisanten Fall bat. Lehmann überflog die einzelnen Seiten und wandte sich an Henricus.

„Wie ich hier lese, hat Herr Michael Dörre seine Taten umfassend gestanden."

„Ja, Herr Richter. Es bedurfte zwar zwei Tagen der peinlichen Befragung, doch das Ergebnis stimmt mich zufrieden." Lehmann fuhr sich über die faltige Stirn und sprach mit harter Stimme: „Dann ist dieser Fall wohl entschieden. Hiermit verurteile ich den ansässigen Apotheker zum Tode." Er wollte gerade fortfahren und die Art der Hinrichtung, gemäß des Gespräches mit Pasci, mildern, als Peter Aurich aufstand.

„Werter Richter. Ich ersuche Euch hiermit vom Tod durch das Feuer abzusehen. Stattdessen kann mein Schwert diese Arbeit verrichten." Dem Richter stieg die Zornesröte ins Gesicht. Er ging davon aus, dass die Boten auch mit dem Henker einen Pakt geschlossen hatten. „Seht, welch gute Dinge Michael Dörre in seinem bisherigen Leben für unsere Gemeinde vollbracht hat. Daher wäre ein schneller Tod ein Segen für ihn und die gesamte Familie." Ungeachtet der Kommentare Aurichs schlug Lehmann heftig auf den Tisch.

„Dieser Mann wird auf mein unumstößliches Urteil, morgen in der Frühe im Feuer sterben. Die Ergebnisse sind unwiderruflich. Ich danke Euch für Eure wohlwollende Meinung, Herr Aurich. Doch ich sehe keinen Grund, ihm diese Güte zu schenken." Somit war das Urteil in Stein gemeißelt. Nachdem sie alle den Saal verlassen hatten, konnte sich Herr Schönherr eine Frage nicht verkneifen.

„Herr Richter, ich habe gesehen, wie Eure Gesichtszüge plötzlich ernst, gar wütend wurden. Hat dies eine besondere Bewandtnis?" Lehmann wollte darauf keine Antwort geben und schob sein Urteil auf die Rechtslage, die ihm alle Möglichkeiten der Straflinderung nahm.

„Es war meine Entscheidung, Herr Schönherr. Das sollte Ihnen als Rechtfertigung genügen."

„Aber warum haben Sie nicht auf den Vorschlag des Henkers gehört?" Im Nachhinein pflichtete der Ortsvorsteher dem Scharfrichter bei, dass die Todesstrafe durch das Schwert Aurichs gemildert werden konnte. Schnell nahm Lehmann ihn zur Seite und zischte: „Darüber bin ich Ihnen keine Rechenschaft schuldig, Herr Ortsvorsteher. Ich sah keinen Grund, diesen Mann milder zu bestrafen als jeden anderen Ketzer." Damit war das Schicksal, zur Freude Henricus, besiegelt. Während sich Aurich wenig später an die Arbeit begab, den Scheiterhaufen auf dem Dorfplatz zu errichten, standen schon die Boten, wie versteinert, da. Ihre Gefühle waren unbeschreiblich. Walter sah zu, wie Aurich, in voller Maskierung, erst den dicken Stamm einschlug. Als der Henker die letzten dürren Zweige ausbreitete, welche zum schnellen Aufflammen des Feuers dienlich waren, flüsterte Walter seinem Freund leidig zu. „Warum setzen wir uns eigentlich der erfolglosen Arbeit aus? Ich hätte in der Schmiede meines Vaters arbeiten können, statt an dieser Stelle unverrichteter Dinge wie ein Narr dazustehen. Selbst Gold bringt die Menschen nicht dazu, ihren Mitmenschen zu verzeihen." Als Kolbe sich tief betroffen abwandte, erwiderte Giovanni in wisperndem Ton.

„Lass die dummen Sprüche, mein Freund. Du glaubst, genauso wie ich, an das Gute im Menschen. Und darum sollten wir kämpfen. Zwar hat uns Bischof Verenus in die Schranken gewiesen. Doch das heißt nicht, dass wir, Mittels der reichhaltigen Obolusse, keinen Erfolg haben können. Bewahre dir den Mut und deinen Enthusiasmus, mein alter Freund. Das Glück wird sich schon bald zu unseren Gunsten wenden, das verspreche ich dir." Aurich schichtete in voller Maskierung weiterhin den Reisig auf, der für eine schnelle, höllische Flamme sorgen sollte.

„Unsere Tat ist hier wohl zu Ende", sprach Kolbe betroffen. Giovanni bemerkte schnell, dass sein Weggefährte drohte, den Glauben an die Sache zu verlieren. So sprach er ihm gut zu.

„In diesem Ort war es wahrscheinlich schon zu spät, um die Meinungen der Obrigkeit in die korrekte Richtung zu lenken. Lass uns dem Ableben des Apothekers beiwohnen. Aus Respekt, ihm gegenüber und auch zur Reinigung unserer Seele. Der Kampf ist jedoch noch lange nicht beendet. Wir werden fortfahren, jeden der Obigen bestechen, um Schaden von dem einfachen Volk abzuwenden."

„Ich bete dafür, dass deine enthusiastischen Worte gehör bei unserem Heiland finden. Denn ohne ihn sind wir machtlos."

Schließlich brach der Tag der Hinrichtung an. Im leichten Schein der aufgehenden Sonne stand Aurich bereit. Als die Glocken acht schlugen, stieg auch seine Anspannung. Schwalben, wie Tauben, zischten mit ihrem lauten, schrillen Gurren und Zwitschern über die Dächer der Häuser hinweg. Allmählich erwachten die Bürger aus ihrem wohlverdienten Schlaf. Doch statt der lohnbringenden Arbeit nachzugehen, versammelten sich Frauen wie Männer auf dem Marktplatz des Ortes. Giovanni erschien in Begleitung Walters an der Richtstelle. Die beiden stierten ratlos auf den Scheiterhaufen.

„Der arme Kerl", wisperte Kolbe, den erneut eine innere Wut zu erfassen schien. Seine Fäuste ballten sich, so dass die Knöchel weiß wurden. „Komm. Lass uns gehen. Unser Versuch, den Richter zu überzeugen ist kläglich gescheitert."

„Es ist unsere Pflicht zu bleiben", wisperte Giovanni bedrückt. „Wir sind es Dörre schuldig, ihn auf seinem letzten, steinigen Pfad zu begleiten." Schließlich mehrten sich die Menschenmassen, um der Hinrichtung beizuwohnen. Die Erregung dieses Morgens war spürbar. Ein Knistern lag in der Luft, welches das Ereignis zu einer Explosion führen konnte. Walter sah sich um und erstarrte, als er sah, dass mehrere Männer auf den Delinquenten warteten.

„Solche Stunden bereiten mir Übelkeit." Es ist ein Gefühl, als hätten wir versagt." Nüchtern betrachtete Pasci ihr vorankommen.

„Ich bin mir völlig bewusst darüber, was du meinst, liebster Freund. Doch hier können wir nur darauf warten, dass sein Leiden ein schnelles Ende nimmt." Besorgt schaute ihn der Venezianer an.

„Er ist nicht der Letzte, den wir retten können. Lass uns mit diesen Niederschlägen leben und weitermachen. Es ist unsere Berufung, den Hilflosen beizustehen. In diesem Fall waren uns die Hände gebunden. Ich flehe um einen Platz an Gottes Tisch für Herrn Dörre." Die heiße Sonne stand bereits über den Dächern der Häuser.

Permanent lief Peter der Schweiß in die Augen, welcher sich unter der ledernen Maske ansammelte. Kein Wort kam über Aurichs Lippen. Giovanni und Walter standen direkt neben der schmalen Gasse, durch die Michael geführt werden sollte. Überrascht schauten sich die beiden um. Statt lautstark dem Unmut Luft zu machen oder Hasstiraden gegen Dörre zu brüllen, herrschte Totenstille unter den Mitbürgern. Die meisten von ihnen schienen in tiefer Trauer gefangen zu sein. Es wurde jedoch noch stiller, als die Gattin des Apothekers in Begleitung ihrer Kinder zur Hinrichtungsstätte schritt. Pasci hegte großes Mitgefühl, denn er konnte sich vorstellen, wie es sein musste, einen geliebten Menschen zu verlieren, da vor einigen Jahren seine Frau am Kindbett gestorben war. Kolbe legte tröstend die Hand auf seine Schulter und bewunderte die Familie, wie sie mit dieser Tragödie umging. Obwohl Gisela sich nichts anmerken ließ, war deutlich zu erkennen, dass sie mit den Nerven am Ende war. Seit Tagen hatte sie kein Lebenszeichen von ihrem Gatten erhalten und selbst auf ihr Flehen hin, wurde ihr keine Auskunft erteilt. Auch ein Besuch im Kerker wurde ihr versagt. So erfuhr Frau Dörre erst am gleichen Tag, dass ihr Mann gestanden habe und schon bald seinem Schöpfer ins Antlitz sähe. Nach tränenreichen Stunden machte sie sich mit ihren Kindern auf den Weg, um ihrem treuen Mann in den letzten Augenblicken beizustehen. Doch je näher sie dem Scheiterhaufen kamen, umso stärker kämpfte Gisela gegen ihre Gefühle an.

Giovanni sah zu, wie sie immer wieder von Menschen betroffen in den Arm genommen wurde. Nach diesem langen Marsch durch die gedrängten Massen, stand die Familie in der ersten Reihe. Während dem Nachwuchs die Tränen über die Wangen liefen, wirkte Gisela wie versteinert. Niemand bemerkte, dass sich auch Otto Tillborn unter die wartende Menge gemischt hatte. Zu keinem Augenblick wagte er es, in die Höhe zu schauen. Plötzlich zuckte sein Körper ruckartig zusammen, als die Trommeln ertönten. In gleichbleibendem Schlag wurde der Todesgesang der Instrumente lauter und brach sich an den halbhohen Ortsmauern, wie auch Häusern. Ein eiskalter Schauer lief den Boten über den Rücken. Plötzlich erschien hinter der Biegung Henricus, der mit ernster, furchterregender Miene den Trommlern voranschritt. Neben ihm lief Pfarrer Braun, der eine immense Selbstsicherheit ausstrahlte, während er die Aufzeichnungen des Institoris mit sich trug. Ihnen folgte ein schmaler Ochsenwagen, auf dem sich der, vor Schmerzen gekrümmte, Apotheker befand. Sein Gesicht lag auf dem hölzernen Boden und jeder Schlag des groben Untergrunds schien seine Pein zu verstärken. Pasci ballte die Fäuste und schüttelte den Kopf. Walter hingegen nahm seinen Freund bei den Schultern.

„Ich muss dich für einen Augenblick allein lassen. Kommst du zurecht?" Der gebürtige Venezianer nickte. Ehe er sich versah, war Walter zwischen den Menschenmassen verschwunden und er fragte sich, was er im Schilde führte. Immer dichter standen die Bewohner nebeneinander, so dass es kaum ein Vorankommen gab. Letztendlich schaffte es Walter zu dem Henker vorzudringen. Beiläufig übergab er Aurich zwei Münzen sowie ein kleines Säckchen, welches an eine Schnur gebunden war.

„Ihr verfügt über eine große Mitmenschlichkeit. Nehmt dies und legt es ihm ungesehen um den Hals. Versteckt es unter seinem Büßergewandt. Dies ist für Eure Unannehmlichkeiten. Habt Dank." Noch immer kämpfte

Gisela mit den Tränen und versuchte ihren Kindern eine Stütze zu sein. Mit einem schlechten Gefühl in der Magengrube, sah Peter dem Fremden nach, während Walter zu seinem Kameraden zurückkehrte.

„Wo warst du?“

„Ich hatte noch etwas zu erledigen. Warte ab, du wirst es schon sehen.“ Es vergingen nur wenige Minuten, bis der Tross an ihnen vorbeizog. „Lass uns gehen. Ich will ihm in die Augen schauen, wenn er den schwersten Gang seines Lebens antritt.“ Giovanni nickte zustimmend. Kurz darauf standen sie zwei Reihen hinter der Familie. Der Wagen wurde gestoppt und zwei Wachen schleiften Michael zu dem massiven Pfahl. Er hatte kein Gefühl mehr in den Beinen, geschweige denn in seinen Armen. Jegliche Kraft schien ihn verlassen zu haben. Der Kopf wandte sich zur Seite und mit dem verbliebenen Auge sah er Gisela. Ein Lächeln stahl sich auf seine Lippen. Als die Wachen den Delinquenten an den Pfosten banden, eröffnete Pfarrer Braun das Ereignis. Voller Stolz und erhobenen Hauptes schaute er auf die Bevölkerung nieder.

„Bürger. An diesem Tage sind wir hier zusammengekommen, um der Strafe Michael Dörres beizuwohnen.“ Gisela wollte gerade weinend zu ihrem Mann eilen, da hielt sie Giovanni zurück. Er sah sie an und schüttelte betrübt den Kopf.

„Bleibt hier stehen, werte Frau Dörre. Ich weiß, Ihr kennt mich nicht, aber ich habe um das Leben Eures Mannes gekämpft.“ Vertrauensvoll blieb sie stehen und gab auch ihren Kindern die Anweisung, Stärke zu bewahren. Unterdessen fuhr Braun mit seiner selbstgefälligen Rede fort. Mit dem Finger strafend auf Dörre weisend, rief er laut: „Dieser Mann hat gestanden, mit dem Teufel im Bunde zu stehen, Euch in den Träumen heimzusuchen und durch seine Arzneien Schaden über Euch zu bringen. Er hat den Tod verdient. Doch nicht durch das Schwert, welches ihm so viel Leid erspart hätte, sondern durch die glühenden Flammen, die seine Seele reinigen werden." Danach wandte sich der Pfarrer abwertend zu Dörre, der angebunden auf den geschundenen Knien kauerte. „Euch gebühren die letzten Worte." Während Aurich ihn, maskiert, aufrecht hielt, nahm Michael noch einmal tief Luft und schüttelte den Kopf. Der Pfarrer wandte sich zur Seite, als Aurich Michael, versteckt vor allen Blicken, das Säckchen umlegte. Der Apotheker atmete schwer vor Erschöpfung und Schmerz, als Peter ihn abermals ein Stück nach oben nahm. Somit gab er ihm das Zeichen, nicht aufzugeben. Unter Tränen beobachteten die Einwohner, wie ihr Apotheker da kauerte und die Stille wurde allmählich unerträglich. Michael sah zu seiner Frau hinunter. Zu gerne hätte er sie ein letztes Mal in den Arm genommen, doch er wusste, dass dies nun nicht mehr möglich war. Braun fuhr ihn harsch an: „Wollt Ihr so elendig abtreten?" Doch Dörre reagierte nicht. Die Boten hielten Gisela zurück, die ihrem Mann beistehen wollte.

„Bist du wirklich bereit uns zu verlassen?", wisperte sie. Die Apothekerfrau bekam keine Antwort, sondern lediglich ein kurzes Nicken.

„Wollt Ihr Eure Taten bereuen, bevor der Henker seine Arbeit verrichtet?", fragte Braun noch einmal lautstark und erhoffte sich den Rückhalt des Volkes. Aber kein Laut der Anwesenden war zu hören. Michael schüttelte ein letztes Mal den Kopf. Tillborn stand nur einige Meter entfernt, so dass er die Pein des Apothekers genau beobachten konnte. Er tat, als wäre er ebenso in Trauer wie der Rest der Einwohner, aber innerlich machte sich bei ihm ein erleichterndes Gefühl breit. Nach einem Tusch verstummten die dumpfen Instrumente und der Pater wandte sich erneut zu dem Häufchen Elend, welches noch von dem stattlichen Herrn übrig geblieben war. Henricus gab Aurich das Zeichen das trockene Holz zu entzünden, während Pfarrer Braun zu Frau Dörre herüberschaute.

„Bleib stark", rief ihm Gisela zu, als die Flammen immer weiter in die Höhe stiegen. Plötzlich ertönte ein lauter Knall und das Säckchen explodierte. Eine undurchdringliche Feuerwand schoss in die Höhe. Erschrocken zuckten die Einwohner zurück, während das Feuer glühend um sich griff.

„Wie konnte das geschehen?", zischte der Mönch und erntete nur ein sprachloses Schulterzucken. Einzig Frau Dörre flüsterte: „Er hätte es so gewollt. Mein Michael ist Eurem qualvollen Tod entgangen." Braun nahm sie daraufhin zornig bei den Handknöcheln. Außer sich brüllte er die Witwe an, die zusehen musste, wie ihr Mann im Feuer verschwand.

„Ihr wisst, dass Ihr nun ehrlos seid, Frau Dörre. Mit dem Dahinscheiden Eures Gatten, verliert Ihr und Eure Kinder jegliches Privileg, welches Ihr innehattet."

„Dessen bin ich mir bewusst, auch ohne Eure unmenschlichen Worte, werter Pfarrer. Ich hoffe nur, es wird Euch eines Tages schlecht ergehen, wenn Ihr an Gottes Pforte tretet und Euch der Einlass wegen diesen Taten verwehrt wird."

„Lasst Sie gehen", flüsterte Institoris. „Der Apotheker hat sein Schicksal selbst in die Hand genommen. Daran können wir nichts mehr ändern." Als die trauernde Familie in der Menge verschwunden war und auch die Geistlichen ihrer Wege gingen, standen die Verenus Boten zwischen den Massen. Ihre Blicke galten jedem, der sich auffällig verhielt. Bis Giovanni plötzlich den Atem anhielt.

„Sieh ihn dir an", zischte er zu Walter und wies verdeckt in Richtung des Tagelöhners. „Seine Betroffenheit ist ein Zeichen der Scheinheiligkeit. Ich bete für seine zarte Frau. Irgendetwas stimmt nicht. Das spüre ich. Lass uns ihm folgen." Er wollte gerade los, da hielt Kolbe ihn zurück.

„Wäre es nicht wichtiger, erst der Familie zu helfen? Immerhin sind die Dörres nun ehrlos. Sie werden ihr Haus verlieren und am Hungertuch nagen."

„Du hast recht", wisperte Pasci voller Scham. „Wir geben ihnen zwei Goldstücke. Das sollte für einen Neuanfang in einer anderen Stadt genügen." Während die Freunde sich auf machten eine gute Tat zu vollbringen, ging auch Otto langsam nach Hause. Mit jedem Schritt wurde sein diabolisches Grinsen breiter. Bevor Tillborn jedoch die Tür zu der kleinen Erdgeschosswohnung öffnete, sah er sich noch einmal nervös um. Niemand war weit und breit zu sehen, was ihn in seinem Vorhaben bestärkte. Susanne war gerade dabei, eine Suppe zu kochen. Daher bemerkte die sanfte Frau nicht, wie sich ihr Gatte anschlich. Erschrocken ließ sie den Kochlöffel fallen, als der Tagelöhner die Hände auf ihre Schultern legte.

„Du bist zurück", kam stotternd aus ihrem Mund. Der schmale Körper zitterte vor Furcht.

„Schließ die Fensterläden", befahl er in harschem Ton. Frau Tillborn wusste genau, was ihr bevorstand. Dennoch gehorchte sie. Ohne ihren Gatten anzusehen, wisperte sie kaum hörbar: „Sind geschlossen, Otto. Was hast du vor?" Schnell griff der Tagelöhner in die Schublade, aus der er ein stramm gebundenes Seil hervor holte.

Ehe Susanne auch nur blinzeln konnte, schlug ihr Mann mit voller Wucht in das zartes Gesicht. Sie verlor das Gleichgewicht und fiel vorwärts auf den niedrigen Küchentisch. Blut tropfte auf die grobe Fläche. Das war allerdings erst der Anfang des erneuten Martyriums. Kräftig riss er den Rock seiner Gattin in die Höhe. Immer wieder prasselten daraufhin die Seilhiebe auf den schmalen Rücken, bis die roten Striemen aufplatzten. Als ihn die Erschöpfung befiel, warf der Hilfsarbeiter sein Werkzeug zur Seite und verging sich eine halbe Stunde lang an seiner Frau. Jede Minute fühlte sich wie die Hölle an. Tränen des Schmerzes liefen über Susannes Wangen und mischten sich mit dem angetrockneten Blut. Als er endlich fertig war, packte er seine Frau am dichten Haarschopf und riss sie in die Höhe. Mit seinem schlechten Atem flüsterte Otto: „Siehst du, zu was ich in der Lage bin? Niemand wird dir von nun an ein Sterbenswörtchen glauben, wenn du mich ans Messer liefern willst. Ich kann einfach behaupten, dass es der gerichtete Dörre war, der dich heimgesucht hat und jeder wird mir Glauben schenken.“ Ruckartig zog er ihren Rock herunter. „Was gibt es zu essen? Ich verhungere.“

In dieser Nacht fand Susanne keine Ruhe. Während ihr Gatte im Tiefschlaf lag, stierte sie zur Decke empor, bis sich die junge Frau erhob und leise den Raum verließ. Geräuschlos zog sie hinter sich den Vorhang zu und schritt leise zur Spülschüssel, neben der auch das abendliche Besteck lag. Tief atmend öffnete Frau Tillborn die Fensterläden und die frische Nachtluft zog zu ihr in die Stube.

„Herr, vergib mir meine Tat und jegliche Schuld. Ich will lieber zur Hölle fahren, als noch einen Wimpernschlag auf dieser Erde zu verbringen.“

Susanne bekreuzigte sich, griff nach dem scharfen Kartoffelmesser und schnitt sich mit aller Kraft, die sie noch besaß, die Pulsadern auf. In dieser Nacht hatte der Teufel ein neues Zuhause gefunden. Nämlich das Haus der Tillborns.

8. Kapitel

Zur selben Zeit, als sich diese Tragödie im Hause der Tillborns ereignete, verließen Giovanni und Walter den Ort. Pasci schaute sich noch ein letztes Mal im Schein des Mondes, in strammem Galopp, um. Zusehends verschwand der Ort am Horizont. Eine neue Aufgabe erwartete die beiden bereits. So waren ihre Gefühle gemischt. Jeder hoffte, dass sich durch ihr gutes Zureden, und verstärkt durch den Beutel Gold, die Chancen erhöhten, Leben zu retten. In jedem Ort, der auf ihrem Weg lag, machten die beiden Halt, sprachen mit der Obrigkeit, welche meistens aus Geschäftsleuten, Geistlichen und gut betuchten Leuten bestand. Sie zeigten Verständnis für das Vorhaben. Die meisten willigten ein, diesem Schaffen, zugunsten ihrer Bevölkerung, einen Riegel vorzuschieben. Doch in einigen Dörfern stießen sie auf solches Unverständnis, dass sie mit Steinen und Knüppeln aus den Ortschaften vertrieben wurden. Giovanni befürchtete, dass Henricus Hass und Meinungen auf weiteren fruchtbaren Boden gestoßen waren. Ihnen blieb jedoch nichts anderes übrig, als die verbliebenen Gemeinden auf ihrer Liste aufzusuchen und die Geistlichen wie auch die Ratsmitglieder von ihrer Sache zu überzeugen.

Bischof Verenus hatte derweil sämtliche Würdenträger einbestellt, die seine Meinung teilten und das Vertrauen des Geistlichen genossen. In vertrauter Runde berieten sie über ihr weiteres Vorgehen. Schließlich, nach zähem Ringen, konnte sich der Bischof seiner Sache sicher sein.

Mit den Signaturen unter dem geheimen Beschluss, stellten sie sich gegen die Machenschaften Henricus Institoris, dessen Weltanschauung und somit gegen den Papst. Doch aufgrund der Angst, ihre hohe kirchliche Stellung einzubüßen, sollte niemand davon erfahren. Verenus erklärte sich einverstanden. Jeder von ihnen zahlte seinen Anteil zu den Bestechungsgeldern. Dies sollte die Räte, wie auch die geistliche Obrigkeit milde stimmen, so dass sie meist von den harten Strafen, wie dem Rädern oder Vierteilen absahen. Stattdessen drohte Verbrechern und Mördern die Klinge, welche auf humane Weise die Wirbel durchtrennte und somit zum umgehenden Tod führte.

Nachdem Henricus wieder in seine Heimatstadt Schlettstadt zurückgekehrt war, wartete der Mönch täglich auf neue Anfragen, die seiner Hilfe bedurften. Doch zusehends wurden diese spärlicher und Institoris fürchtete um seinen guten Ruf. Daher wandte er sich des Nachts an seinen Bruder Jakob, welcher noch zu später Stunde in der Bibliothek saß. Vorsichtig näherte sich der alte Mönch seinem Bruder, der akribisch die Bücher durchsah.

„Hast du einen Moment Zeit für mich, Bruder Jakob?", fragte er leise und nahm seinem Freund gegenüber Platz. Sprenger wirkte ruhig, obwohl er schon erfahren hatte, was sein enger Freund vollbrachte.

„Womit kann ich dir und deiner Sache weiterhin dienlich sein?", fragte er zynisch, obwohl er mit der ganzen Angelegenheit fertig war.

Henricus sah ihn machtlos an und antwortete einem Büßer gleich: „Die letzte Hinrichtung nahe Worms geht mir nicht mehr aus dem Kopf. Immer wieder sehe ich des Nachts seine Seele um mich wandern. Dörre lässt mich nicht mehr los, als ob sein Geist von mir Besitz ergriffen hätte."

„Humbug", flüsterte Sprenger kopfschüttelnd, ehe er sich wieder seinen Lektüren zuwandte. „Deine Taten rächen sich an dir. Deshalb wollte ich damit namentlich nichts zu schaffen haben. Ich hoffe, dass du mich jetzt endlich verstehst." Aber Kramer wendete lediglich den Stock umher und antwortete: „Gott war an meiner Seite. Er führte die Hand des Henkers. Warum sollte ich mich schuldig fühlen?"

„Du führst ordentliche Bürger zum Schafott. Dabei ist es dir gleich, ob die Anschuldigungen der Wahrheit entsprechen." So zerbrach die langjährige Freundschaft der Mönche. Sie sprachen kein Wort mehr miteinander und selbst bei den Mahlzeiten würdigten sich die beiden nicht eines Blickes.

Einige Jahre gingen ins Land. Während Institoris bemerkte, dass seine Anwesenheit bei Befragungen, wie auch der Richtung von Hexen und Ketzern, merklich abnahm. Nur noch aus den entlegensten Ecken der Provinz kamen Anfragen, so dass sich auch die Reisen verringerten. Es stimmte Henricus wütend. Dies hatte zur Folge, dass er sich immer mehr aus der Gemeinschaft der Dominikaner zurückzog. Als ihn 1492 die Nachricht vom Tode Papst Innozenz erreichte, brach für ihn eine Welt zusammen. Mit dem Ableben seines größten Fürsprechers, sah er all die Arbeit in Gefahr und auch sein Werk, den Hexenhammer.

Die Sommermonate dieses Jahres machten den Bauern zu schaffen. Regen und Sonne wechselten sich bei hohen Temperaturen ab, was das benötigte Korn schnell faulen ließ. Auch die Tiere litten unter den Umständen.

Viele Rinder und Pferde mussten zur Schlachtbank geführt werden. Dies bedeutete mehr Arbeit für den ansässigen Gerber. Obwohl sie viele Aufträge erhielten, waren die Häute der Nutztiere oft so schlecht, dass eine Weiterverarbeitung ihnen alles abverlangte. Nicht anders erging es der Gerberfamilie Erle. Armin Erle hatte gerade sein zweiunddreißigstes Lebensjahr beendet und bewohnte, zusammen mit seiner dreißigjährigen Frau Hermine und dem vierzehnjährigen Sohn Kaspar ein winziges Haus außerhalb von Regelsbach, am Rande des gleichnamigen Flüsschens. Für die Familie war es schwer, über die Runden zu kommen. Sie mussten jedes Geldstück dreimal umdrehen, bevor sie sich etwas gönnen konnten. An diesem regnerischen Augusttag befand sich Armin gerade an den Becken am Fluss, um die abgegebenen Häute von Fleischresten und Unreinheiten zu befreien. Mit einer harten Bürste bearbeitete er die Häute, während ihm die Regentropfen über das schmale Gesicht liefen. Immer wieder schaute der treusorgende Familienvater zu seiner kleinen Hütte. Durch die offenen Fensterläden sah er, wie Hermine Kaspar zeigte, wie die Felle zum Trocknen aufgespannt wurden. Dieser Anblick ließ ihn lächeln und er war voller Stolz auf seinen Jungen, der taubstumm das Licht der Welt erblickt hatte. Trotz dieser Einschränkung half der blonde, kleingewachsene Bursche, wo er nur konnte. Beim Aufspannen der Häute nahm sich Kaspar stets einen Hocker, so dass er an die obersten Leinen heranreichte. Armin und Hermine hatten den Jungen im katholischen Sinne erzogen. Mitmenschlichkeit, Güte, Gottesfurcht und Liebe gehörten für die beiden zu den Grundpfeilern des Lebens. Als an diesem Abend die Erles beim Abendbrot saßen, kam ein warmer Wind auf, der die Regenwolken vor sich hertrieb und die Sonne zum

Vorschein brachte. Es gab frisch gebackenes Brot und Schweineschmalz, womit der ansässige Bauer seine Rechnung beglichen hatte. Die Stimmung war ausgelassen. Sie hatten ihre eigene Zeichensprache erfunden, um Kaspar somit das Leben zu erleichtern. Alles schien in bester Ordnung, bis der Junge plötzlich seine Stulle fallen ließ, die Augen verdrehte und von seinem Stuhl zu Boden fiel. Wie versteinert starrte das Ehepaar auf den Sohn, dessen Gliedmaßen sich zusehends stärker verkrampften.

„Mein Gott, Kaspar", schrie Hermine, die geschwind aufsprang und ihrem Burschen zur Hilfe eilte. „Was ist mit ihm?" Panisch schaute sie ihren Mann an, der nun ebenfalls auf dem grob gedielten Fußboden kniete und selbst nicht wusste, was in diesem Augenblick zu tun war.

„Ich habe keine Ahnung", schrie Armin, während er versuchte, Kaspars Kopf still zu halten. „Geh zu Meister Schilling. Er weiß bestimmt Rat." Aufgeregt und unter Tränen rannte Hermine los, während Armin sich um seinen krampfenden Sohn kümmerte. Er sorgte dafür, dass sein einziges Kind nicht an der eigenen Zunge erstickte. Außer sich vor Sorge lief Frau Erle die schmale Straße entlang, bis sie vor der Pforte des örtlichen Henkers stand. Wild, verzweifelt, schlug Hermine gegen die Tür, bis Frau Schilling endlich öffnete. Ihr Herz pochte schwer in der schmalen Brust, als sie weinend der Henkersfrau in die Arme fiel.

„Frau Erle?", sprach Maria Schilling erschrocken, während sie ihren bebenden Körper festhielt.

„Ich brauche Ihre Hilfe. Es geht um meinen lieben Sohn."

Blitzschnell drehte sich die Frau des Henkers um und rief nach ihrem Mann, der zusammen mit den Söhnen,

Leonhard und Ludwig, neben seiner Haupttätigkeit, aus den Überresten der Hingerichteten Medizin herstellte. Die Männer erschienen umgehend an der Tür. Als seine Söhne angespannt dreinschauten, wischte sich Markus mit einem Lappen die Hände sauber. Doch bevor ihr Vater eine Frage stellen konnte, kam ihm Ludwig zuvor.

„Was ist mit Kaspar?“

„Kaspar fiel plötzlich vom Stuhl. Schaum lief ihm aus dem Mundwinkel. Sein ganzer Körper zuckte.“

„Wartet einen Moment“, bat der Henkersmeister und ging zu einem großen Schrank, in dem er Häute, zermahlene Knochen, Blut und konservierte Organe aufbewahrte. Zu dieser Zeit vertrauten die Menschen auf die heilende Wirkung dieser menschlichen Überreste. Er ahnte, dass der Gesundheitszustand des taubstummen Gerbersohnes ernst war. So überflog der Scharfrichter die einzelnen Regalböden, bis er hastig zugriff. „Hier, Frau Erle.“ Zögernd nahm Hermine das Fläschchen und schaute die Familie Schilling fragend an. „Das ist menschliches Blut. Es sollte Kaspar gegen diese Anfälle helfen. Geben Sie ihm täglich einen Löffel. Bewahren Sie den Lebenssaft kühl auf, sodass keine Klumpen entstehen. Falls sich der Gesundheitszustand binnen drei Tagen nicht verbessert, sucht mich abermals auf. Dann probieren wir es mit Hirnstückchen.“ So schenkte sie dem Heiler ihr Vertrauen. Als Hermine nach Hause zurückkehrte, kam der Bursche allmählich zu sich. Besorgt saß Armin neben ihm und hielt seine Hand.

„Wie geht es unserem Jungen?“, rief Frau Erle, nachdem sie das kleine Haus betreten hatte. Im Vorbeigehen nahm sich die Mutter einen Löffel mit.

„Der Anfall ist zu Ende. Aber Kaspar braucht eine frische Hose. Er hat eingenässt.“ Die beiden litten, als sie dem Jungen ins Gesicht schauten. Der Vierzehnjährige versuchte sich zu bewegen, doch aufgrund der verkrampften Muskulatur verzog sich seine Miene vor Schmerzen. „Was hat Meister Schilling gesagt? Konnte er dir etwas Linderndes mitgeben?“

„Ja, Armin“, wisperte sie skeptisch und zog das Menschenblut hervor. Während ihr Gatte den Erklärungen lauschte, füllte Hermine behutsam den Löffel und reichte diesen ihrem Sohn. Kaspar verzog angewidert die Lippen, nachdem er das Lebenselixier zu sich genommen hatte. „Das sollte seinen Zustand verbessern. Falls nicht, soll ich in drei Tagen noch einmal vorbeischauen.“ Die Gerberin schwieg einen Augenblick, ehe sie fortfuhr. „Dann muss unser Sohn Hirnstücke essen.“

„Glaubst du wirklich daran? Immerhin ist er nur der Scharfrichter“, fragte Armin kopfschüttelnd. „Ich denke, wir sollten einen Arzt aufsuchen.“

„Lass es uns ausprobieren. Dann können wir immer noch den neuen Arzt rufen, der die Patienten von Doktor Breitling übernommen hat.“ Obwohl er dem Ganzen nicht recht traute, stimmte Erle zu.

Weitere schwülwarme Tage vergingen, in denen Armin die ganze Arbeit allein stemmen musste. Trotz des Blutes besserte sich Kaspars Zustand nicht. Ganz im Gegenteil. Die Anfälle wurden schlimmer, häuften sich und es dauerte immer länger, bis der taubstumme Gerbersohn eine Besserung vorwies.

Da sich Hermine in dieser Zeit vermehrt um die Gesundheit des Sohnes kümmerte, türmten sich die Häute, sodass Erle nicht mehr nachkam. Erschöpft, mit Schwielen an den Händen, durchnässt vom andauernden Regen, betrat Armin die Stube. Seine Arme hingen schlaff herunter. Doch sein Augenmerk galt nur seinem Sohn, der ohne Anzeichen eines erneuten Anfalls am Tisch saß. Während Hermine die Suppe einschenkte, fragte er, wie lange der letzte Anfall nun her sei. Seine Frau schüttelte den Kopf und antwortete: „Fast zwei Stunden. Das kann so nicht weitergehen." Entschlossen erhob sich Armin von seinem Stuhl.

„Morgen früh werde ich zu Doktor Roland Rothar gehen. Ich weiß, er ist erst seit kurzem hier als Mediziner tätig, aber er diente schon als Feldarzt. Er weiß bestimmt, was unserem Jungen fehlt." Hermine reichte ihrem kraftlosen Burschen einen Teller Suppe und zischte ihren Ehemann an.

„Bist du dir sicher?"

„Ja, das bin ich", antwortete Erle entschlossen und schaute zu seinem Jungen hinüber, der mit Heißhunger seine Suppe aß. „Ich will eine fundierte Meinung erhalten. Wer weiß, was uns sonst noch widerfahren wird." Seine Gattin, die den Heilkünsten des Henkers bisweilen Glauben geschenkt hatte, wurde auf einmal skeptisch und gab ihrem Ehemann recht.

„Es hat anders keinen Sinn. Wir müssen wissen, was mit Kaspar los ist. Ich will nicht unser einziges Kind verlieren." Zuversichtlich schaute Armin seine Frau an.

„Iss eine Kleinigkeit und mach dir nicht weiter Sorgen. Ich kümmere mich morgen darum. Du wirst sehen, dass es die richtige Entscheidung ist, indem wir einem gestandenen Mediziner unser Vertrauen schenken." In dem Glauben, dass ihr Mann im Recht war, kümmerte sie sich weiterhin um den taubstummen Jungen, bis dieser, nach fast drei Stunden, einschlief.

Als der Tag anbrach, wurde Doktor Roland Rothar durch das grell einfallende Licht geweckt. Nachdem sich der Sechsundzwanzigjährige zufrieden gestreckt hatte, trat er an den Spiegel, dessen Bild er sichtlich genoss. Behutsam strich er sein goldbraunes, schulterlanges Haar zurück, machte sich geschwind einen Zopf und fuhr gemütlich mit seiner Körperpflege fort. Als Roland endlich mit der Morgentoilette fertig war, schaute er abermals, eines stolzen Gockels gleich, wieder in den großen Spiegel. Mit sich selbst mehr als zufrieden, schritt der Mediziner die schmalen Stufen hinunter, da donnerten verzweifelte Schläge gegen seine Tür. Genervt von dieser frühen Störung, öffnete er und sah den Gerber strafend an. Seine tiefgezogenen braunen Augen ließen Armin für einen kurzen Moment zur Salzsäule erstarren, während des Mediziners gepflegte Haut leicht im Schein der aufgehenden Sonne schimmerte. Dagegen sank der ratlose Gerber, übelriechend, in seiner zerschlissenen Kleidung, bettelnd vor ihm auf die Knie. Mit seinem wohlgenährten Körper musterte der neue Arzt den einfachen Mann mit einer gewissen Abscheu. Er befürchtete, sich gleich erbrechen zu müssen, als der Gerber ihm wohlwollend die Hand reichte.

„Wie ist Ihr Name?", fragte der überhebliche Arzt.

„Mein Name ist Armin Erle. Ich bin der örtliche Gerber. Mein Sohn, Kaspar Erle, ist von einer furchterregenden Krankheit befallen." Tränen der Verzweiflung liefen über seine Wangen.

„Heute habe ich nicht die Zeit, Ihren Jungen zu begutachten. Aber morgen wäre es mir möglich", sprach Rothar, schlug sein Notizbuch zu und starrte den Mann verachtungsvoll an. Aber Erle schüttelte verzweifelt den Kopf. Er flüsterte flehend: „Sie müssen uns helfen, Herr." Angewidert vomErscheinungsbild des Gerbers, ließ sich Roland dazu herab, ihm zuzuhören.

So schilderte Armin dem Arzt, der sich seine Sporen auf dem Schlachtfeld als Feldchirurg verdient hatte, die Symptome, welche sich nun häuften. Plötzlich war die Neugier des Mediziners geweckt. Aufmerksam folgte er den Ausführungen des ansässigen Handwerkers und sah in diesem Fall die Chance, an Prestige in der Zunft der umliegenden Mediziner zu gewinnen. Dennoch wollte Rothar nicht noch am selben Tage nach dem Jungen sehen. Ohne den Gerber anzusehen, schritt er an ihm vorbei und sprach: „Ich werde im Laufe des kommenden Vormittags nach ihm sehen. Das dürfte reichen.“

„Ja, Herr Doktor Rothar“, flüsterte Erle demütig und konnte nur noch zuschauen, wie der Mediziner hinter einer Häuserecke verschwand. Auf seinem Rückweg beschlich den hart arbeitenden Mann ein schlechtes Gefühl, welches er sich gegenüber seiner kleinen Familie nicht anmerken ließ. Unverrichteter Dinge kehrte er zurück und gab sich wieder an seine harte Arbeit, während Hermine ein Auge auf den Sohn warf.

Als die beiden an diesem Abend im Bett lagen, wandte sich Armin unsicher seiner geliebten Ehefrau zu. Er warf noch einen letzten Blick rüber zu Kaspars Bett. Der Junge schlief tief und fest.

„Unser Sohn ist erschöpft“, wisperte der Gerber leise und strich seiner Ehefrau sanft über die Schulter. „Der arme Kerl hat in den letzten paar Tagen so viel durchmachen müssen.“

„Da hast du recht. Es ist momentan nicht leicht. Aber ich wüsste zu gerne, was ihm fehlt.“ Stille herrschte zwischen dem Ehepaar, bis Armin das Wort ergriff.

„Vielleicht sollten wir noch ein Kind zeugen.“ Ruckartig drehte sich Hermine um. Sie starrte ihren Mann an.

„Ich dachte, das hätten wir besprochen.“

„Ja, ich weiß“, antwortete Armin nachdenklich. „Nach Kaspars Geburt hatten wir uns geschworen, keinem weiteren Kind diese Bürde aufzuzwingen. Doch was wird er für eine Zukunft haben? Ich mache mir Sorgen um unseren Betrieb. Unser Sohn ist nicht in der Lage, diese Arbeit auszuüben. Geschweige denn, sich mit der Kundschaft auseinanderzusetzen.“

„Sollen wir etwa noch ein weiteres Kind in diese grausame Welt schicken?“

„Wir sollten es überlegen“, wisperte Erle, während er beobachtete, wie sein Sohn tief atmete. „Immerhin werden wir beide nicht jünger. Irgendwann steht Kaspar allein da. So gäbe es die Möglichkeit, ihm einen weiteren Menschen an die Hand zu geben, der sich ebenso liebevoll um ihn kümmert, wie auch wir es tun.“ Wiederum herrschte Stille.

„Gib mir ein paar Tage“, flüsterte Hermine und zog die Decke über die freiliegenden Schultern. „Ich muss darüber nachdenken. Was geschieht, wenn das zweite Kind noch größere Schäden aufweist, als nur stumm zu sein?“ In dieser Nacht lag das Ehepaar noch lange wach und überlegte, was das Beste für die Familie sei.

Am nächsten Morgen saßen die drei zusammen. Es war mal wieder ein bedeckter, heißer Tag, der Armin schon im Dasitzen den Schweiß auf die Stirn trieb. Während seine Liebsten sich das hartgekochte Ei und eine trockene Scheibe Brot schmecken ließen, galt Erles Augenmerk nur dem schmalen, kaum befestigten Weg, der zu ihrem Haus führte. Er gab seiner Frau einen Kuss auf die Stirn und strich dem Jungen sachte über den Kopf. Sorgenvoll flüsterte der Gerber: „Wenn Doktor Rothar kommt, werde ich meine Arbeit unterbrechen. Ich will wissen, was ihm fehlt.“ Hermine nickte zustimmend und kümmerte sich zusammen mit Kaspar um den Abwasch, während Armin in der Trockenkammer stand und die aufgespannten Felle abbürstete. Immer wieder galt sein Blick dem Weg und er fragte sich, wann der Arzt endlich erscheinen würde. Die Glocken hatten gerade elf geschlagen, da ertönte Hermines schrille Stimme. Geschockt stand der Familienvater da. Er wusste erst nicht, wie ihm geschah, als die Tür aufsprang und seine Gattin ihn erschrocken anstarrte. Ihre Miene spiegelte die pure Verzweiflung wider. Armin wusste, was geschehen war. Also nahm er seine Frau in den Arm. Eilig kehrten sie zu ihrem leidenden Sohn zurück. Zusammen versuchten sie, das Schlimmste zu verhindern. Die beiden wirkten panisch, da klopfte es auf einmal kräftig an der Tür. Es war Rothar. Höflich baten sie den Lebensretter herein. Aber mit jedem Schritt durch das schlichte Gebäude stieg der Ekel in ihm hoch. Fassungslos schaute er sich um und fragte sich, wie man ohne Teppiche, Bilder und selbst einer gesonderten Latrine leben konnte. Freudig reckte ihm Armin seine dürre Hand entgegen, aber selbst diese zuvorkommende Geste verweigerte der Mediziner. Stattdessen beugte er sich vorsichtig über seinen Patienten. Er hatte gerade die Untersuchung begonnen, da fing Kaspars Körper an, sich erneut zu verkrampfen. Erschrocken wich Rothar zurück und stand wie versteinert da. In seiner Laufbahn hatte er schon viele Meschen versorgt. Hauptsächlich Söldner, die von Schrapnellen, Kugeln oder Unachtsamkeit im Gelände angeschlagen waren. Aber dies führte selbst den arroganten Mann an seine Grenzen. Rothar atmete tief durch, bevor er die Hand auf Kaspars Stirn legte. Immer wieder, bei jedem Atemzug, quoll der zähe Speichelschaum aus seinem Mund, der den jungen Arzt somit ans Erbrechen führte. Selbst diese

Blöße wollte sich Roland nicht geben. Ungeachtet des Ekels fuhr er mit der Untersuchung fort. Der Zustand des Jungen hielt noch eine Weile an, bis er sich plötzlich entspannte und Urin seine Hose füllte. Der Arzt zuckte angewidert zurück.

„Wie lange dauert dieser Zustand an?

„Schon mehrere Wochen, Herr Doktor", wisperte Hermine und umschlang fest den Körper ihres Mannes. Wutentbrannt erhob sich Roland und stierte die Eltern vorwurfsvoll an.

„Warum habt Ihr mich nicht schon früher zu Rate gezogen?" Armin berichtete von den Gaben der Medikamente, die Meister Schilling ihnen mitgegeben hatte. Dies erzürnte Rothar umso mehr. Energisch erhob sich der Arzt und bereitete den Eltern ein schlechtes Gewissen.

„Ihr hättet mich bereits am Tag des ersten Anfalls rufen sollen, statt sich diesem Wunderheiler anzuvertrauen. Nun lasst mich sehen, was ich tun kann." Er tastete den Burschen ab und kontrollierte seine Pupillenreaktion. Doch keine Besonderheit war zu erkennen. Also wandte sich der stolze Doktor wieder den Eltern zu. Mit einer Überheblichkeit, die ihres Gleichen suchte, riet er zu einem Aderlass.

„Tut alles, so dass es unserem Sohn schnell besser geht." Entschlossen sah er Kaspar in die Augen und sagte ihm, was nun geschehen würde. Aber der Junge verstand kein Wort.

„Was ist mit dem Burschen? Er scheint kein Wort zu verstehen." Betroffen schauten die besorgten Eltern drein, bevor die Dame des Hauses die Lage erklärte.

„Er ist taubstumm, Herr Doktor", wisperte Hermine und strich ihrem Sohn beruhigend über das Haar.

„Sagt ihm, dass ich nun einen Schnitt vollziehe, um die giftigen Säfte aus seinem Körper zu führen." Armin gab ihm Zeichen, was geschehen würde. Rothar griff nach seiner schmalen Hand und setzte ein Kästchen auf Kaspars Adern am Unterarm. Ein leichter Druck genügte, um die scharfen Klingen des Skarifiziermessers, welche nur wenige Millimeter lang waren, hervorschnellen zu lassen. Erschrocken zog der junge Erle den Arm zurück und die kleinen Schneiden schnitten ihm die obenliegenden Venen auf. Immer stärker presste Rothar den Unterarm des schmächtigen Jungen, so dass sekündlich das Blut in eine bereitgestellte Schale tropfte. Während Hermine mit den Tränen kämpfte, wich die rosige Gesichtsfarbe ihres geliebten Kaspars einer Totenblässe. Kreidebleich saß er da, bis Roland zufrieden dreinschaute. Er legte ihm einen Druckverband an und sprach den Eltern drastisch ins Gewissen. „Diese Prozedur muss er nun wöchentlich über sich ergehen lassen. Dann werden auch die Anfälle aufhören." Als Rothar seine Tasche gepackt hatte und gerade im Begriff war aufzubrechen, da hielt ihn der Gerber an der Tür auf.

„Habt Dank, Doktor." Hochnäsig nahm Rothar die Geste entgegen, bevor er zynisch antwortete.

„Ihr müsst mir nicht danken. Doch es wird Euch einiges kosten, da Ihr meine Dienste in Anspruch nehmt." Wie vom Blitz getroffen stand Armin da und wusste nicht, was er sagen sollte. „Ihr denkt nicht, dass ich Euren Sohn umsonst behandle? Wenn Ihr so denkt, seid Ihr ein Narr, Gerber Erle. Beim nächsten Mal will ich meinen Lohn haben. Sonst werde ich die Behandlung unverzüglich beenden. Habt Ihr mich verstanden?" Sprachlos nickte Armin. Während Roland am Horizont verschwand, galten Erles Gedanken nur noch der Bezahlung

des werten Arztes. Er ging zurück und sprach kein Wort
mit seiner Frau über Rothars Forderungen. Wortlos saß
er am Küchentisch. Grübelnd darüber, wie er die Kosten
der Behandlung decken konnte. Immer wieder galt sein
Blick Kaspar, der erschöpft und durch den Aderlass geschwächt die dünne Kartoffelsuppe aß.

In dieser Nacht fanden die beiden kaum Schlaf. Zu
groß war die Sorge um die Gesundheit ihres Knaben. Zur
selben Zeit, nachdem die Sonne schon lange untergegan-
gen war, betrat Roland Rothar das örtliche Gasthaus. Die
Hitze dieses Tages war noch immer unausstehlich. Daher
ließ der Wirt die Fensterläden geöffnet, sodass wenigstens ein frischer Luftzug durch sein Etablissement wehen
konnte. Als er eingetreten war, schaute sich der Arzt um.
In dem Saal hielten sich viele der jungen, familienlosen
Arbeiter auf, die ihre trockenen Kehlen spülten. Es dauerte nur einen Augenblick, bis die Männer zu Roland hinüber schauten, kurz verstummten und ihm freudig zu-
prosteten. Geschmeichelt durch diese Begrüßung nahm
der Mediziner an einem der großen Tische Platz. Er genoss die Aufmerksamkeit, die ihm hier zuteilwurde. Von
den höhergestellten Herrschaften bekam er die Getränke
bezahlt, zwei andere spendierten ihm das Abendessen,
welches aus drei großen Scheiben Backschinken, Brot
und Gemüse bestand. Nachdem er großzügig gespeist
und den letzten Schluck Wein zu sich genommen hatte,
blieb Roland noch eine Weile zwischen den Leuten sit-
zen. Doch Kaspar Erle ging ihm nicht mehr aus dem
Kopf. Einen solchen Fall hatte er bislang noch nie in seiner gesamten, wenn auch kurzen, Laufbahn erlebt. In einer erfolgreichen Behandlung sah er die Möglichkeit in
der Gunst der Zunft, welche aus den Ärzten der umliegenden Orte bestand, aufzusteigen. Grübelnd bemerkte

Roland nicht einmal, dass er vom Kopfende des langen Tisches beobachtet wurde. Es waren Giovanni und Walter, die an diesem Nachmittag Regelsbach erreicht hatten. Nun machten sich die beiden daran, die wichtigsten Köpfe des Ortes ausfindig zu machen. Daher war die Gaststätte ihr erstes Ziel. Beiläufig wandte sich Kolbe zu einem betrunkenen jungen Mann, der neben ihm saß.

„Entschuldigt die Frage, aber wer ist der stolze Herr, dem jeder hier eine Runde spendiert?" Der angeheiterte Bauernsohn schaute in Rothars Richtung und lächelte zynisch, was den Boten nicht verborgen blieb.

„Ihr meint sicher Herrn Doktor Roland Rothar. Er kam nach dem Ableben unseres alten Gemeindearztes nach Regelsbach."

„Wie mir scheint, seid Ihr nicht gut auf ihn zu sprechen?"

„Er widert mich an", lallte der zwanzigjährige Bauer leise, während er sich zu Walter beugte. „Eines erhabenen Pfauen gleich, stolziert dieser Wichtigtuer umher. Auf der Straße kommt kein Gruß über seine Lippen. Da könnt Ihr in diesem Ort jeden fragen. Niemand möchte etwas mit ihm zu tun haben, geschweige denn sich freiwillig von dem feinen Herrn behandeln lassen."

„Habt Dank für Eure Worte", antwortete Kolbe lächelnd. Ebenso zufrieden wirkte Pasci, der dem Burschen noch ein Bier bezahlte. Nun drehten sich die Kameraden um. Ihre Stimmen wurden so leise, dass keiner der Anwesenden in dem herrschenden Tumult ein Wort verstehen konnte. „Hast du gehört, was der Junge gesagt hat?"

„Natürlich", wisperte der Venezianer. Er ließ den Arzt nicht aus den Augen. „Ihn setzen wir auf unsere Liste. Er wirkt noch unerfahren. Und aufgrund seiner Einstellung, wird er empfänglich für ein wenig Gold sein." Walter

nickte zustimmend. Der Bote nahm noch einen Schluck
des schalen Bieres, ehe er seinem Freund zuflüsterte:
„Wir werden ihn im Auge behalten. Da unser Aufenthalt
in diesem schönen Ort noch etwas dauern wird, werde ich
den Arzt zu gegebener Zeit ansprechen."

„Was hast du vor? Willst du eine Krankheit vortäu-
schen?"

„Nein. Das würde er zu leicht durchschauen", sprach
Walter kopfschüttelnd. „Überlass ihn mir. Ich habe schon
einen Plan."

„Weih mich ein", antwortete Giovanni, den die Neugier fast aufzufressen schien. Doch Walter ließ sich
nichts entlocken.

„Erst werden wir uns kundig machen, wer hier dem
Ortsrat angehört. Diese Herrn stehen ganz oben auf der
Liste." Daraufhin bezahlte Pasci die Zeche und die bei-
den brachen auf.

So vergingen weitere Tage, in denen Armin und auch
seine Frau des Öfteren, sogar spät abends, an die Türe des
Mediziners klopften. Obwohl ihm die permanenten Stö-
rungen auf die Nerven gingen, folgte Roland den Aufforderungen Kaspar zu helfen. Auch an diesem Freitag war
dies der Fall. Doch ehe Rothar das Haus betrat, forderte
er sein Aufwandsentschädigung ein. Mittlerweile hatte
sich der Gerber genügend Geld geliehen, welches er zu
überhöhten Zinsen zurückzahlen musste. Widerwillig
übergab Armin ihm eine Münze, welche dem Mediziner
ein zufriedenes Lächeln auf die Lippen zauberte. Als der
Gerber zusammen mit dem Arzt den Küchenraum betrat,
blieb dieser grimmig dreinschauend stehen. Erzürnt wies
Rothar auf den Jungen, der ohne jegliche Regung am
Tisch saß.

„Verflucht nochmal", zischte er.

„Entschuldigt bitte, aber wir dachten…", versuchte Hermine ihn zu beruhigen, doch Roland schrie sie lautstark an.

„Ihr verschwendet meine Zeit. Der Bursche zeigt keinerlei Anzeichen eines Anfalls. Nur weil Eure Nerven blank liegen, zitiert Ihr mich her?" Kaspar sah die grimmige Miene und die wilden Gesten des Mediziners. Aufgrund dieses aufgeregten Gehabes, begannen plötzlich seine Arme zu zucken. Die Eltern hielten den Atem an. Roland wollte gerade das kleine Haus verlassen, da verdrehte der Gerbersohn schon die Augen.

„Legt ihn sofort auf den Boden", schrie der Mediziner Armin an, welcher blitzschnell reagierte. Während er seine Tasche öffnete, bildete sich abermals Schaum in den Mundwinkeln seines jungen Patienten. Zusehends verkrampften Kaspars Gesichtszüge. Erschrocken musste Hermine mit ansehen, wie der Arzt ein rundes Stück Holz hervor nahm und es ihrem Sohn quer zwischen die Zähne schob.

„Was tut Ihr da?", stotterte sie weinend.

„Er soll sich nicht auf die Zunge beißen. Und nun schweigt. Lasst mich gefälligst meine Arbeit verrichten." Schließlich verstrich eine halbe Stunde, bis sich die Muskulatur des Burschen langsam entspannte. Erschöpft hockte Roland neben ihm, als er auf einmal angewidert zurück schrak. „Ekelhaft. Er hat sich in die Hose gemacht." Peinlich berührt schauten die Eltern drein. Ihr Sohn fand langsam wieder zu sich. Hermine tupfte ihm den Schweiß von der Stirn und erntete ein erschöpftes Lächeln. Unterdessen wandte sich der Gerber dem Arzt zu. Er war außer sich vor Sorge und machte dem Doktor Vorwürfe.

„Was stimmt nicht mit ihm? Selbst Eure Aderlässe hatten keinen Erfolg." Diesen vorwurfsvollen Kommentar tat Roland in seiner überheblichen Art ab.

„Ich weiß genau, was mit Eurem Burschen los ist. Dies bedarf allerdings einer Beratung mit meinen werten Kollegen." Diese Antwort gefiel Armin keinesfalls. Doch er hatte keine Wahl, als dem Mediziner zu vertrauen. „Seht zu, dass Ihr mich beim nächsten Mal wieder bezahlen könnt", fügte Rothar hinzu, schloss seine Tasche und verließ das Haus der Erles. Armin sah ihm nach, bis er hinter dem Hügel verschwunden war. Erst dann ging er zurück, kniete sich neben seine Liebsten und strich Kaspar behutsam über das kurzgeschnittene Haar.

„Ich befürchte, dass Rothar etwas im Schilde führt. Es dauert mir zu lange. Immerhin ist er Arzt und weiß nicht, was unserem Jungen fehlt."

„Der Doktor muss ihn weiter behandeln", wisperte Hermine besorgt. „Oder kannst du sagen, was ihm fehlt?"

„Nein. Aber er wartet nur ab. Ich kann mich auch um unseren Jungen kümmern, wenn der Anfall vorüber ist. Er soll uns endlich eine Diagnose geben."

Als die Nacht anbrach, sich die Luft etwas abkühlte und keine Wolke die Sterne verhüllte, trafen sich die Boten ein Stück außerhalb von Regelsbach. In einer stillen Ecke, nahe der Schutzmauer, standen sie beieinander und berieten ihr weiteres Vorgehen. Giovanni berichtete gerade von dem guten Gespräch mit drei der Ratsmitglieder, die dem goldenen Geschenk der Bischöfe nicht abgeneigt waren, als plötzlich ein Reiter geschwind an ihnen vorbei galoppierte. Ehe Pasci ein weiteres Wort verlieren konnte, war der dunkel gekleidete Mann schon in der finsteren Nacht verschwunden.

„Das war knapp", flüsterte der Venezianer und überprüfte, ob sich der Goldbeutel noch an seiner Stelle befand. Hektisch wies Walter auf die Pferde, die sie einige Meter entfernt an einem Baum angebunden hatten.

„Wir müssen ihm nach", sprach Kolbe entschlossen und löste die Leine. Giovanni tat es ihm gleich, obwohl er keine Ahnung hatte, was Walter nun im Schilde führte. Erst als sie dem Fremden auf den Fersen waren, erklärte sich Walter. „Es ist der örtliche Doktor Roland Rothar."

„Trotz des schwarzen Umhangs konntest du ihn erkennen?", fragte Pasci überrascht und war neugierig, was der Mediziner so weit außerhalb seines Tätigkeitsgebiets wollte. So ritten sie weiter den unebenen Weg entlang, aber von Rothar gab es keine Spur. An einer Kreuzung stoppten die beiden und schauten sich um. Nichts war zu sehen, außer der rabenschwarzen Nacht. Der leichte Wind fuhr durch die Baumwipfel. Dieses Pfeifen trieb ihnen eine Gänsehaut auf den Körper.

„Verflucht", zischte Kolbe. Sein Finger wies gen Westen. „Er muss diese Route genommen haben."

„Wie kannst du dir da so sicher sein?", flüsterte Giovanni, der allmählich die Zuversicht verlor.

„Hier sind frische Hufspuren", entgegnete Walter. „Als ich bei der Behandlung des Gerbersohns am Fenster stand, konnte ich ihn belauschen. Er sprach von einer Zusammenkunft der Ärztezunft. Der einzige Ort, wo sich die Herrschaften treffen können, ohne dass sich jemand von ihnen übervorteilt fühlt, ist die alte Taverne, nicht weit von hier."

„Dann lass uns dorthin reiten. Was haben wir schon zu verlieren?"

„Das Leben dieses Jungen. Ich habe ein ungutes Gefühl." Walter beschrieb die bedrohliche gesundheitliche

Lage, in der sich der junge Erle befand. Letztendlich gaben sie ihren Pferden die Sporen und legten noch einen Kilometer zurück, als das große, breite Lehmhaus in Sichtweite kam. Nur ein Fensterladen war geöffnet und aus dem Inneren drangen die lauten, angetrunkenen Stimmen der Gäste zu ihnen hinaus. Neben dem Eingang erstreckte sich ein langer Holzstamm, an dem schon einige Reittiere angebunden waren. Nachdem sie abgestiegen waren, wollte Giovanni bereits in die Taverne stürmen, da hielt Walter ihn plötzlich zurück. Durch das offene Fenster konnte er die Männer sehen, welche sich ihr Feierabendbier schmecken ließen. An einem abgelegenen Tisch saß Rothar der sich nervös umschaute. „Wir gehen jetzt hinein. Lass dir nichts anmerken. Sie sollen denken, dass zwei Reisende einkehren, um sich einen Becher Bier zu genehmigen."

„Wenn du meinst." Im nächsten Moment öffnete Walter die Tür. Sie gingen an Roland vorbei, ohne dass dieser Notiz von ihnen nahm. An einem kleinen Ecktisch, nicht weit von dem Arzt entfernt, nahmen die Boten Platz und warteten. „Hier treffen also die Ärzte des Umkreises zusammen. Dann werden wir warten, was dieser Abend noch so mit sich bringt." Gebannt galt ihr Blick immer wieder der schweren Holztür.

9. *Kapitel*

Zwei unendlich wirkende Stunden vergingen, in denen der Alkohol floss und die Stimmung sich dennoch eintrübte. Die anwesenden Herrschaften wurden sich nach anfänglicher Euphorie wieder ihres beschämenden Daseins bewusst. Doch darauf achteten die Boten nicht. Ihre Aufmerksamkeit galt dem Arzt, welcher noch immer einsam an seinem Tisch saß und nervös mit den Fingern auf den alten Holzplanken trommelte. Ein Bier nach dem anderen verschwand in seiner Kehle.

„Es gleicht hier einem Totentanz", zischte Pasci, dessen Hand erneut über den Goldbeutel fuhr. „Glaubst du wirklich, dass sich heute Abend noch etwas tut?" Er hatte seinen Satz kaum beendet, als sich plötzlich die Tür öffnete und fünf weitere ältere Herren den Raum betraten. Sie alle waren gut gekleidet, teils gut rasiert und wohl genährt. Ohne den Anwesenden auch nur einen wohlwollenden Blick zu schenken, traten sie an Rothar heran. Zuvorkommend verneigten sie sich voreinander und der junge Mediziner wies ihnen höflich und respektvoll die Plätze zu.

„Jetzt wird es interessant", flüsterte Walter, der noch einen Schluck Bier zu sich nahm und versuchte, dem Gespräch der Männer zu folgen. Aber die Unterhaltung der Ärzte beschäftigte sich erst einmal mit Belanglosigkeiten. „Du sagtest, dass du den Großteil des Ortsrates auf unserer Seite hast. Wer fehlt noch?" Giovanni antwortete, ohne die feinen Herren aus dem Auge zu lassen.

„Einige der gut betuchten Herrschaften konnten dem Leuchten der Goldmünzen nicht widerstehen. Nun fehlen weitere zwei und der Laienrichter. Dieser befindet sich allerdings auf Reisen und kommt erst in ein paar Tagen wieder in heimische Gefilde."

„Also wirst du dich mit ihnen befassen, während ich den Arzt im Auge behalte." Auf einmal fuhr der Venezianer mit seinem Zeigefinger über die Lippen und zischte: „Hör gut zu." Die Zunft hatte sich nun gefunden. So kam man auf die ernsten Themen zu sprechen. Rothar lehnte sich zurück und sprach den Fall Kaspar Erle an.

„Meine werten Kollegen. Ich betreue momentan einen Jungen. Er kann weder hören noch sprechen. Es handelt sich um den Gerbersohn."

„Taubstumm?", erkundigte sich einer der gestandenen Ärzte und strich sich über die hohe Stirn. „Ich denke, dass das nicht Euer Problem ist. Wenn ja, habt Ihr in diesem Kreis nichts verloren."

„Es ist mehr als das", erwiderte Roland. „Seit einiger Zeit leidet er unter Anfällen. Seine Muskulatur verkrampft sich, die Augen wandern in die Höhe, so dass nur das erschreckende Weiß zu sehen ist. Am Ende des Anfalls nässt er sich ein, während eine schaumige Flüssigkeit seine Mundwinkel verlässt." Schweigen herrschte unter den Anwesenden, bis Doktor Walsch das Wort ergriff. Nachdenklich zog er an seiner Pfeife.

„Habt Ihr ihn zur Ader gelassen?"

„Natürlich, Doktor Walsch. Das war der erste Gedanke, welcher mir in den Sinn kam", sprach Rothar entrüstet und fuhr fort. „Doch nach mehrmaligem Aderlass und der Gabe von Medizin wurde der Zustand des Burschen nicht besser. Es handelt sich um kein eindeutiges Krankheitsbild." Ein weiterer Arzt fragte, ob es sonst noch irgendwelche Besonderheiten gab. Roland nickte und berichtete von den absonderlichen Symptomen des jungen Gerbers. Schweigen herrschte an dem Tisch. Walter beschlich im selben Augenblick ein ungutes Gefühl.

„Sieh in ihre Gesichter", wisperte er zu Giovanni. „Als hätten sie einen Geist gesehen."

„Das bedeutet nichts Gutes." So lauschten sie aufmerksam der Konversation.

„Was soll ich nun tun?", fragte Rothar, während er sich nervös über das gepflegte Haar strich. Ein anderer, graubärtiger Mediziner beugte sich mit ernster Miene zu ihm und sprach: „Der Bursche ist vom Teufel besessen. Wenn keinerlei Besserung durch Euer Wirken eintritt, ist er mit Satan im Bunde." Mehr als alles andere wollte er zu diesem elitären Kreis gehören. Auch wenn es bedeutete, den Burschen der Ketzerei zu bezichtigen. Zitternd tupfte er sich den Schweiß von der Stirn. „Setzt Euch mit Henricus Institoris in Verbindung. Er ist erfahren im Umgang mit den gefallenen Seelen."

„Geht nun nach Hause und denkt über unseren Ratschlag nach", raunte ein anderer. Doch Roland hatte seinen Entschluss bereits gefasst.

„Gebt mir die Anschrift dieses Inquisitors. Ich will ihm schreiben und hoffen, dass er Kaspar Erle von dieser Brut des Bösen befreit, ehe es zu spät ist." Der grauhaarige Arzt rief nach dem Wirt, von dem er sich eine Feder bringen ließ.

„Schreibt an das Dominikaner Kloster in Schlettstadt. Dort wird man Euren Brief an den werten Henricus weiterleiten und falls uns allen das Glück hold ist, wird er sich des Falles annehmen." Der junge Arzt wollte gerade die Notiz in seine Wamstasche stecken, da hielt ihn einer der Herren am Handgelenk fest. Mit weit aufgerissenen

Augen starrte er Roland an, dem in diesem Augenblick das Blut in den Adern zu frieren schien.

„Merkt Euch eins. Wenn die Medizin versagt, kann es sich nur um etwas Böses handeln, dessen Tragweiten wir uns nicht bewusst sind. Überlasst es nun demjenigen, der die meiste Erfahrung mit solchen Fällen hat. Sonst sind wir der Verdammnis nah." Angesichts dieser Worte fuhr den Gesandten Verenus der Schock in die Glieder.

„Habt Dank, werter Rat. Ich werde in Eurem Interesse handeln." So verabschiedete er sich von der Zunft und schritt zur Ausgangstür. Dies beobachteten die beiden Freunde mit wachsamen Augen.

„Er geht", flüsterte Pasci entschlossen und wartete darauf, wie Walter letztendlich vorgehen wollte. Kolbe trank sein schales Bier aus, bevor er den Krug auf den Tisch donnerte.

„Wir gehen. Ich habe genug gehört." Auch dem Wirt legten sie eine Münze auf den Tisch, ehe die Boten unbehelligt dem Arzt folgten. Vor der Tür sahen sie, wie Rothar den langen Weg entlang ritt und schließlich in dem dunklen Wäldchen verschwand. Nachdenklich sprach Walter seinen venezianischen Freund an. „Wir haben zwei Mal versagt und nicht unser Ziel erreicht. Ich bin diese Misserfolge satt."

„Das geht mir doch genauso. Also lass uns besprechen, wie wir es hier besser machen können." Aber Kolbe hatte nur ein Schulterzucken übrig.

„Wir müssen den gesamten Ortsrat bestechen. Je mehr, desto besser. Ich kümmere mich um den Arzt."

„Du weißt, wen er konsultieren wird? So weit darf es nicht schon wieder kommen. Der junge Gerbersohn darf nicht das nächste Opfer dieser verqueren Weltanschauung werden."

„Da bin ich ganz bei dir, mein Freund. Diesmal geht es um ein Kind." Giovanni neigte den Kopf und fing an leise zu weinen.

„Ich weiß, wie es ist, die Liebsten zu verlieren. Das soll das Gerberehepaar nicht auch erleiden müssen."

„Also machen wir weiter und kämpfen um das Leben des Jungen. Diesmal darf nichts schief gehen." Pasci nickte zustimmend. Sie schworen sich, dass sie dieses Mal erfolgreich sein würden.

Schon einige Tage später, kurz nach Sonnenaufgang, machte sich Pasci auf, um die restlich verbliebenen Ratsmitglieder, wie auch den Laienrichter, aufzusuchen. Derweil folgte Kolbe dem überheblichen, jungen Mediziner. Auf den Straßen herrschte bereits reges Treiben, was die Verfolgung des Arztes erschwerte. So schritt er durch die Massen, sodass er Rothar nicht aus den Augen verlor. Stets musste sich der Bote entschuldigen, wenn er mit den Bewohnern aus Regelsbach zusammenstieß. An einem alten Gebäude, am Rand des Ortes, wollte Roland gerade sein Bittschreiben an einen Reiter übergeben, als Walter seine Chance sah. Sein Schritt wurde schnell und durch einen kräftigen Ruck gegen den gepflegten Körper des Arztes, fiel der Brief zu Boden.

„Entschuldigt, mein Herr", sprach Kolbe um Verzeihung bittend. „Ich habe Euch in all dem Trubel übersehen."

Angewidert, trotzdem überrascht von der freundlichen Entschuldigung, ließ es Roland auf sich beruhen. Blitzschnell hob Walter den staubigen Umschlag vom Boden auf und übergab ihn dem Arzt. Doch nicht ohne auf den Empfänger zu achten. „Meine Neugier übermannte mich. Ihr schreibt an Henricus Institoris? Sein Name ist in diesen Regionen in aller Munde."

„Ja, doch Ihr solltet Eure Nase nicht überall hineinstecken. Das könnte noch ungesund für Euch werden."

„Ich bitte nochmal um Verzeihung. Es war nicht meine Absicht, Euch auszuspionieren." Mit einem Kopfnicken tat Rothar es ab, überreichte seinen Brief an den Boten, welcher schon auf dem gesattelten Pferd saß, und schob diesem noch eine Münze zu, damit die Zustellung so schnell wie möglich vonstattenging. Unbeachtet begab sich Walter hinter den anliegenden Schuppen. Auf diese Weise hatte er Rothar weiterhin im Blick. Wie ein dunkler Schatten verfolgte ihn der Bote den ganzen Tag lang, bis der Arzt plötzlich vor dem Haus des Scharfrichters stehenblieb. Auf ein heftiges Klopfen öffnete Markus Schilling die Tür. Binnen weniger Sekunden entbrannte ein hitziges Streitgespräch, welches Kolbe, versteckt hinter einer Schuppenecke, mit anhören konnte.

„Wer glaubt Ihr, wer Ihr seid", brüllte Roland den anerkannten Meister an. „Ihr übergeht die Stellung meiner Zunft, verkauft Eure Mittel, die Ihr aus den toten Körpern gewinnt." Teilnahmslos wischte sich Markus die Hände ab und sah sein Gegenüber strafend an.

„Was kann ich dafür, wenn die Leute mir mehr Vertrauen schenken als Euch?"

„Hört endlich auf die Menschen für dumm zu verkaufen." Rothar hatte den Satz noch nicht beendet, da fuhr ihm Schilling in die Parade.

„Habt Ihr schon gehört, was die Bevölkerung über Euch denkt? Ihr seid ein eitler Pfau der erhobenen Hauptes durch die Straßen stolziert und dem das Wohl der Patienten völlig gleichgültig ist." In diesem Augenblick traten seine Söhne zu ihnen. Ihr grimmiger Blick galt dem Arzt. Wutentbrannt wies Roland mit dem Finger auf den Henker und brüllte: „Eure Hochmütigkeit wird Euch noch teuer zu stehen kommen, Schilling. Dafür werde ich Sorge tragen." Nach dieser Drohung hatten seine Söhne genug. Da sie kräftiger Statur waren, stießen sie Rothar zurück, packten ihn unter den Armen und schleiften den hageren Mann zur Straße hin. Nachdem der Mediziner sich im Gassenschmutz wiederfand, zischte ihn Leonhard in harschem Ton an.

„Wagt Euch noch einmal in solcher Weise mit unserem Vater zu reden."

„Was dann", antwortete Roland und spuckte dem Henkerssohn auf die Stiefel. Während sein Bruder Ludwig sich umschaute und niemand erblickte, nahm Leonhard den törichten Mediziner am Kragen. Schwungvoll riss er ihn in die Höhe.

„Droht uns nicht. Weder meinen Eltern, meinem Bruder, noch mir. Ich werde Euch finden und im Stillen richten. Ich hoffe, Ihr habt meine Worte verstanden. Nehmt Euch dies zu Herzen." Wie ein getretener Hund verließ Roland den Hof. Dieses Schauspiel zauberte ein Lächeln auf Walters Lippen. Voller Stolz ging er auf die Burschen zu, verneigte sich vor den jungen Männern und klopfte behutsam den Straßenstaub von Leonhards Schultern.

„Ihr habt ihm ganz schön eingeheizt", sprach Walter lobend. Die Burschen lächelten beschämt und Ludwig fügte hinzu, dass niemand so mit seinem Vater reden sollte. „Recht so. Könnt Ihr mir mehr über den Ortsarzt berichten?" Die Brüder schauten sich an und stimmten zu, den Fremden zu ihrem alten Herrn zu führen.

„Kommt mit uns", entgegnete Leonhard. „Sprecht mit unserem Vater. Er kann Euch mehr sagen."

Zustimmend folgte Walter den Burschen den schmalen, staubigen Weg entlang, bis sie das Haus des Scharfrichters erreichten. Während Leonhard die Tür öffnete, rief Ludwig lautstark nach Markus. Aufgeschreckt kam der Henker samt seiner Gattin hinzu, verneigte sich höflich und fragte, was Walter wolle.

„Habt Ihr einen Stuhl, auf dem ich mich einen Moment ausruhen kann?“, fragte der Bote höflich. Umgehend bot ihm Schilling einen Platz neben dem Tisch an, an dem er die Leichen der Verdammten sezierte. Ein leichter Brechreiz machte sich bei Kolbe breit. Denn der Geruch war erbärmlich, süß und faulig.

„Verzeiht den übelriechenden Gestank, werter Herr. Aber es ist die einzige Möglichkeit, meine Familie zu ernähren.“

„Ihr braucht Euch nicht zu rechtfertigen, Herr Schilling. Die Zeiten sind hart“, entgegnete Kolbe mit einem gequälten Lächeln. „Mein Name ist Walter Kolbe, Gesandter des Bischofs Verenus. Könnt Ihr mir helfen?“ Daraufhin setzte sich Markus auf den entgegengesetzten Stuhl, während Maria und die Söhne hinter ihm standen.

„Ich denke nicht, dass ich der bin, an den Ihr Euch wenden solltet.“

„Doch, gerade Ihr seid es, dem mein Vertrauen gilt“, sprach Walter. „Ihr seid integer, treu und pflichtbewusst.“ Peinlich berührt, saß der Henker ihm gegenüber und schüttelte den Kopf.

„Ihr wisst anscheinend nicht von meiner Tätigkeit in diesem Ort.“ Verständnisvoll schaute Kolbe ihn an.

„Gewiss doch. Eure Aufgabe ist das Recht zu Vollstrecken. Dafür braucht Ihr Euch nicht zu schämen.“ Stille herrschte zwischen den Männern und Markus spürte, dass Walter Verständnis für ihn und seine Tätigkeit hatte. „Erzählt mir von eurer Gabe, aus den körperlichen Hinterlassenschaften der Gerichteten, Medizin herzustellen.“ Nach kurzem Zögern berichtete Schilling von seiner Nebentätigkeit, wie er die Überreste verarbeitete und Arzneien zubereitete.

„Das klingt alles sehr interessant, Herr Schilling. Mir geht es um das Leben des jungen Kaspar Erle." Wie vom Blitz getroffen, saß der Scharfrichter da. Selbst seine Söhne, die den jungen Gerber kannten, versteinerten. „Ich befürchte, dass sich Doktor Rothar an Henricus Institoris wendet. Er ist ein Dominikanermönch, hat den Hexenhammer verfasst und ist verantwortlich für viele grausame Hinrichtungen. Wenn Henricus hier auftaucht, wird es schwer, dem Jungen das Leben zu retten. Daher brauche ich jegliche Informationen, welche Ihr mir geben könnt." Die Familie schaute sich verunsichert, schweigend an.

„Aber was kann Institoris tun? Der Bursche ist taubstumm, kann sich zu keiner Frage äußern", gab Markus zu bedenken.

„Mir müsst Ihr dies nicht sagen, werter Meister. „Doch den Inquisitor interessiert so etwas keinesfalls. Er wird darin ein Zeichen des Satans sehen, ihn quälen und schließlich vor aller Augen richten."

„So wird des Gerbers Blut an meinen Händen kleben."

„Das will ich damit sagen, Herr Schilling." Ihm war sichtlich übel bei dem Gedanken, den Freund seiner Söhne der möglichen Todesstrafe aussetzen zu müssen.

„Sicherlich wird mir der Einsatz des scharfen Schwertes verwehrt werden." Daraufhin nickte Kolbe.

„Ihr werdet den Burschen aller Wahrscheinlichkeit nach nicht, wie all die anderen richten dürfen."

Tränen liefen über die Wangen des, sonst so starken Familienvaters. Er hielt für einen Augenblick inne. Verzweifelt schüttelte Schilling den Kopf, ehe er wieder zur Sprache fand.

„Wie kann Gott einer solchen Ungerechtigkeit tatenlos zusehen? Ich weiß nicht, ob ich das tun kann. Auch wenn es mir befohlen wird."

„Ihr seid ein gütiger Mensch, Meister Schilling. Lasst uns sehen, was ich und mein Kamerad tun können, um das Verderben von Kaspar Erle fernzuhalten."

„Wir beten für Euch", wisperte Maria leise. „Für Euch und Euer Vorhaben. Rettet diesen armen Jungen vor seinem Schicksal."

„Das ist unser Bestreben. Ich wollte nur wissen, dass die Familie Schilling auf der rechten Seite steht."

„Seid Euch dessen bewusst, werter Herr Kolbe." Nachdem der Bote zusammen mit dem Scharfrichter das Gebäude verlassen hatte, wandte er sich ihm ein weiteres Mal zu. Mit einem guten Gefühl reichte er die Hand zum Abschied.

„Danke für Eure Unterstützung." Nachdenklich, gar bedauernd sah er verstohlen auf den schmalen Fluss. „Ich denke, Ihr werdet das Richtige tun."

„Was, wenn der Ortsrat einer Verbrennung zustimmt? Dann bin ich machtlos und vermag nichts anderes zu tun, als dem Befehl zu gehorchen."

„Mein Freund und ich werden alles dafür tun, dass Euch diese Bürde nicht auferlegt wird." Ohne ein Wort über Rothars Schreiben zu verlieren, schritt Kolbe den schmalen Pfad entlang. Er dachte angestrengt nach, welche Unwegsamkeiten es noch geben könnte.

Als die Sonne unterging und rabenschwarze Wolken den Himmel verdeckten, trafen die beiden aufeinander. Bedrückt standen sie vor der Pforte des Gasthauses. Walter durchbrach das Schweigen. Doch sein Augenmerk galt nicht Giovanni, sondern dem kühlen, tiefschwarzen Nachthimmel.

„Konntest du etwas erreichen?", fragte Walter den Kameraden.

„Ich konnte mich mit dem Scharfrichter des Ortes unterhalten. Nachdem Rothar bei dem Henker erschien und ihm drastische Vorwürfe machte, hatte ich die Möglichkeit, mit der Familie Schilling zu sprechen." Pasci schaute neugierig drein, schwieg und ließ seinen Freund fortfahren. Er erzählte von der Meinung des Meisters und fügte hinzu, dass er nicht an einem Kommentar seines Gegenübers zweifelte. Pasci nahm diese Berichte entgegen, doch seine Miene spiegelte Misstrauen gegenüber den Ortsbewohnern.

„Es wäre zu schön, um wahr zu sein", wisperte der Venezianer. „Es spricht niemand ein lobendes Wort über den Ortsarzt. Das sollte uns zu denken geben." Walter hatte einen Plan. Deshalb ließ er sich nicht auf erneute Streitgespräche ein. In bestimmendem Ton sagte er, wie das weitere Vorgehen vonstattengehen sollte.

„Ich denke, wir sind uns einig, dass ich mich mit dem Arzt befasse, da er nun einen Brief an Institoris verfasst hat. Du, mein Freund, hältst den Rat bei Laune. Lass das Gold sprechen." Schnell fiel ihm Pasci ins Wort.

„Das ist erledigt", flüsterte er. „Das Ortsgremium hat auf unsere schlagenden, glänzenden Argumente reagiert." Überrascht schaute Kolbe drein. Er hatte nicht mit einem solch schnellen Erfolg gerechnet.

„Hört sich gut an", sprach er lächelnd und klopfte seinem Kameraden auf die Schulter. „Vielleicht ist uns das Glück diesmal hold."

„Die Hoffnung stirbt zuletzt."

„Alles, was wir bislang erreicht haben, stimmt mich zuversichtlich." Einige Tage vergingen, in denen Kaspar weiterhin unter seinen Anfällen litt. Verzweifelt wandten sich die Eltern an Gott, da weder der Scharfrichter noch der Arzt eine große Hilfe waren. Zusammen knieten sie vor dem Altar und beteten um das Wohlergehen ihres einzigen Sohnes. Während Hermine leise Tränen über die Wangen liefen, näherte sich der örtliche Pfarrer. Heronimus Fark kniete neben den beiden nieder. Er beschützte schon seit einer gefühlten Ewigkeit seine Schafe und führte den Ort durch sämtliche Krisen. Der Geistliche trug einen schneeweißen, langen Bart. Sein ebenso graues Haar war schulterlang und zu einem Zopf gebunden. Die maßgeschneiderte, schwarze Robe zeigte, dass Heronimus selbst den enthaltsamen Lebensstil pflegte, den er seiner Gemeinde jeden Sonntag predigte. Kein Gramm Fett zierte seinen drahtigen Körper.

„Werter Heronimus", wisperte Armin demütig, als Fark sich zu ihnen gesellte.

„Was treibt Euch beide hierher?", fragte der Geistliche und schaute das Ehepaar neugierig, dennoch wohlwollend an. „Es ist erst Dienstag."

„Pfarrer, uns liegt nun seit einigen Wochen eine schwere Last auf den Schultern."

„Steht auf und folgt mir zur ersten Bank. Dort können wir uns unterhalten, ohne dass ich mir die Knochen verrenke." Also nahmen die drei auf der nahegelegenen Holzbank Platz. „Nun sagt mir doch, was Euch auf dem Herzen liegt. So verzweifelt habe ich Euch noch nie zuvor gesehen." Ehe der Gerber ihm antworten konnte, sprach sich Frau Erle ihre Sorgen von der Seele.

„Danke, dass Ihr die Zeit habt, unseren Problemen Gehör zu schenken." Mit einem Lächeln nahm er ihre Hand und flüsterte: „Sprecht Euch nur aus. Dafür bin ich schließlich hier. Wir werden eine Lösung finden. Wie ich es bei so vielen Bürgern bereits geschafft habe. Also nehmt kein Blatt vor den Mund." Erleichtert schilderten die Eltern die aussichtslose Lage der Familie. Als neben der Erkrankung Kaspars auch die finanzielle Not gegenüber Rothar und die schlechte Situation ihres Geschäftes zur Sprache kam, wurde Heronimus Miene ernst.

„Ihr habt eine große Last zu tragen. Was gedenkt Ihr bezüglich Kaspar zu tun?", fragte Fark, schaute zum Kreuz und lächelte. „Der Junge ist ein Geschenk Gottes. Ich weiß noch, wie neugierig und aufgeweckt er mich bei seiner Taufe anschaute."

„Ja, trotz der schweren Zeiten, waren wir glücklich. Doch nun hegen wir die Furcht, dass unserem geliebten Jungen etwas geschehen wird."

„An was denkt Ihr?"

„Gerüchte machen die Runde. Der Fall soll an Henricus Institoris übergeben werden. Wenn dieser Mensch unseren Jungen in die Finger bekommt, dann fürchten wir um sein Leben", antwortete Armin mit bebender Stimme.

„Ich werde nicht zulassen, dass man dem Jungen etwas antut. Immerhin habe ich auch noch eine Stimme im Rat. Sorgt Euch nicht. Geht nach Hause und kümmert Euch um Kaspar. Dann sehen wir weiter. Noch steht nicht fest, was Institoris im Schilde führt." Dieses Gespräch verlieh den Erles neue Zuversicht. Doch schon kurz nachdem sie das Gotteshaus verlassen hatten, ertönten die Fanfaren. Ein Schauer lief den Eltern über den Rücken. Hastig bekreuzigten sie sich. Von der obersten Stufe hatten die beiden eine gute Sicht über den gesamten Marktplatz. Aber außer den Menschenmassen, die ihnen die Sicht versperrten, war nichts zu erkennen. Mit jeder Sekunde, die verging, wuchs die Anspannung, die auch Pfarrer Heronimus durch sein Beisein nicht lindern konnte. Plötzlich erspähte der Geistliche einen fremden, grauhaarigen Mönch, welcher sich auf seinem Pferd durch die Reihen bewegte.

„Er ist schon unter uns", flüsterte Fark besorgt.

„Ist dieser Herr, der Inquisitor Henricus Institoris?", fragte Armin leise, während sein Herz wild in der Brust pochte.

„Nein", wisperte Heronimus. „Das ist der Sohn des Teufels. Von nun an wird er unter uns weilen." Wie versteinert sahen sie zu, wie der Ortsrat den Besucher in Empfang nahm. Statt sich über dessen Anwesenheit zu freuen, reichten ihm die Herren nur die Hand, ohne ein Wort der Begrüßung zu verlieren. Der Mönch bemerkte schnell, dass irgendetwas anders war als die Male zuvor. Doch er ließ sich angesichts dieser frostigen Begrüßung nichts anmerken. Es dauerte nur kurze Zeit, bis die hohen Mitglieder des Rates ihm den Rücken zuwandten und Rothar zu ihm durchdrang. Zuvorkommend ging der Arzt auf die Knie und küsste seine Hand. Als Giovanni und Walter dies mitansahen, waren sie sich im Klaren, dass sie an dieser Aufgabe erneut scheitern könnten.

„Sieh dir nur an, wie unterwürfig er sich ihm zu Füßen legt", zischte Kolbe, während er die Fäuste in der Tasche ballte.

„Ich verstehe nicht, warum er sich so erniedrigt", sprach Pasci und beobachtete die Lage mit Argusaugen.

„Weil ihm das Rückgrat fehlt. Er dreht seine Fahne nach dem Wind, zum eigenen Vorteil."

„Dem Treiben des Arztes muss Einhalt geboten werden. Koste es, was es wolle." In dieser Angelegenheit waren sich die beiden einig.

„Da gebe ich dir Recht, mein Freund. Hoffen wir diesmal, dass die Gerechtigkeit und Menschlichkeit siegt."

Daraufhin drehten die Männer ab, um die kommenden Tage abzuwarten.

Während die Nacht ihren dunklen Schatten über den Ort legte, empfing Rothar Henricus in seinem bescheidenen Haus. Im Schein der Kerzen ließen sie sich ihr vorzügliches Mahl schmecken, welches aus dicken Hähnchenkeulen, Möhren und einer steifen, braunen Soße bestand. Nachdem Henricus das Tischgebet gesprochen hatte, speisten die beiden, ohne sich zu unterhalten. Doch nach dem reichlichen Essen, wischte sich der Mönch den Mund ab und wandte sich seinem Gastgeber zu: „Warum habt Ihr mich nun genau herbestellt, werter Doktor?" Roland füllte zwei Becher mit köstlichem Met, doch Henricus erntete nur ein Lächeln. Er nahm einen Schluck und wartete, bis Rothar sich zu ihm an den Tisch gesellte. „Und?", hakte er erneut nach.

„Der Grund, warum ich Euch zur Hilfe rief, ist Kaspar Erle. Er ist der Sohn des ansässigen Gerbers." Interessiert schaute Institoris den jungen Mediziner an und erhoffte sich weitere Details. „Der Bursche leidet nun schon seit einigen Wochen unter schweren Anfällen, auf die ich mir keineswegs einen Reim machen kann." Er berichtete von den anderen Gebrechen, unter denen Kaspar litt, was die Arbeit des Inquisitors erschwerte.

„Der Junge spricht nicht?"

„Nein, Herr. Er kann auch keinen Laut hören." Dies stimmte Henricus nachdenklich. Er stand von seinem Platz auf und lief nervös umher.

„Es erschwert unsere Lage", raunte er. „Unter diesen Umständen kann ich ihn keinem Verhör unterziehen."

„Doch, das könnt Ihr. Ich habe mich kundig gemacht. Allerdings muss ein Elternteil anwesend sein." Empört starrte der Mönch ihn an und zischte: „Wenn der Bursche weder hören noch sprechen kann, könnt Ihr ein Verhör, geschweige denn ein peinliches Verhör in den Wind schreiben. Wurdet Ihr von Euren werten Freunden der Zunft etwa nicht in Kenntnis gesetzt?"

„Nein. Das haben Sie mir anscheinend verschwiegen", flüsterte Rothar peinlich berührt und fürchtete um sein Ansehen, angesichts dieser Tatsache. Henricus bemerkte, wie unsicher der stolze Mediziner plötzlich wurde. So versuchte er, ihn zu beruhigen.

„Dies ist nicht Eure Schuld."

„Habt dank, Inquisitor. Es ist mein erster Fall, in dem ich nicht vorankomme. Sämtliche medizinische Lehren haben in diesem Falle versagt. Aufgrund dessen bin ich felsenfest davon überzeugt, dass der junge Gerber vom Teufel oder einer fremden Macht besessen ist."

„Lasst uns erst die Grundlage schaffen, um all dem Bösen auf den Grund zu gehen."

„Was habt Ihr im Sinn?", fragte Rothar neugierig, doch Institoris ließ ihn im Dunklen. Leise flüsterte er: „Ich will nur hoffen, dass mir die Vasallen des Bischofs Verenus nicht erneut versuchen, einen Strich durch die Rechnung zu machen."

„Wen meint Ihr?"

„Der eine ist Venezianer, von dem anderen habe ich keine Ahnung. Auf jeden Fall sind sie mittleren Alters, haben schulterlanges Haar und verbergen ihr Antlitz gerne unter schwarzen Kapuzen." Geschockt saß Rothar da, denn er wusste nun, mit wem er am Tage der Briefversendung gesprochen hatte.

„Sie sind schon seit längerer Zeit im Ort."

„Was?", zischte Henricus erneut. „Warum hieltet Ihr mit dieser wertvollen Information hinter dem Berg?"

„Ich dachte nicht, dass es wichtig sei."

„Ihr habt noch viel zu lernen, Herr Doktor", raunte Institoris samt versteinerter Miene und trank hastig seinen Becher aus.

Zur gleichen Zeit versammelte sich die Familie Schilling zum wohlverdienten Abendbrot. Die Fensterläden waren schon geschlossen, als Markus die Hände zum Gebet faltete und für die ihrer Meinung nach, reichliche Mahlzeit dankte. Im Gegensatz zu den vorherigen Gebeten fügte Leonhards und Ludwigs Vater noch einen entscheidenden Passus hinzu.

„Oh Herr, gütiger Schöpfer, halte deine schützende Hand über Kaspar Erle, auf dass ihm ein fürchterliches Schicksal erspart bleibt. Amen." Die Schillings begannen zu essen, als Leonhard auf einmal seinen Löffel zur Seite legte und seinen Vater ernst anstarrte. So hatte ihn der Henkersmeister noch nie erlebt. Gebannt von diesem Blick wandte er sich seinem Sohn zu und fragte: „Was ist los?"

„Was wirst du tun? Kaspar ist unser Freund. Ich sehe keinen Grund ihn zu foltern oder ihm gar das Leben zu nehmen. Nur weil es die verquere Religion ungestraft zulässt." Diese Worte seines geliebten Sohnes nahm er schweren Herzens auf.

„Du weißt, dass ich keinen Einfluss darauf habe."

„Aber gegen wen du dein Schwert richtest, sollte dir überlassen bleiben." Die Eltern sahen sich ernst an, ehe Markus sich zu den Vorwürfen äußerte.

„Das liegt nicht mehr in meiner Hand. Ich will den jungen Gerber nicht richten müssen. Aber wenn ich den Auftrag erhalte, muss ich mich dem fügen." Die Söhne wussten, dass ihr werter Vater sich in einem starken Gewissenskonflikt befand.

„Was wäre das schlimmste Urteil für Kaspar?", wisperte Ludwig und starrte seinen alten Herrn aufgeregt, fordernd an.

„Nehmen wir die grässlichste Situation an. Euer Freund wird verurteilt, dann droht ihm der Scheiterhaufen." Betroffen schwieg die Familie. „Darum lasst uns beten, auf dass die Gesandten sein Leben retten können."

Am nächsten Morgen, noch bevor die Sonne sich durch die nächtlichen Wolken schob, machte sich Institoris, in Begleitung des Arztes, auf den Weg zum Stadtrat. Er wollte keine Zeit verlieren. Mit Stolz geschwellter Brust folgte Roland Rothar dem grauen Mönch, dessen Gehstock bei jedem Schritt bedrohlich auf den gepflasterten Boden schlug. Der Rat hatte die ganze Nacht zusammengesessen und über die Anträge der Bürger beraten. Unter ihnen war auch Pfarrer Heronimus, der den kirchlichen Segen geben sollte, wie auch der Laienrichter Franz-Josef Horchem. Der zweiunddreißigjährige Geschäftsmann hatte ein gutes Ansehen in der Bevölkerung. Aus dem Grund wurde er von dieser mit einem solchen Amt betraut. Er sah darin einen Vertrauensbeweis, den er auf keinen Fall zu seinem Vorteil nutzen oder gar missbrauchen wollte. Als die ersten Sonnenstrahlen durch die kleinen Fenster fielen, waren die Anstrengungen der vergangenen Nacht deutlich sichtbar. Horchems schmales Gesicht wirkte ausgelaugt. Die tiefen, dunklen Ringe unter den Augen zeugten ebenfalls davon. Zu guter Letzt hatte das Gremium über die Hinrichtung des Mörders Georg Bündner zu entscheiden. Franz-Josef wollte gerade seine Meinung kundtun, da öffnete sich die schwere Pforte und Henricus betrat den Raum. Entrüstet über die Dreistigkeit sowie die Respektlosigkeit gegenüber dem

Rat erhoben sich die Herren. Wütend schauten sie den Mönch an, welcher sich ungeachtet dessen hinkend auf die zusammengeschobenen Tische zubewegte. Mit einer gleichgültigen Miene ging Rothar weiterhin hinter ihm her.

„Henricus Institoris", raunte Herr Xaver Fuchs, der den Posten des Ratsleiters inne hatte. „Ihr stört uns bei wichtigen Entscheidungen."

„Dessen bin ich mir durchaus im Klaren, Herr Fuchs. Doch mein Anliegen ist von größter Wichtigkeit." Zähneknirschend schob Xaver die Mappe mit dem Todesurteil zur Seite und wandte sich wieder dem Geistlichen zu.

„Nun sprecht", zischte Fuchs, der ahnte, was Institoris im Schilde führte. Niemand der Anwesenden wollte sich anmerken lassen, dass sie bereits die kostbaren Gaben von Bischof Verenus entgegengenommen hatten.

„Ich bin in Euren schönen Ort gekommen, um den Fall des Gerbersohns, Kaspar Erle, zu übernehmen und zu einem Abschluss zu bringen. Wie mir zu Ohren kam, ist ein unergründliches Anfallsleiden bei dem Burschen zu beobachten, welches weder Doktor Rothar noch der Zunft der im Umkreis befindlichen Mediziner eine plausible Erklärung zulässt." Mit jedem Wort, welches der alte Dominikaner verlor, stieg die Wut in Pfarrer Heronimus. Seine Miene wirkte angespannt und die, zur Faust geballten Hände, färbten sich an den Knöcheln weiß. Dennoch bewahrte er die Ruhe, da er sich der Unterstützung des Rates sicher sein konnte. Auch Horchem wurde übel, bei dem Gedanken, diesem Mann samt seiner kruden Ansichten zuhören zu müssen. Xaver Fuchs bewahrte jedoch die Ruhe und ließ den Inquisitor weitersprechen.

„Fahrt mit Euren Ausführungen fort."

„Gerne, werter Herr Fuchs. Da Kaspar auf keine medizinische Maßnahme reagiert, so wie es unter Kreisen der Gelehrten üblich ist, gehe ich davon aus, dass dieser junge Mann vom Teufel besessen ist. Ich will Euch von meiner Absicht in Kenntnis setzten, Kaspar Erle einem Verhör zu unterziehen. Wenn es nötig ist, auch einem peinlichen Verhör, sodass ich die wahren Gründe seiner Besessenheit erfahren kann."

„Dieser Bursche leidet, Henricus Institoris", fuhr der Pfarrer plötzlich energisch dazwischen. „Schon in Berichten aus älterer Zeit ist von solchen Ereignissen zu lesen. Diese Menschen galten sogar als Seher." Die Antwort des Geistlichen ließ nur ein Kopfschütteln zu.

„Die Verblendung scheint sogar auf Euch übergegriffen zu haben. Ihr, der Ihr Euch einen treuen Diener Gottes nennt."

„Was fällt Euch ein, in diesem Ton mit mir zu sprechen? Ein einfacher Mönch, Ihr seid ein Wichtigtuer." Xaver spürte die feindliche Stimmung, welche zwischen Heronimus und Henricus herrschte. Also versuchte er die Lage zu beruhigen.

„Werter Pfarrer, beruhigt Euch. Lasst Ihn weitersprechen."

„Habt Dank, Herr Fuchs", sprach Institoris, der sich ein zynisches Lächeln nicht verkneifen konnte. „Ich hoffe, dass ich nun ungestört mit meiner Begründung fortfahren darf." Schweigen herrschte unter den Ratsmitgliedern. „Es ist die einzige Möglichkeit den Satan auszutreiben, auch wenn dies bedeutet, dass der Bursche den Flammen zum Opfer fällt."

„Ihr wisst, dass der Junge Erle taubstumm ist und auf keine Eurer Fragen antworten kann?", fragte der Laienrichter ernst. Aber er erntete nur zustimmendes Nicken.

„Ja, das ist mir bekannt. Ich weiß auch, dass kein Elternteil zur Übersetzung anwesend sein darf. Daher beantrage ich für mein Verhör einen Übersetzer. Jemand, der sich mit der Zeichensprache auskennt.“

„Einen solchen werdet Ihr in diesem Ort nicht finden. Vielleicht in der nächsten Stadt. Doch dies kann Tage dauern.“

„Aus selbem Grund beantrage ich des Weiteren eine sofortige Verhaftung des Kaspar Erle. Er soll nicht noch mehr verwerfliche Tugenden des Leibhaftigen aneignen.“ Plötzlich herrschte eine Totenstille in dem Raum, welche von Franz-Josef Horchem unterbrochen wurde.

„Als Richter dieses Ortes lehne ich Euer Gesuchen ab, werter Institoris. Es sei denn, Ihr findet einen guten Deuter, der sich mit der Zeichensprache auskennt.“ Dies traf den Mönch, der allein durch sein Dasein schon so viel erreicht hatte wie einen Donnerschlag. Nicht wissend, was hier geschah, stotterte er: „Aber, ihr Herrn, ich…“

„Der Bursche wird keiner Befragung, ohne den Beistand eines Elternteils ausgesetzt werden. Ihr dürft Euch nun entfernen.“ Wütend verließ Henricus den Saal. Rothar folgte ihm, wie ein treuer Schoßhund.

„Eine Frechheit“, zischte er leise, während sich die Tür hinter ihm schloss.

„Haben wir richtig gehandelt?“, fragte Xaver nachdenklich in die Runde und erntete von allen Seiten ein zustimmendes Nicken.

„Er kann nicht hier auftauchen, sich über das Gesetz stellen und behaupten, dass Gott ihm das Recht dazu gäbe. Das Recht liegt immer noch in unserer Hand. Egal, ob wir die Spende von Verenus erhalten haben“, erwiderte Franz-Josef entschlossen, woraufhin er erneute Zustimmung erhielt.

„Wir dürfen die Zerstörung der Familie Erle nicht zu lassen. Dieser Mönch kann noch so viele Argumente vorbringen. Es entspricht nicht Gottes Wille", fügte Pfarrer Heronimus hinzu.

„Ihr habt Recht. Lasst uns ihm bei allen Vorhaben Knüppel in die Füße werfen, sodass er schon bald über einen stolpert", raunte Fuchs mit entschlossen verschränkten Armen. Einer der Räte fügte erschöpft hinzu: „Diesen Punkt haben wir nun abgehandelt. Aber was ist mit dem Todesurteil von Georg Bündner?"

„Ich denke wir sind uns einig", wisperte Heronimus wehmütig. Obwohl ihm dieses Urteil Bauchschmerzen bereitete, sprach er weiter. „Er hat gegen seinen Nächsten und somit auch gegen unseren allmächtigen Gott gehandelt, indem er das Ehepaar Schnitzer aus Habgier tötete und die Kinder nun elternlos zurückbleiben. Ihr wisst, ich bin nicht der Befürworter einer solch drakonischen Strafe, aber in diesem Fall sehe ich keine andere Möglichkeit."

„Damit ist es beschlossen", sprach der Oberrat und reichte das Urteil unterschrieben umher. „Wir müssen Meister Schilling in Kenntnis setzen. Er weiß noch nicht, dass in wenigen Tagen wieder seine Künste von Nöten sind."

„Ich werde ihm Bescheid geben. Mein Weg führt mich eh an seinem Haus vorbei", antwortete der Laienrichter. Somit schlossen sie diese Versammlung ab.

Mittlerweile waren auch Giovanni und Walter auf dem kleinen Marktplatz angekommen, als Pasci seinen Freund abrupt stoppte. Durch die Menschenmasse hindurch erblickte Walter plötzlich Henricus Institoris, der zügigen, hinkenden Schrittes in einer der Gassen verschwand.

„Hast du das gesehen?“, fragte der Venezianer mit grimmiger Stimme.

„Jawohl. Rothar folgt ihm, wie ein Schoßtier. Seiner Miene nach ist es nicht gelaufen, wie er es sich vorgestellt hatte.“

„Das will ich hoffen“, sprach sein Kamerad und wies auf eine weitere, kleine Straße. „Wir haben Zeit gewonnen. Lass uns der Gerberfamilie einen Besuch abstatten. Ich will den Kleinen sehen.“ Walter ahnte, worauf dies hinauslief, wollte seinem Bruder diesen Besuch aber nicht verwehren. Mit einem mulmigen Gefühl stimmte er zu. Es war gegen zehn, als die Boten die Gerberei, außerhalb von Regelsbach, erreichten. Obwohl der Himmel mittlerweile bedeckt war, schien die Hitze unerträglich.

„Da sind wir. Wäre schön, wenn wir mit offenen Armen empfangen werden.“ Vorsichtig klopfte Giovanni an. Doch es tat sich nichts. Die Freunde wollten gerade gehen, da öffnete Hedwig Erle. Neugierig musterte sie die Fremden und sprach: „Was kann ich für euch tun?“

„Entschuldigt die Störung. Wir wollten nur einmal nach dem Gesundheitszustand Eures Jungen schauen.“ Pasci erklärte die Geschichte im Detail und freudestrahlend bat die Gerberin die Männer ins Haus. Nachdem die beiden am Esstisch Platz genommen hatten, kam Armin herein. Ihm folgte Kaspar. Verzaubert von seinem Lächeln und dem unbedarften Winken, fühlten sich die beiden fremden Männer wie zu Hause. Ohne Worte schüttelten sie die Hand des Burschen, was bei den Erles ein Gefühl hervorbrachte, welches sie schon seit einer Ewigkeit nicht mehr empfunden hatten.

„Das ist also Kaspar“, sprach Pasci mit einem Lächeln. „Ein aufgeweckter, junger Mann. Sie können stolz auf ihn sein.“

„Das sind wir, werter Pasci. Ich könnte mir ein Leben ohne meinen Jungen nicht mehr vorstellen." Die Boten wussten, was sie wollten, und so berichteten sie über die weiteren Schritte, um Kaspars Leben zu retten. Als an diesem Abend die Sonne in ihrem feurigen Rot hinter den düsteren Wolken verschwand, saßen die beiden immer noch am Tisch des Gerbers. Sie aßen mit ihnen zusammen und Walter versuchte permanent, das Thema von dem Burschen abzulenken. Dies war jedoch vergebene Liebesmüh. In der Dunkelheit dieser Nacht unterbrach ein plötzliches Türklopfen die aufgeheiterte Stimmung, für die Walter wie auch Giovanni so lange gekämpft hatten.

„Wer ist das zu später Stunde?", wisperte Hermine.

„Ich habe keine Ahnung", raunte der Gerber, während er zur Tür schritt und sich immer wieder zu seinem Sohn umschaute, der an seinem selbstgefertigten Spielzeug schnitzte. Überrascht schauten die Gesandten drein. Denn die Fremden waren Leonhard und Ludwig Schilling, die nach ihrem Freund schauen wollten. Giovanni schaute seit langem mal wieder entspannt drein. Nachdem sie am Tisch Platz genommen hatten, wurde Walter bewusst, wie sehr Pasci die familiäre Nähe fehlte. Ihm hingegen bereitete nur das erneute Versagen größte Furcht.

Man kann sich glücklich schätzen, jemanden an seiner Seite zu wissen, der in allen Lagen des Lebens zu einem hält.

10. Kapitel

Am folgenden Tag stand Henricus nachdenklich am Fenster und starrte, wie hypnotisiert in den grauen, tristen Himmel. Regentropfen schlugen senkrecht auf die anliegende Pflasterstraße.

„Herr Institoris?", ertönte auf einmal die leise Stimme des Ortsarztes.

„Gibt es etwas Neues?"

„Nein, mein Herr. Ich war die ganze Nacht auf der Suche nach jemandem, der die Taubstummensprache beherrscht. Verzeiht mir, denn ich war erfolglos."

„Das dachte ich mir schon", sprach Henricus abwesend. „Es ist schließlich nicht Eure Schuld. Dieser Fall bereitet mir schon jetzt schlaflose Nächte. Ohne einen Übersetzer kann ich den Burschen nicht verhören."

„Da gibt es noch eine Möglichkeit", flüsterte Rothar. „Ich habe schließlich Kontakte in die umliegenden Ortschaften. Die Männer aus meiner Zunft kennen vielleicht eine Person, die uns diese Sorgen abnimmt." Mit ernster Miene drehte sich der Dominikaner um, seinen Stock zwischen den Fingern wendend.

„Tut, was in Eurer Macht steht, Rothar." Er trat nahe an den Mediziner heran und zischte: „Es liegt nicht in meiner Natur zu versagen oder kampflos das Feld zu räumen. Seht zu, was Ihr erreichen könnt."

„Jawohl, Henricus", wisperte Roland, während er sich vor dem Geistlichen verneigte und eilig ans Werk machte. Doch er kam nicht weit. Schon an der nächsten

Ecke stieß er mit Walter Kolbe zusammen. Ohne ihn eines Blickes zu würdigen, entschuldigte sich der Arzt und wollte gerade weiter, als der Bote ihn festhielt. Roland bemerkte nicht einmal Giovannis Anwesenheit, der hinter seinem Freund stand.

„Entschuldigt, Herr Doktor. Ich habe Euch nicht gesehen."

„Ja, ich habe keine Zeit für Eure Entschuldigungen", raunte Roland und wollte gerade weiter, als ihn Walter erneut aufhielt.

„Auf ein kurzes Wort. Dann könnt Ihr Eurer Wege gehen", sprach Kolbe, während er in das angespannte Gesicht des Arztes blickte.

„Aber fasst Euch kurz. Ich habe weder die Zeit noch den Nerv mich hochtrabenden Konversationen hinzugeben." Pasci konnte sich ein Lächeln nicht verkneifen.

„Ihr seid dafür verantwortlich, dass Henricus Institoris in diesem Ort erschienen ist."

„Gewiss doch", antwortete der Arzt mit einer Selbstsicherheit, die ihres gleichen suchte. „Er steht mir im Falle Kaspar Erle zur Seite."

„Seid Euch bewusst, dass sich der Inquisitor nur für seine Vita verantwortlich fühlt. Ihr werdet bei diesem Spiel auf der Strecke bleiben", gab Walter zu bedenken. Aber ehe er fortfahren konnte, unterbrach ihn Roland in harschem, überheblichem Ton.

„Ich habe keine Ahnung, was Ihr durch dieses Gespräch bezwecken wollt. Der Gerbersohn wird sich einem Verhör unterziehen. Und wenn es das Letzte ist, was ich tue."

„Mir scheint, wir kommen so nicht weiter", flüsterte Kolbe und gab seinem Freund ein Zeichen vorzutreten. „Vielleicht vermögen wir letztendlich Eure Meinung zu ändern." Im gleichen Augenblick griff Giovanni in die Tasche seines Wamses, aus der er drei Goldmünzen hervor holte. Diese reichte er Rothar in der Hoffnung, dass er sich eines Besseren besann. Doch die Reaktion erschütterte die beiden Boten. Blitzschnell schlug er unter Giovannis Hand. Die Dukaten flogen im hohen Bogen auf den Weg. Bevor Walter etwas sagen konnte, stürzten die Bürger trotz des anhaltenden Regens auf die Knie und schlugen sich um das Geld, welches ihren Familien ein besseres Leben ermöglichte.

„Ihr seid geisteskrank", zischte Kolbe ihn an. „Wir haben euch nicht einmal ein Angebot unterbreitet."

„Darauf verzichte ich", raunte der Arzt, dessen Blick plötzlich zu erstarren schien. „Ich nehme Euer Geld nicht an. Henricus und ich werden die Wahrheit schon ans Licht bringen. Also nehmt Euere schmutzigen Münzen und tretet mir nicht mehr unter die Augen." Doch Walter war noch nicht fertig. Mit Gewalt hielt er den Arzt fest und zischte ihn bedrohlich an.

„Was hat der Junge verbrochen, dass Ihr ihn mit Hilfe von Institoris foltern wollt?"

„Diese Frage werde ich Euch gerne beantworten", flüsterte Roland abermals samt einer Überheblichkeit, die ihres Gleichen suchte. „Ihr seid nicht aus einem Ärztestamm, werte Herren. Also versucht nicht mir von medizinischen Kenntnissen zu berichten, die diesen Jungen heilen könnten. Ich habe mein Möglichstes getan, um seinem Leiden Linderung zu verschaffen, doch es war sinnlos. Daher hielt ich Rücksprache mit der Ärztezunft und bestellte auf deren Empfehlung den Mönch zu uns."

Entsetzt starrte Giovanni Rothar an, während Kolbe gegen die eigenen Dämonen kämpfte. In ihm stieg erneut unsagbare Wut auf.

„Nun habt Ihr Euch erklärt. Doch eines erschließt sich mir keineswegs.“ Der Mediziner fragte selbstsicher, gar unverhohlen: „Nämlich?“

„Warum liegt Euch so viel daran, den jungen Erle ans Messer zu liefern?“

„Der Bursche ist mir völlig gleich. Er wird nur meiner Vita schaden, falls die Krankheit nicht verschwindet.“ Erneut griff Walter in den Beutel, nahm weitere drei Goldmünzen heraus und versicherte dem Arzt, dass, wenn er diese edle Spende entgegennehmen würde und von der Verfolgung des Jungen abließe, sich alles zum Guten wenden würde. Aber Roland schüttelte mit verschränkten Armen den Kopf.

„Ihr könnt reden und reden, aber an meiner Meinung wird sich nichts ändern. Wenn der Gerbersohn sein Leben verlieren muss, dann sei es so. Ich werde alles tun, um mein Ansehen in dieser Gemeinde zu bewahren.“ Wutentbrannt wollte ihm Kolbe an den Kragen, als Giovanni ihn zurückhielt und erneut versuchte, an das Gewissen des Mediziners zu appellieren. Im selben Moment stieß ihn der Arzt wütend zurück, sodass Pasci auf den steinernen Boden fiel. Das Gespräch zwischen den dreien schien nun endgültig zu eskalieren.

„Was?“, sprach er in harschem Ton, gewillt Roland ins Gesicht zu schlagen und stieß ihn ebenfalls ein Stück zurück.

„Ihr werdet den Tatsachen ins Auge blicken müssen. Henricus Institoris ist hier und er wird nicht gehen, ehe der Teufel besiegt wurde.“ Ehe sich Rothar versah, packte ihn der Bote am Kragen und flüsterte ihm zu: „Ihr seid über das Ziel hinausgeschossen, werter Rothar. Keinerlei Menschlichkeit messt Ihr dem Fall des Jungen bei. Doch glaubt mir, wir beide werden uns wiedersehen.

Dann wird es für Euch nicht so glimpflich vonstatten gehen. Habt Ihr mich verstanden?"

„Keinesfalls werde ich das verraten, von dem ich tief und fest überzeugt bin. Der Bursche ist mit Satan im Bunde, was Institoris beweisen wird. Nun geht mir aus dem Weg. Ich bin nicht länger gewillt, mich mit solchen niederen Menschen, wie Ihr es seid, zu unterhalten." Daraufhin verließ der Ortsarzt mit erhobenem Haupt die Gasse in Richtung seiner Unterkunft.

„Ich will nochmals zu Eurer guten Seele sprechen, Herr Doktor", rief ihm Pasci hinterher, nachdem er vom harten Boden aufgestanden war. „Der Junge ist unschuldig und das wisst Ihr genau. Lasst von ihm ab, sodass Euer Gewissen rein bleibt." Ohne ihm weitere Beachtung zu schenken, verschwand Rothar hinter der nächsten Hauswand. Kurz schwiegen die beiden, bevor sich Walter seinem Kameraden zuwandte, ihm den Schmutz von der Kleidung klopfte und in harschem Ton flüsterte: „Dieser Mann ist eine größere Gefahr für die Gesellschaft, als es Henricus je sein wird. Rothars Arroganz unterstreicht seine Einstellung zu den Mitmenschen. Ich finde, man sollte ihm Einhalt gebieten, ehe er noch Schlimmeres tut." Nie zuvor hatte Pasci seinen Freund in solchem Zustand erlebt. Der starre, eisige Blick ließ den Venezianer erschaudern.

„Tu nichts Unüberlegtes", sprach Giovanni zu ihm. „Unser Handeln muss besonnen bleiben. Ich will nicht, dass uns das bislang Erreichte entgleitet." Ein stummes Nicken. Nichts weiter erntete er von seinem Mitstreiter. Nachdem sie einige Meter schweigend nebeneinander her gelaufen waren, blieb Kolbe plötzlich stehen. „Was ist denn nun schon wieder?", fragte Pasci verständnislos und schaute seinen Mitstreiter hart an.

„Ich muss los. Rothar folgen. Mich interessiert, was er zusammen mit Institoris vor hat.“ Obwohl dem venezianischen Gesandten die Idee seines Kameraden missfiel, sah er sich nicht in der Lage, ihn aufzuhalten. Aber ehe Walter ging, sprach Giovanni ihm abermals ins Gewissen.

„Also gut. Beobachte ihn. Doch tu nichts Unüberlegtes. Komm erst zu mir, sodass wir alles haargenau besprechen können. Hier steht zu viel auf dem Spiel. Wir dürfen nicht versagen. Nicht schon wieder.“

„Du hast mein Wort. Wir sehen uns in der Unterkunft.“ Nach diesen kurzen Worten verschwand Walter und hinterließ seinen Kameraden mit einem unwohlen Gefühl in der Magengrube. Während sich Pasci in das angemietete Zimmer der Taverne begab, ließ es Kolbe keine Ruhe. Aufgewühlt folgte er dem Doktor bis zu seinem kleinen Haus in der Innenstadt. Sämtliche Fensterläden waren noch geöffnet. Dies ermöglichte ihm, die Gespräche genau zu belauschen. In der Dunkelheit versteckt sah er, wie sich sein Feind in die Wohnung begab. Er hielt den Atem an, um keinen Laut zu verpassen. So dauerte es auch nicht lange, bis Rothar die Fensterläden schloss, was dem Verständnis der Gespräche keinen Abbruch tat. Aufgeregt wandte sich der Arzt umgehend an Henricus, der bereits am Tisch saß. Roland berichtete von den Vorkommnissen und erwartete sich eine plausible Antwort, wie er sich von nun an zu verhalten hatte. Der Inquisitor lauschte den Ausführungen des Arztes, ehe er ernst antwortete.

„Man will Euch in Frage stellen.“

„Aber ich habe mir nie etwas zu Schulden kommen lassen. Gut, ich habe mich nicht immer korrekt angesichts der leidenden Menschen verhalten.“

„Dies ist der Fehler, welcher Euch vielleicht das Genick bricht." Mit diesen klaren Worten hatte der junge Mediziner nicht gerechnet. Langsam setzte er sich auf einen freien Stuhl.

„Ich habe mich nur Eurer Meinung angeschlossen. Daran kann ich nichts Falsches erkennen." Henricus verstummte, bevor er seinem Schützling die Karten eröffnete.

„Gebt acht", flüsterte der Dominikaner bedenklich. „Auf keinen Fall will ich, dass ihr mir in den Rücken fallt."

„Das habe ich nicht vor, werter Institoris. Doch ich traf auf die angesprochenen Fremden, welche mich mit ein paar Goldmünzen bestechen wollten." Obwohl Henricus bei den Sätzen unwohl wurde, ließ er sich nichts anmerken. Außerdem gab er ihm mit auf den Weg, seine Arroganz gegenüber der Bevölkerung zurückzufahren.

„Denkt immer daran, welch kleines Licht Ihr seid. Handelt mit Demut gegenüber Eurem Nächsten. Die Lebenseinstellung, der Ihr momentan nachgeht, wird Euch früher oder später großen Schaden bringen." Rothar sah den alten Mann an, als ob er Verständnis für dessen weise Worte hätte. Doch im Inneren dachte er sich das Gegenteil. Roland war so von sich überzeugt, dass er sich gar unsterblich fühlte. Daraufhin füllte er die Becher mit Met und setzte sich seinem Mentor gegenüber. Ohne weiter auf das Thema, welches ihn selbst betraf, einzugehen, fragte er, was der werte Institoris nun vorhatte. Henricus starrte an die Wand.

„Es ist mir bislang nicht gelungen, einen Übersetzer für diese ausgefallene Zeichensprache zu finden. Das bedeutet keinerlei Fortschritt, der unserer Sache dienlich sein könnte. Aber ich habe da schon eine Idee mit der wir unser Ziel erreichen werden." Neugierig wollte der Arzt gerade weiterfragen, da erhob der Dominikanermönch mahnend den Zeigefinger sowie seine raue Stimme.

„Mich lässt Eure Begegnung mit den Boten des Bischofs nicht los. Ihr könntet der Bekämpfung des angeblich Bösen einen Riegel vorschieben." Dafür hatte Roland nur ein beiläufiges Lächeln übrig. Er erhob seinen Becher und prostete dem Inquisitor selbstsicher zu.

„Macht Euch keine Sorgen. Der Rat entscheidet nur nach der Höhe der Bestechungsgelder. Also wenn Ihr Recht behalten wollt, begebt Euch zu diesen korrupten Herrschaften und nehmt eure Münzen mit. Ich habe so etwas nicht nötig. Warum glaubt Ihr, dass mich jeder Bürger, der sich in den Gasthäusern befindet, freihält?" Institoris konnte diese Selbstverliebtheit kaum noch ertragen. So schlug er kräftig auf den Tisch.

„Hiermit entbinde ich Euch der Teilnahme an den vorstehenden Verhören." Sprachlos saß der Mediziner da. „Ich werde mich von nun an selbst um die Angelegenheit kümmern. Schaut noch eine Weile in den Spiegel. Dort seht Ihr den einzigen Menschen, der Euch liebt."

„Soll das bedeuten, dass ich meines Amtes entbunden bin, Euch zu helfen, genauere Tatsachen zusammenzutragen?"

„So sieht es aus. Ich komme auch ohne Eure Hilfe zurecht. Wobei ich mich frage, ob ich diese überhaupt benötigt hätte."

„Eure Worte schmerzen mich sehr, werter Institoris", antwortete Rothar betrübt. „Ich wollte nur zeigen, dass ich zu mehr in der Lage bin, als Verbände anzulegen und fiebrige Krankheiten zu lindern." Henricus antwortete abwertend: „Schuster, bleib bei deinen Leisten." Damit zerschnitt der Mönch das Band zwischen sich und dem jungen Arzt, welcher ihm von Anfang an ein ungutes Gefühl bereitete. Daraufhin verließ Institoris das Haus des Arztes, um sich im Hause eines ansässigen Schlachters einzuquartieren. Nachdem er in der Dunkelheit dieser Nacht verschwunden war, konnte der gekränkte Mediziner nicht mehr an sich halten. Noch nie zuvor hatte ihm jemand auf diese verletzende Weise die Leviten gelesen. So öffnete er den Schrank, nahm eine Flasche Wein hervor und trank diese mit wenigen Schlucken aus.

„Eine Frechheit", zischte Rothar, während er mit ernster Miene in den Spiegel schaute. „Niemand darf mich so bloßstellen. Dafür wird er bezahlen." Außer sich vor Wut rannte Roland zu seinem Fenster und brüllte all seinen Zorn hinaus. Die wenigen Menschen, die in diesen späten Abendstunden noch auf der Straße waren, hatten nur ein Kopfschütteln für sein erhitztes Gemüt übrig. Aufgebracht streifte er sich seinen Mantel über und verließ seine Unterkunft in Richtung der Taverne, in der er nichts an Ansehen eingebüßt hatte. Stunde um Stunde verging. Es war eine sternenklare Nacht. Eine frische Brise wehte durch die Gassen und lenkte ein wenig von der regnerischen Hitze der letzten Tage ab. Als Walter ziellos durch den Ort lief, genoss Rothar ein Freigetränk nach dem anderen. Sogar das lallende Gebrüll der einfachen Männer schien ihm völlig egal zu sein. Die Hauptsache war, dass er nichts bezahlen musste.

Weit nach Mitternacht schwankte der junge Mediziner aus dem Gasthof. Die frische Luft ließ ihn schwindelig werden. Also blieb Roland einen Augenblick stehen, stützte sich an einem Pfosten ab und atmete erst einmal tief durch, bevor er sich auf den Heimweg machte. Jeder Schritt fiel ihm so schwer, dass er sich kaum auf den Beinen halten konnte. Unsicher bewegte er sich durch die

Straßen von Regelsbach. Sämtliche Fensterläden waren schon geschlossen und leichte Regentropfen schlugen aus Westen gegen dieselben. An einer Kreuzung, an der sich die Hauptstraße in zwei enge Gassen gabelte, blieb der Arzt stehen. Das Gefühl, sich jede Minute erbrechen zu müssen, durchfuhr seinen Körper. Alles drehte sich um ihn herum. Plötzlich vernahm der überhebliche Arzt den Schlag von schweren Stiefeln auf den Pflastersteinen. Er blieb kurz stehen und versuchte zu erkennen, wer sich ihm näherte. Ihm stockte für einen Moment der Atem, als Walter in den Lichtkegel der Laterne trat. Dem Boten ging es ähnlich, aber er blieb nicht stehen. Mit strammem Schritt lief Kolbe auf sein Gegenüber zu. Seine Hoffnung bestand darin, dass Rothar schwieg und er schnell seiner Wege gehen konnte. Dem war nicht so. Die beiden waren er fast auf einer Höhe, da spuckte ihm Roland abwertend ins Gesicht und sprach: „Na? Was willst du nun tun?" Noch zwei Schritte fehlten, bis Kolbe direkt vor ihm stand. Ein Gefühl der Missachtung, des Zorns und immenser Wut kochte in ihm hoch. Blitzschnell packte er den Betrunkenen am Nacken, zog sein Messer, dessen funkelnde Klinge das letzte war, was Roland sah. Wuchtig rammte er seinen Dolch in den Brustkorb des Mediziners. Es verging nicht einmal eine Sekunde, da griff seine Hand zu Rothars Mund verhinderte so einen Schmerzensschrei. Gleichgültig zog er die Klinge mit einer leichten Drehung zurück, was dem Arzt den Rest gab. Während der Bote seines Weges ging, sank Roland in sich zusammen und hauchte seinen letzten Atem aus. Niemand hatte etwas von der Tat bemerkt.

So konnte sich Walter zügig, unbemerkt aus dem Staub machen. Mit zunehmender Entfernung wurde sich Kolbe seiner Tat bewusst. Verzweifelt rannte er weiter.

Nach einer gefühlten Ewigkeit erreichte er den Gasthof, in dem er sich mit Pasci ein Zimmer teilte. Sein Atem war schwer, nachdem er das Zimmer betreten hatte. Am ganzen Körper zitternd stand Walter hinter der verschlossenen Tür.

„Was ist geschehen?", fragte Pasci, der schon ahnte, dass etwas Schlimmes geschehen war. Der Venezianer nahm ihn bei den Schultern. Tränen der Verzweiflung liefen über Kolbes schmale Wangen und verschwanden in dem dichten Bart. Schließlich nahm er neben seinem Kameraden auf dem schlichten Bett Platz.

„Ich glaube, ich habe einen fundamentalen Fehler begangen." Giovanni versuchte, seinen Freund zu beruhigen.

„Atme tief durch und erzähl mir genau, was passiert ist." Letztendlich berichtete Kolbe von den Vorkommnissen. Mit jedem Satz, den sein Mitstreiter von sich gab, entgleisten dem Venezianer die Gesichtszüge.

„Du hast ihn auf offener Straße getötet?"

„Ja. Er hat mich beschimpft und angespuckt. Mich packte blanke Wut, die sich im selben Augenblick entlud."

„Wo ist dein Dolch?", fragte Giovanni ernst. Zitternd zog Walter die blutverschmierte Klinge aus dem Schaft.

„Hier ist er", antwortete der Bote, dem erst allmählich die Folgen seiner Tat bewusst wurden. Schweigend nahm er ihm das Messer ab, griff in seine Tasche und zog ein Stofftuch hervor.

„Kein Wort zu niemandem", sprach Pasci. „Es könnte unserer Mission erheblich schaden. Hast du mich verstanden?" Er erntete ein zustimmendes Nicken. Sein Tuch fuhr vorsichtig über die rotgefärbte Klinge. Schon im nächsten Augenblick funkelte sie im Kerzenlicht mit silbernem Schein. „Nimm es“, fuhr Kolbes Freund fort, bevor er sich abwandte. „Nur noch wenige Stunden bis zum Sonnenaufgang. Spätestens dann wird seine Leiche entdeckt werden. Obwohl ihn keiner der Bewohner sonderlich leiden konnte, werden sie alle nach dem Warum fragen. Wir sollten uns bedeckt halten. Solange, bis Gras über die Sache gewachsen ist.“

„Ich weiß nicht, ob ich das durchhalte. Nie zuvor hatte ich einem Menschen das Leben genommen.“ Pasci ging vor ihm auf die Knie, nahm ihn tröstend bei den Schultern und sprach: „Reiß dich zusammen. Dann wird dieser Kelch an uns vorübergehen. Doch du musst stark bleiben.“ Stunde um Stunde saßen die beiden starr auf ihren Betten und warteten auf den nächsten Tag. Bei jedem Ruf, der von der Gasse her an sie heran drang, schien ihnen das Blut in den Adern zu frieren. Als es endlich hell wurde, füllten sich die Straßen und es ließ nicht lange auf sich warten, bis die ersten erregten Stimmen lautstark zu ihrem Zimmer drangen.

„Sie haben ihn bemerkt“, flüsterte Walter, der nun um sein Leben fürchtete. Während Pasci aus dem Fenster sah, fragte er seinen Freund, ob er irgendetwas zurückgelassen hatte, was auf sie hinweisen könnte. Daraufhin schüttelte Walter den Kopf.

„Außer meinem Dolch und meiner Hand hat ihn nichts berührt.“

„Das ist gut. Keiner kann Rückschlüsse auf uns ziehen. Nun liegt es an dir. Kannst du deine Tat verbergen?“

„Gewiss. Ich will auf keinen Fall wegen diesem abstoßenden Kerl mein Leben verlieren.“ Giovanni schaute weiterhin besorgt aus dem Fenster und flüsterte: „Heute findet die nächste Hinrichtung statt. Ein Dieb und Mörder tritt in wenigen Stunden vor seinen Schöpfer.“ Kolbe wirkte überrascht. Denn es war unüblich am Tag des Herrn.

„Auf einen Sonntag?“

„Darauf nimmt niemand Rücksicht, mein Freund.“ Plötzlich wurde Pasci nachdenklich. „Wir müssen uns dort sehen lassen.“

„Warum das?“, erwiderte Kolbe entsetzt. „Ich habe gerade erst Rothar das Leben genommen. Glaubst du ernsthaft, dass ich jetzt schon im Stande bin, an einer Hinrichtung teilzunehmen?“

„Wir müssen uns unauffällig verhalten. Das ist nun mal die beste Gelegenheit.“ Mit einem unwohlen Gefühl in der Magengrube band sich Walter den Zopf und folgte seinem Kamerad nach draußen. Zusammen schritten sie durch die kleine Menge, die hysterisch den Tod des Dorfarztes verbreitete. Nur wenige Bürger schienen sich an diesem Morgen auf dem Marktplatz zu versammeln. Die Hinrichtung des Georg Bündner schien nicht allzu wichtig, angesichts des plötzlichen Verscheidens des Doktors. Die Einwohner stürmten aus Neugier zu dem Ort, an dem ihr verhasster Arzt aufgefunden wurde. Der gesamte Rat war bei der Hinrichtung anwesend, als sie die Nachricht erhielten. Unsicher schauten sich die feinen Herrschaften an. Schnell steckten sie die Köpfe zusammen und berieten, wie sie mit dieser Situation umgehen sollten.

„Die Nachricht über seinen Tod ist nun durchgedrungen“, wisperte Giovanni. „Es wird nicht mehr lange dauern, bis sie nach dem Schuldigen suchen.“ Walter starrte, wie gebannt auf den Holzklotz, der eine Kuhle für den Hals aufwies. Als sein Blick zur Rechten ging, sah er Institoris, der auf seinen Stock gestützt, die Hinrichtung ernst zu erwarten schien. Das diabolische Lächeln des Geistlichen ließ ihn erschaudern. So nahm er Giovannis

Arm und flüsterte bedenklich: „Schau ihn dir an. Deshalb legt sich ein dunkler Schatten über den gesamten Ort. Niemand ahnt, welch teuflische Wirkung sein Beisein hat."

„Ich mache mir momentan mehr Gedanken um dein Wohlergehen, mein Freund. Lass dir nichts anmerken." Plötzlich ertönten die Trommeln und der Mörder wurde in Ketten gelegt zu seinem Richter geführt. Ohne eine Miene zu verziehen, schritt der Verurteilte im Beisein der Wachen an ihnen vorbei. Er schien weder Reue noch Mitgefühl zu empfinden. Langsam bestieg er das Schafott, wo Markus Schilling stand und wartete. Auch ihm war keine Gefühlsregung anzusehen, was angesichts dieser abscheulichen Tat nur allzu verständlich schien. In den Händen hielt der Scharfrichter seinen funkelnden Zweihänder. Auf der breiten, schweren Klinge standen die Worte „Der Herr ist mein Hirte" eingraviert. Als die Instrumente verstummten und der Delinquent vor dem Klotz auf die Knie sank, trat Pfarrer Heronimus an ihn heran. Im selben Augenblick wurden die beiden Kinder vorgebracht, die er zu Waisen gemacht hatte. Über die Wangen des Mädchens liefen Tränen. Die Augen des Burschen spiegelten den blanken Hass.

„Habt Ihr noch etwas zu sagen, ehe das Urteil vollstreckt wird?", fragte der Pfarrer, worauf Georg Bündner schwieg, ohne mit der Wimper zu zucken. Voller Respekt für den Henker neigte sich Giovanni zu seinem Freund.

„Er hat einen solch hohen Stand in diesem Ort, dass er nicht einmal sein Antlitz hinter einer Maske verstecken muss."

„Ja, Respekt", wisperte Kolbe abwesend. Sein Augenmerk galt nur dem Gerber, der angespannt in der zweiten Reihe stand. „Ich weiß nicht, wie lange ich diesen Druck ertragen kann." Pasci wirkte wie versteinert. Er spürte die seelischen Qualen, die sein Kamerad erlitt. Ihm blieb nichts anderes übrig, als ihm Mut zu machen.

„Halte durch. Ich brauche dich an meiner Seite. Lass uns später in eine Taverne gehen. Dann spülen wir unsere Kehlen und reden über alles." Schweigend nickte Walter, dem seine Tat schwer zu schaffen machte. Währenddessen näherte sich Schilling Georg Bündner.

„Darf ich Euch bitten, den Kopf in die Kuhle zu legen?", fragte der Scharfrichter höflich und der Mörder gehorchte. Plötzlich herrschte eine Totenstille. Meister Markus holte aus. Sein Schwert sauste durch die Luft, bevor es in einem Schwung den Kopf in Höhe des dritten Halswirbels vom Körper trennte. Mit einem dumpfen Geräusch fiel das Haupt des Verurteilten in den davorstehenden Korb, welcher mit schlichten Laken ausgekleidet war. Immer noch schwieg die Masse der Leute. Als sie starr auf den Korb schauten, befiel Kolbe ein unerträgliches Unwohlsein. Kopfschüttelnd drehte er sich um.

„Ich muss hier weg", zischte er Pasci zu, der ihm umgehend folgte. Schweißperlen standen auf seiner Stirn. Auf einmal blieb er nahe eines Wiesengrunds stehen, beugte sich vor und übergab sich schwallartig.

„Um Himmels Willen", sprach der Venezianer sorgenvoll. Dennoch schaute er sich nervös um, ob ihnen jemand zusah. Angesichts des regnerischen Wetters waren die Wege, Straßen und Gassen außerhalb wie leergefegt. „Komm mit." Nachdenklich stützte er seinen alten Freund zum nächstgelegenen Gasthof, wo sie sich erst einmal einen Krug Bier bestellten.

In diesen späten Morgenstunden traf auch der Rat zusammen. Sie wollten über den unerwarteten Tod des

Ortsarztes beraten. Obwohl niemand von ihnen große Sympathien für Roland Rothar empfand, war er ein Mitglied der Gemeinde gewesen. Der Laienrichter ergriff zuerst das Wort.

„Damit hätte ich nicht gerechnet. Wir sollten klären, wie wir nun vorgehen." Horchem schaute in unsichere Mienen. Da öffnete sich auf einmal die Pforte, und Henricus Institoris trat ein. Während er nach vorne hinkte, schallte seine laute Stimme durch den Saal.

„Meine Herren, ich habe bis zum Ende der Hinrichtung gewartet, um mit Euch das Schicksal des Kaspar Erle zu besprechen." Selbstbewusst nahm er auf einem der harten Stühle Platz, die direkt vor dem Gremium standen. Der Pfarrer, wie auch die anderen Ratsmitglieder, konnten diese Dreistigkeit und Selbstgefälligkeit kaum fassen. So erhob erneut Xaver Fuchs seine Stimme. Mit geballter Faust schlug er auf den Tisch und ging den Dominikaner hart an.

„Es gibt keinen unpassenderen Zeitpunkt, um Eure egoistischen Ziele weiterzuverfolgen." Henricus zuckte zusammen, denn damit hatte er nicht gerechnet.

„Entschuldigt, werter Ortsrat Fuchs. Ich dachte, dass dies eine gute Gelegenheit wäre, weitere rechtliche Belange zu erledigen."

„Ihr seid ein widerwärtiger Mensch, Institoris", fuhr Heronimus wütend dazwischen. „Ihr schert Euch nicht einmal um das Leben Eures Verbündeten, Roland Rothar." Ein ungutes Gefühl beschlich den Mönch. So fragte er neugierig nach, was denn geschehen sei. Die Antwort gab Franz-Josef.

„Rothar wurde in der Nacht kaltblütig ermordet. Es handelt sich um eine tödliche Messerattacke." Geschockt blickte der Inquisitor drein, was ihm der Ortspfarrer nicht abnahm. Er wandte sich direkt an den Geistlichen und fragte: „Mir schien es, als wäret Ihr eine Art Mentor für den jungen Arzt gewesen. Nun interessiert mich sehr, was zwischen Euch vorgefallen ist. Der Leichnam stank erbärmlich nach Alkohol." In der Befürchtung, sich um Kopf und Kragen zu reden, antwortete er auf die Anschuldigung.

„Ich höre im Augenblick zum ersten Mal von dieser Tragödie. Gibt es denn schon irgendwelche Verdächtige für die schändliche Tat?" Richter Horchem beobachtete die Gesten des Mönchs. Umgehend begann er mit einem Kreuzverhör, wovon der Dominikaner nichts bemerkte. Mit zugekniffenen Augen beugte er sich vor.

„Ihr sagt also, dass Ihr nichts vom plötzlichen Ableben Eures Schützlings wisst?"

„Schützling?", stotterte Henricus, der sich in die Enge gedrängt fühlte. „Werte Herren, Doktor Roland Rothar war keinesfalls mein Schüler, so wie Ihr es behauptet. Er bat mich lediglich um Hilfe im Fall des Gerbersohnes Kaspar Erle."

„Dann könnt Ihr uns wahrscheinlich auch das Streitgespräch erklären, welches Ihr am Fenster seines Hauses gestern Abend geführt habt." Die Arme vor dem Oberkörper verschränkt, lehnte sich Richter Franz-Josef zurück, während die restlichen Anwesenden auf eine Erläuterung der gestrigen Geschehnisse warteten. „Einige unserer Bürger haben dies im Vorbeigehen beobachten können. Wollt Ihr Euch dazu äußern?"

„Ihr seid der Wahrheit verpflichtet, Henricus Institoris. Merkt Euch dies", fügte Xaver Fuchs hinzu, neugierig, was der Mönch zu seiner Verteidigung zu sagen hatte. Um sich selbst zu entlasten, begann Heinrich die Dinge aus seiner Sicht zu erzählen. Er berichtete von dem

Streitgespräch mit Doktor Rothar, in dem er ihm mitteilte, dass er mit der Inquisition eigenverantwortlich vorgehen würde und auf seine Unterstützung verzichtete. Neugierig, aufmerksam und ebenso skeptisch lauschten die Ratsmitglieder seinen Worten. Als seine Gesichte mit dem Verlassen des Hauses endete, wurde es auf einen Schlag still.

„Ihr seid demnach Eurer Wege gegangen?", erkundigte sich Pfarrer Heronimus erneut. Er erntete nur ein zustimmendes Nicken. „Wohin Rothar später ging, entzieht sich demnach Eurer Kenntnis?"

„Ja, werter Herr Pfarrer. Nichts liegt mir ferner, als zu helfen, diesen feigen Mord aufzuklären."

„Da Ihr der Letzte wart, der unseren Arzt lebend gesehen hat, verfüge ich, dass Ihr in diesem Ort bleibt, bis der Fall aufgeklärt ist", sprach Horchem bestimmend. Seine Entscheidung fand Anklang bei dem Rat. Doch Henricus war noch nicht am Ende seiner Ausführungen. Also fuhr er fort.

„Ich kann Euch keine weiteren Aussagen machen, werter Richter. Gott ist mein Zeuge, dass ich nichts mit dem Tod Eures Arztes zu schaffen habe."

„Dies wurde zur Kenntnis genommen. Dennoch bleibt der Beschluss des Rates bestehen." Franz-Josef wollte sich gerade wieder den anderen zuwenden, da sprach Institoris energisch: „Werte Herren, so sehr mich das Schicksal des Arztes berührt, bin ich aus einem anderen Grunde hier." Xaver hatte genug von all der Rederei und fiel dem Mönch harsch ins Wort.

„Geht es etwa um Kaspar Erle?", raunte der Oberste des Rates. Der Inquisitor nickte und wollte gerade weitersprechen, da fuhr ihm erneut der Laienrichter mit einem zynischen Lächeln dazwischen.

„Habt Ihr einen Übersetzer gefunden, der der Zeichensprache mächtig ist?" Dem Mönch blieb nichts anderes übrig, als gesenkten Hauptes den Kopf zu schütteln.

„Nein, Herr Richter. Das habe ich nicht, obwohl ich mir die größte Mühe gab." Der Rat schaute sich verblüfft an.

„Dann gibt es für uns keinen Grund, über Euer Anliegen weiter zu beraten", sprach Fuchs mit selbstsicherer Stimme. Sie wollten den Inquisitor gerade entlassen, als dieser sich erhob, auf seinen Gehstock abstützte und erneut eine weitere Aussprache einforderte.

„Werte Herren, aus diesem Grund bin ich eigentlich gekommen. Da es mir unmöglich erscheint, einen geeigneten Menschen zu finden, der der Sprache des Burschen mächtig ist, will ich von dem Verhör sowie der peinlichen Befragung absehen." Für eine kurze Zeit sah sich der Rat im Recht. Ein dicker Felsen schien Pfarrer Heronimus von den Schultern zu fallen, als er dies vernahm. Aber Institoris war noch nicht fertig. Seine Miene wurde ernst.

„Der Teufel ist noch immer unter Euch, vergiftet Land und Leute. Er lässt Euch, werte Herren, blind werden für Unrecht, Habgier und all die Sünden, die im Buche Gottes niedergeschrieben sind." Nun hatte der Pfarrer genug von all dem Unsinn, mit dem Henricus versuchte, seine Anwesenheit zu rechtfertigen.

„Unterlasst gefälligst die Anschuldigungen unser Gewissen betreffend. Dieser Rat ist rechtschaffend und wird es bleiben. Auch ohne Euer Zutun." Sie wollten sich gerade wieder dem Wesentlichen widmen, da rief Institoris plötzlich lautstark durch den Saal.

„Ich beantrage den Exorzismus des Kaspar Erle." Wie versteinert saßen sie alle an dem langen Tisch.

„Was wollt Ihr?“, fragte Fuchs, der seinen Ohren nicht traute.

„Ich plädiere für einen Exorzismus, werter Herr Ortsvorstand. „Hierbei dürfte ein Familienmitglied anwesend sein, im Gegensatz zu einem Verhör, welches unter diesen Umständen und Euren Widerspruch nicht möglich ist.“ Grübelnd sah sich der Rat an, bevor Laienrichter Horchem seine Meinung kundtat.

„Wir werden über Euer Anliegen beraten. So lange möchte ich Euch bitten, den Saal zu verlassen.“ Sich verneigend tat Institoris, wie ihm geheißen wurde und mit lautem Knall schloss er die Pforte hinter seinem Rücken. Auf dem schlichten Marktplatz drängte er sich durch die Menschenmassen, bis er unverhofft mit einem Mann zusammenstieß. Es war Pasci, der in Begleitung Kolbes den täglichen Rundgang vollzog. Zur Salzsäule erstarrt, stierten sich die Männer an. Schließlich bat Henricus um Verzeihung, ehe er sich auf den Weg zu seiner Unterkunft machte.

„Glaubst du, er hat dich erkannt?“, wisperte Walter und sah zu, wie der Dominikaner in der Menge verschwand.

„Ich denke schon“, erwiderte Giovanni. „Immerhin sind wir keine Unbekannten für den Inquisitor.“ Kolbe griff nach seinem Freund und zischte ängstlich: „Glaubst du, dass er etwas über die letzte Nacht erzählt hat.“

„Ich denke schon. Aber wie kann er dir schaden, wenn er nichts von der Auseinandersetzung mit Rothar weiß. Dein Glück ist, dass sich seine Spur nach dem Verlassen des Hauses verliert. Nun hoffen wir das Beste.“

„Ich bin froh, dass du an meiner Seite bist, Giovanni. Gott möge dich segnen.“ Ein leichtes Grinsen fuhr dem Venezianer über die Lippen und er flüsterte: „Wir beide sind robust, wie Eichen. So ist auch unsere Freundschaft. Unzerstörbar." Zuversichtlich klopfte er Kolbe auf die Schulter. „Lassen wir es damit auf sich beruhen. Jetzt sollte unser Primärziel sein, den Gerbersohn vor Henricus zu schützen." So schlichen die beiden hinter das Rathaus und warteten, bis die Männer mit ihren Beratungen fertig waren. Als Pfarrer Heronimus, Xaver Fuchs und Franz-Josef Horchem hinaus traten, verneigten sie sich höflich. Diese brachten die Freunde auf den neuesten Stand der Dinge. Sie waren schockiert über die Forderung des Institoris einen Exorzismus zu vollziehen.

„Haltet Ihn hin", sprach Walter entschlossen. „Wir müssen den Bischof darüber informieren. Dann sehen wir weiter."

„Wir wollen dem Burschen auf gar keinen Fall Schaden zufügen. Aber, wenn Henricus gute Gründe dafür vorbringen kann, sind uns die Hände gebunden", erwiderte der Laienrichter mit bedrückter Miene.

„Gebt uns ein paar Tage Zeit. Wir werden unserem Bischof sein Anliegen übermitteln. Dann liegt es nicht mehr bei uns darüber zu entscheiden."

„Beeilt Euch. Auch wir müssen den ansässigen Bischof von dem Antrag Henricus in Kenntnis setzen", flüsterte Xaver besorgt. Aber Giovanni merkte, dass die anwesenden Herrn noch etwas anderes bedrückte.

„Doktor Rothar wurde gestern Nacht in einer der Nebengassen kaltblütig ermordet. Wir werden auch hier abwarten müssen, was uns die Spuren sagen", sprach Horchem. Ihm war anzusehen, dass er nicht an einen baldigen Erfolg glaubte.

Sogleich bildeten sich Schweißperlen auf Walters Stirn, die er hastig abwischte, um nicht in den Verdächtigenkreis zu geraten.

„Haltet die Augen offen“, bat Heronimus, worauf die beiden sich verneigten und in einer der engen Gasse verschwanden.

An diesem Abend saß Markus Schilling am Küchentisch. Im Kerzenschein lag das lederne Buch vor ihm auf dem Tisch, in welchem er die Hinrichtungen mit Namen, dem Datum und Vergehen niederschrieb. Mit seiner Feder fügte er Georg Bündner hinzu, als Maria an ihn herantrat und ihre Hand sanft auf seine Schulter legte.

„Wie erträgst du es, jeden in dieses Buch einzutragen, der durch deine Hand sterben wird?“

„Das kann niemand verstehen“, antwortete Markus mit gequältem Lächeln, während er über ihre schmalen Finger strich. „Es bereitet mir Seelenfrieden. Auf diese Weise wird keiner von ihnen, so schwer auch das Vergehen war, in Vergessenheit geraten.“

„Georg Bündner war der Letzte?“, fragte Maria zögernd. Doch ihr Gatte schüttelte betrübt den Kopf. Mit zittriger Hand schlug er die folgende Seite auf und wisperte: „Ich habe Kaspar Erles Name bereits eingetragen.“ Schweigen herrschte zwischen den beiden. Maria wusste, wie sehr Markus dieser Eintrag schmerzte. „Der Junge soll leben. Genauso wie unsere Burschen. Es würde mir das Herz brechen, ihn richten zu müssen. Egal auf welche Art.“

„Das Schlimme ist, du hast keine Wahl“, wisperte seine Frau betroffen. „Du bist lediglich der Vollstrecker.“

„Ich will nicht seinen Namen mit einem Datum versehen müssen. Damit könnte ich nicht leben.“

„Beten wir zu Gott, dass ein Wunder geschieht und die Gesandten des Bischofs dieses Elend abwenden können“, sprach Maria und küsste ihren Gatten auf die Stirn. Der Henker wirkte aufgewühlt.

„Ja“, antwortete Schilling leise und wischte sich die Tränen ab. „Wir beten für ihn.

11. Kapitel

Eine quälend lange Zeit verging. Während die Boten auf eine Nachricht des ansässigen Bischofs, sowie ein Schreiben des Verenus warteten, lief Henricus langsamen Schrittes durch die Gassen. Zu gerne hätte er eine Messe abgehalten, in der er auf die Absichten Luzifers hinwies. Aber dies wurde ihm von Pfarrer Heronimus strikt versagt. So sprach Institoris die Menschen auf der Straße an und predigte, dem Satan zu widersagen. Giovanni und Walter sahen es mit Besorgnis, da niemand wusste, welche Reaktionen auf die Worte des Mönches folgen würden. An diesem Morgen beobachteten die beiden, wie sich der Dominikaner mit einer Gruppe junger Männer unterhielt. Sie wirkten empfänglich für seine mahnenden Worte. Ihre Mienen spiegelten die Zustimmung wider.

„Er versucht Beistand beim einfachen Volk zu finden", zischte Pasci verachtungsvoll.

„Und seine Saat scheint aufzugehen", erwiderte Kolbe. „Sieh dir die Gesichter der Burschen an. Sie glauben ihm. Wenn er noch mehr Gefolgsleute um sich schart, ist es schier unmöglich, den jungen Kaspar zu retten."

„Ist noch keine Nachricht angekommen? Ich denke, dass Bischof Verenus dagegen sein wird, den Burschen einem Exorzismus zu unterziehen." Giovanni stimmte zu, doch sein Gesichtsausdruck deute darauf hin, dass er noch einige Befürchtungen hatte.

„Bislang ist noch kein Entschluss absehbar. Weder der zuständige Bischof, oder Verenus haben sich zu dem Fall geäußert."

„Also warten und beten wir weiterhin."

Zur selben Stunde erreichte ein Überbringer das Anwesen des Bischofs nahe Roms. Schweißperlen liefen über sein Gesicht. Tief durchatmend klopfte er an die schwere Tür, als Verenus verwundert öffnete.

„Was wünscht Ihr, junger Mann?", fragte er neugierig, während ihm der Bote Giovannis Brief entgegenhielt.

„Werter Bischof, ich soll Euch dieses Schreiben mit der Bitte, es dringlich zu behandeln, überbringen."

„Habt Dank", sprach der Bischof und reichte ihm einige Kupfermünzen zur Entschädigung für seine Mühen. Nachdem der Reiter das Grundstück verlassen hatte, schaute Verenus auf den Umschlag, welcher mit dem Siegel der Pascis versehen war. „Das bedeutet nichts Gutes", flüsterte er mit harter Stimme und schloss die Pforte hinter sich. Eilig hallten seine Schritte durch den marmornen Flur. Mit zittriger Hand trennte er das Siegel auf und las, was seine Mitstreiter zu berichten hatten. „Institoris", zischte er aufgebracht und warf seinen Becher Wein scheppernd gegen die Wand. „Dieser Mönch ist wie ein Geschwür, welches man durch keine Arznei heilen kann." Vor Aufregung schlug sein Herz wild in der Brust, als er den Brief weiter las. Das Entsetzen steigerte sich. „Henricus will einen taubstummen Burschen einem Verhör unterziehen? Sogar einem peinlichen Verhör oder einem Exorzismus? Er bezeichnet sich als Diener Gottes, dabei scheint er ein Scherge des Leibhaftigen zu sein." Weiterhin schweifte sein Blick über die Zeilen und die Wut des Bischofs stieg ins Unermessliche. „Wenigstens der Ortsrat stellt sich gegen den Antrag. Damit gewinnen wir Zeit." Doch schon nachdem er drei weitere Sätze gelesen hatte, schien ihn der Blitz zu treffen. Sprachlos schüttelte Verenus den Kopf. Seine Faust donnerte mit voller Wucht auf den Schreibtisch. „Institoris schreckt vor nichts zurück. Nicht einmal vor einem armen Jungen, der vom Schicksal nicht begünstigt wurde. Ein Exorzismus. Selbst bei diesem Geschehen kann Kaspar Erle sterben. Ich muss etwas tun. Und zwar so schnell wie möglich." Umgehend rief er nach seinem Schreiber, welcher den Kollegen aus der Provinz um eine dringende Unterredung bat. Nachdem das Verenussiegel aufgebrochen war, trat der Bischof an seinen verbeulten Kelch heran, hob ihn auf, ehe er ihn erneut mit einem kräftigen Schuss des feinsten Rotweins füllte. Nachdenklich galt sein Blick den Hügeln, welche sich zwischen ihm und der Vatikanstadt befanden. Dunkle Wolken zogen auf, die den Himmel in ein tiefes, furchterregendes Grau tauchten. „Oh Herr, wie lange soll ich den Kampf gegen die Inquisition noch aufrechterhalten? Meine Kräfte schwinden. Die Gebrechen werden zusehends mehr. Gib mir ein Zeichen und ich werde dich nicht enttäuschen." In diesem Augenblick ertönte ein lautes Donnergrollen, gepaart mit einem gleißenden Blitz, der in einen seiner Bäume fuhr. Ehe er auch nur ein Lid schließen konnte, stand das junge Gewächs in Flammen. „Danke. Gütiger Gott. Ich habe das Zeichen verstanden und werde weiterhin in deinem Namen handeln." Er prostete in die Dunkelheit. „Ich bin dein treuer Diener, Herr." Auch bei seinem bischöflichen Bruder, der für den Kreis um Regelsbach zuständig war, gingen am selben Morgen die Schreiben ein.

Doch im Vergleich zu Verenus erhielt dieser drei Schreiben, denen er seine Aufmerksamkeit schenken musste. Der in weinrote Kleidung gehüllte Bischof nahm die Briefe dankend entgegen, bevor er sich in sein üppig ausgestattetes Schreibzimmer begab. Irritiert öffnete er ein Kuvert nach dem anderen. Geschwind las er die Schreiben durch. Ratlos sank der kirchliche Würdenträger in seinem Sessel zurück und starrte auf den grau verhüllten Himmel hinaus. Hin und hergerissen las der Bischof nochmals alle Briefe durch.

„Was soll ich tun?", wisperte der Geistliche nachdenklich. Schließlich beschloss er, sich mit Verenus zu treffen, um das weitere Vorgehen zu besprechen. „Bereitet meine Kutsche vor", sprach er zu seinem Diener, welcher ihm gerade einen Kelch Wein brachte. Mit einer zuvorkommenden Verbeugung gehorchte der Bedienstete seinem Herrn. Bereits eine Stunde später war alles für die Reise des Hochwürden vorbereitet. Danach bestieg er das Gefährt und machte sich auf den Weg, den geistigen Bruder zu treffen.

Weitere Tage und Nächte vergingen, bis der alte Bischof den Sitz des Verenus erreichte. Wie ein wildes, eingesperrtes Tier, lief Verenus auf dem Balkon seines Anwesens herum. Er schien aufgeregt, als die Kutsche die grobe Schotterpiste hinauf kam. Nervös stand der Gegner der Inquisition da und warte auf das Aussteigen des Bischofs. Nachdem der betagte, an Gelenksschmerzen leidende, Bruder die Kutsche, samt seinem Stock, verlassen hatte, trat Verenus näher. Ohne Worte, sondern mit einem Lächeln, stützte er ihn die breiten Stufen hinauf, bis zum Eingang seiner pompösen Unterkunft. Die beiden Amtsträger küssten sich auf die Wangen, bevor Verenus dem Hochwürden sein Schlafgemach zuwies. Mit einer wohlwollenden Geste sprach er leise: „Tretet ein, werter Bischof. Fühlt Euch wie zuhause", fuhr der, dem Papst nahestehende, Christ fort. „Ich hoffe, dass ich Euch nicht die kostbare Zeit raube, Eure wichtigen Entscheidungen zu treffen“, sprach Verenus, während er mit dem Geistlichen, nach einer Weile, das Arbeitszimmer erreichte. Dankend nahm derb Gats auf einem bequemen Stuhl gegenüber seines Schreibtisches Platz.

„Eure Anwesenheit ist keine Überraschung, werter Bischof“, flüsterte Verenus ernst, während er einen Becher Wein reichte. „Ich denke, Ihr habt von dem Vorhaben des Institoris gehört.“

„Gewiss. Das ist der Grund meines Erscheinens. Was haltet Ihr davon? Henricus Institoris hat viele Erfolge vorzuweisen. Ebenso ist die Zahl an Verurteilungen aufgrund seiner Verhöre bemerkenswert.“

„Lasst Euch nicht in die Irre führen“, erwiderte Verenus. „Seine Predigten fußen auf der Angst der Menschen. Er versucht durch die angebliche Anwesenheit des Leibhaftigen, die eigene Persönlichkeit zu heben. Henricus ist ein selbstsüchtiger, alter Mann, der sich in seiner verbleibenden Lebenszeit in die Geschichtsbücher einschreiben will.“ Der Bischof des Nordens wirkte nicht überzeugt.

„Ich weiß nicht“, flüsterte er und sah zum Fenster hinaus, wo die kurz geschnittenen Bäume schon ihr buntes Laub fallen ließen. „Immerhin beruft er sich auf die von Papst Innozenz erstellte Summis desiderantes affectibus.“ In Verenus stieg allmählich die Wut hoch, welche er versuchte zu unterdrücken. Hastig nahm er einen weiteren Schluck, ehe er fortfuhr.

„Der heilige Papst weilt nicht mehr unter uns. Darum ist seine Abhandlung, auf die sich der Mönch beruft, null und nichtig.“

„Aber der neue, heilige Vater, Papst Julius der Zweite, hat sich mit keinem Wort dagegengestellt. Auch nicht sein Vorgänger Pius der Dritte", merkte der Bischof an. Doch er erntete nur entsetztes Kopfschütteln.

„Nie zuvor hat ein gewählter Papst die Verordnungen seines Vorgängers in Frage gestellt. So auch nicht Papst Julius. Da ich dem heiligen Vater als Berater zur Seite stehe, kann ich Euch sagen, dass er den Summis toleriert, aber in keiner Weise dahinter steht." Schweigen herrschte zwischen den beiden Kirchenoberhäuptern, bis Verenus Gegenüber leise weitersprach.

„Was wollt Ihr nun? Immerhin hat Henricus sich von der Idee des Verhörs abgewandt und strebt nun einen Exorzismus des Burschen an."

„Ihr wisst um die Taubstummheit des Kaspar Erle? Von dem jungen Gerber geht keinerlei Gefahr für die Gesellschaft aus. Ohne sie, werde ich auf keinen Fall einer solchen Austreibung zustimmen. Wenn Kaspar Erle Aufregung widerfährt, ist ein erneuter Anfall vorhersehbar."

„Wer hat Euch diese Information gegeben?" Verenus stand auf und ging zum Fenster. Die Hände hinter dem Rücken verschränkt starrte er hinaus.

„Das tut nichts zur Sache. Ich habe meine Quellen."

„Ich weiß, dass Ihr schon lange gegen den Dominikaner kämpft."

„Kampf ist das falsche Wort, Hochwürden", antwortete der papstnahe Bischof angespannt. „Er setzt sich über die Gebote unseres Herrn hinweg. Das kann ich nicht dulden."

„Nichtsdestotrotz habt Ihr mich nicht überzeugt. Ich werde Henricus die Erlaubnis geben, den Gerbersohn einem Exorzismus zu unterziehen. Denn auch ich versuche meine Schafe vor den bösen Mächten zu schützen." Daraufhin griff Verenus in die oberste Schublade seines Schreibtisches, zog ein vorgefertigtes Schreiben hervor und legte ein kleines Stoffsäckchen daneben. Die beiden sahen sich entschlossen an.

„Wenn Ihr dies unterschreibt, gehört der Inhalt dieses Beutels Euch." Neugierig zog der Bischof die Schnur auf und schaute mit einem Lächeln auf den Inhalt.

„Damit unterstreicht Ihr Eure Meinung, Bischof Verenus. Gebt mir einen Kiel und ich unterzeichne." Mit der Signatur des Geistlichen war die Sache besiegelt. Erleichtert über diese Entscheidung bat Verenus den Hochwürden zum Abendessen zu. Dieser nahm das Angebot gerne an. So unterhielten sich die beiden Würdenträger bis zum Sonnenaufgang.

Nicht wissend, was ihn erwarten würde, erwachte Henricus in seinem Bett. Die Helligkeit dieses Morgens trieb ihn auf. Er hatte das Gefühl, einen Strick um den Brustkorb zu haben, welcher sich immer fester zuzog. Schwer atmend öffnete der Mönch den Fensterladen, sodass die frische, kühle Herbstluft die Lungen füllte. Seine Gedanken kreisten plötzlich mehr um seine Gesundheit als alles andere. Hustend sah er wie sich trotz der frischen Brise die Straßen stetig füllten. Mit heiserer Stimme sprach er zu sich selbst.

„Wie lange soll ich noch abwarten, damit mich der Bischof unterstützt? Ich werde mich über sie alle hinwegsetzen müssen und so meinen Status erhalten." Körperlich geschwächt, trat Henricus aus der Tür der Unterkunft hinaus. Ihm machte das Wetter normalerweise nichts aus. Selbst zu herbstlichen Verhältnissen, mit Regen und Wind, ging er mit Sandalen. Doch in diesen frühen Stunden schmerzte ihn die grimmige Kälte. „Jeder Tag, ist ein verlorener, bis endlich die Nachricht kommt, dass ich mit dem Exorzismus beginnen kann", flüsterte Institoris, während seine Füße sich allmählich an den Zehen blau färbten. Bange Tage verstrichen, bis er endgültig genug von der Untätigkeit des Rates hatte. Voller Zorn über die Missachtung seiner Person, platzte der Mönch erneut in die Stadtratssitzung und machte seinem Unmut Luft.

„Ihr werten Herren", raunte seine inzwischen heisere Stimme durch den Saal. Schweißperlen liefen über seine Stirn, begleitet von einem starken Hustenreiz. „Ich will nun erfahren, wie Eure Entscheidung lautet." Schweigend sahen sie den Inquisitor an, als Heronimus auf einmal das Wort ergriff.

„Henricus Institoris, Ihr seht nicht gut aus. Habt Ihr Euch schon ärztlich untersuchen lassen?"

„Nein, Pfarrer Heronimus. Macht Euch um mich keine Gedanken. Es geht mir gut. Doch wie ist es um meinen Antrag bestellt?" Xaver Fuchs schüttelte den Kopf, ohne dem Geistlichen ins Antlitz zu schauen. Ihm war anzusehen, dass allein schon die Anwesenheit des Mönches ihm missfiel.

„Wir haben diesbezüglich noch keinen Beschluss gefasst. Ich bitte Euch daher noch ein wenig Geduld aufzubringen. Ich kann Euch nur sagen, dass wir alles erdenklich Mögliche in die Wege geleitet haben. " Entschlossen hinkte Henricus an die Herren heran und zischte: „Worauf wartet Ihr? Dass der Teufel endgültig die Macht über den Ort ergreift?" Nun mischte sich der Laienrichter ein.

„Euer Druck auf eine Entscheidung unsererseits verpufft, werter Inquisitor. Erst wenn das Schreiben unseres Bischofs eintrifft, werden wir über weitere Schritte beraten."

„Ihr wisst nicht, was Ihr tut", raunte Henricus, den plötzlich ein starker Hustenanfall außer Gefecht setzte. Dieser war von solchem Ausmaß, dass der gesamte Rat ihm zur Hilfe eilte und den neuen Arzt herbeirief. Minuten erschienen den Mitgliedern, wie Stunden. Ein Stein fiel ihnen allen vom Herzen, als der Doktor endlich die Räumlichkeiten erreichte. Sofort machte er sich ans Werk. Er stützte den Kopf des Inquisitors, maß den Puls und schaute nach Henricus Bewusstseinszustand.

„Er hat eine Lungenentzündung", sprach Doktor Schweiger und sah den Rat entsetzt an. „Gerade bei diesen kühlen Temperaturen ist dichtes Schuhwerk gefragt. Ebenso ein schwerer Mantel, der ihn vor den Witterungen schützt. Es ist von Nöten, dass er umgehend Bettruhe einhält. Um die Medikation werde ich mich noch heute kümmern."

„Danke, Herr Doktor", wisperte Fuchs, der angesichts dieses Ereignisses einem Nervenzusammenbruch nah war.

„Sein Zustand ist stabil. Doch haltet den Geistlichen dazu an, etwas kürzer zu treten. Immerhin ist er nicht mehr der Jüngste und jede Anstrengung kann sein Leben im nächsten Moment auslöschen."

„Eure Meinung ist uns sehr willkommen. Wir werden uns um sein Wohl sorgen. Das verspreche ich Euch", fügte Heronimus hinzu, während er seinen Feind stützte. Nachdem der Mediziner den Saal verlassen hatte, wandte sich Fuchs dem Dominikaner zu. Mit ernster Miene richtete er nochmals den Appell gegen Henricus, sodass dieser aufgrund seines Gesundheitszustandes von der Verfolgung des Gerbersohns absehen sollte. Institoris hingegen war wild entschlossen, den Fall zu einem Abschluss zu bringen. Entschlossen richtete er sich auf, stützte sich auf seinen Gehstock und sprach: „Eure Hilfe ist mir nicht von Nutzen. Mein Zustand sollte zweitrangig sein, wenn der Satan unter Euch weilt."

„Ihr sprecht im Fieberwahn", erwiderte Horchem und hielt ihn auf den Beinen. „Noch ein letztes Mal, werter Institoris. Der junge Gerber wird sich keinem Verhör stellen und euer Antrag auf einen Exorzismus muss erst von unserem Bischof genehmigt werden. Damit sind für uns vorerst alle Punkte vom Tisch. Nun geht und ruht Euch aus." Als Henricus wieder festen Stand hatte, drehte er sich um und humpelte auf die Pforte zu.

„Wenn Ihr nicht über Euren Schatten springen könnt, werde ich für das Notwendige sorgen. Ich lasse mir von Eurem Rat die Wichtigkeit meiner Arbeit nicht absprechen." Voller Wut hinkte Institoris, hustend, hinaus und ließ den Rat nachdenklich zurück.

„Er wird sich den Tod holen", sprach Franz-Josef das aus, was der Rest der Anwesenden auch befürchtete.

„Daran können wir nichts ändern", raunte Fuchs kopfschüttelnd. „Der Mönch ist in einer solchen Macht gefangen, er sieht nur noch ein Ziel. Nämlich Kaspar Erle körperlichen und seelischen Schaden zuzufügen." So ließen sie ihn seiner Wege gehen, ungeachtet dessen, was er noch im Schilde führte.

„Was tun wir jetzt?", fragte der Pfarrer, dem angesichts der Lage ein gewisses Unwohlsein nicht abzusprechen war.

„Solange kein eindeutiges, schriftliches Zeichen unseres Bischofs eintrifft, kann der Bursche nicht belangt werden. Wollen wir auf das Beste hoffen." So vergingen weitere Tage, in denen niemand ahnte, wie es weitergehen würde. Auch Henricus verlor allmählich die Geduld. Es war ein frischer, kalter Herbstmorgen, als der Inquisitor durch die Straßen des Ortes lief.

Die Luft hatte sich deutlich abgekühlt, sodass das Laufen in schlichten Sandalen, in Verbindung mit der Gicht, zur Qual wurde. Immer wieder sah er auf seine Zehen hinab, welche sich zusehends bläulich verfärbten.

Verflucht. Ich bin nicht mehr der Jüngste. Das wird mir nun schmerzhaft bewusst. Die Gicht und der Knochenschwund zollen ihren Tribut. Ich muss wieder in meine Unterkunft zurückkehren oder mich im Gasthof aufwärmen. Diese Bedingungen bedeuten für einen alten Mann wie mich den sicheren Tod.

Da die Taverne ihm am nächsten lag, kehrte er dort ein. Zitternd wie Espenlaub nahm Henricus an einem der langen Tische Platz. Es herrschte Leere. Weder einer der Tagelöhner, die sich ein Bier erbettelten, noch die hart arbeitende Gesellschaft war anwesend. So bestellte er sich eine warme Hühnerbrühe. Dies schien ihm der beste Augenblick, um über das weitere Vorgehen nachzudenken. Die unheimliche Stille unterstützte die kruden Gedanken. Löffel um Löffel wanderte in seinen Mund. Als die Schüssel fast aufgegessen war, nahm er wahr, wie sich zwei Fremde unterhielten. Ihrem Gespräch war zu entnehmen, dass in den kommenden drei Tagen der Rat nicht im Ort sei. Diese Möglichkeit konnte er sich nicht entgehen lassen. So sprang Institoris plötzlich auf, gab dem nun schon bekannten Wirt eine Münze und verließ hastig das Gasthaus. Selbst der grimmige Wind schien ihn nicht mehr zu berühren. Nur wenig Zeit verging, bis er endlich seine neue Unterkunft erreichte. Nahe der Ortsgrenze betrat Henricus eilig das schlichte Gebäude der ansässigen Schlachterfamilie. Wortlos hinkte er an der Dame des Hauses vorbei, hinein in sein winziges Zimmer, das sich am Ende des Ganges befand. Schnell legte Henricus seinen Stock zur Seite, zückte einige Seiten Papier und begann Schreiben zu verfassen, die ein erwartetes Vorankommen ermöglichen sollten. In diesen

Abendstunden fälschte er die Briefe des ansässigen Bischofs sowie die der Stadträte. Es dauerte eine Weile und letztendlich fälschte er auch die Signaturen.

Ich muss so handeln. Ansonsten gibt es nie im Leben einen Erfolg. Ich will den Exorzismus des jungen Gerbers. Sonst war meine investierte Zeit pur verschwendet.

In dem Wissen, dass er sich von nun an über das Gesetz erhob, schloss er die Umschläge, versah diese mit einem schlichten Siegel und steckte sie ein.

Wenn ich ein Ablenkungsmanöver starte, fällt niemandem auf, dass die Siegel gefälscht sind.

So sank Institoris demütig auf die Knie und betete zu seinem Herrn.

Schon morgen werden wir sehen, ob deine mächtige Hand diesen verdorbenen Ort führt, oder es schon zu spät ist, die armen Seelen zu retten. Ich bin dein bedingungsloser Diener, oh Herr. Lass mich in deinem Namen erfolgreich sein. Amen.

Der folgende Tag schien nichts Gutes zu verheißen. Ein eisiger Wind wehte durch die Gassen, wie auch durch die Wälder, die sich um Regelsbach herum erstreckten. Das bunte Laub fiel mit jeder Böe langsam zu Boden, sodass nur noch die kahlen Gerippe übrig blieben. Aus den dichten, tiefgrauen Wolken regnete es in Strömen. Auch das nahegelegene Flüsschen trat schon bald über die Ufer. Nicht ahnend, was schon bald auf sie zukommen würde, gingen die Erles ihrer Tätigkeit nach. Während Armin am Rande des Gewässers Felle und Häute reinigte, waren seine Gattin und Kaspar damit beschäftigt, die bereits gereinigten an den Leinen der Halle aufzuspannen. Aus den Augenwinkeln bemerkte der Gerber, wie sich vier Wachen der Ortschaft über den schlammigen, aufgeweichten Weg näherten. Aufgeschreckt durch deren Anwesenheit, ließ Armin alles stehen und liegen. Mit pochendem Herzen rannte er zu seinem Haus. Mittlerweile hatten sich die Wachen Eintritt verschafft und sahen sich hastig um. Schwer atmend erreichte der Gerber das Gebäude, ehe die Angestellten des Ortes ihrer Verpflichtung nachgehen konnten. Aufgebracht betrat er den Trockenschuppen und sah dem Hauptmann direkt in die Augen, während seine Familie erschrocken, regungslos dastand.

„Was wollt Ihr?", fragte Armin Erle entschlossen und stellte sich mit breiter Brust den Uniformierten entgegen. Schweigend öffnete der Beamte den Umschlag und zog das angebliche Schreiben hervor.

„Wir werden Euren Burschen, Kaspar Erle, aufgrund dieses Befehls, in Haft nehmen."

„Nein. Das kann nicht sein", erwiderte Hermine, der bereits die Tränen der Verzweiflung in den Augen standen. Ohne zu zögern, stellte sich Armin vor seinen Sohn, als sich der erste der Wachen mit den kalten, eisernen Fesseln dem Jungen näherte. Mit einem schnellen Griff nahm der Vater sein Ausweidemesser hervor und hielt es der Wache entgegen. „Ihr werdet meinen lieben Sohn nur über meine Leiche mitnehmen. Habt Ihr mich verstanden?" Der Offizier hatte Verständnis für die Situation und hielt seinen Mann zurück.

„Werter Herr Erle", sprach der große Mann auf ihn ein. „Es tut mir in der Seele weh, Euch dies antun zu müssen. Aber ich habe einen Befehl und dem werde ich folgen müssen." Mit trauriger Miene übergab er Armin den gefälschten Haftbefehl. „Seht Ihr. Alles hat seine Richtigkeit." Damit wollte sich der Gerber nicht zufriedengeben. Also schob er seinen Jungen ein Stück zurück.

„Ich glaube Euch kein Wort."

„Herr Erle, es ist meine dienstliche Anweisung. Dieser kann ich mich nicht verweigern." Kopfschüttelnd gab der Vater keinen Meter nach. So fragte er, welches Mitglied diesen unterschrieben hatte.

„Es waren Herr Xaver Fuchs und der Laienrichter Franz-Josef Horchem." Da er deren Signaturen nicht kannte, weigerte sich Armin, seinen Sohn einfach den Wachleuten zu überlassen.

„Ich werde um meine Familie kämpfen wie ein Löwe. Also lasst meinen Jungen, wo es ist. Ihr wisst nicht, welchen Schaden Ihr damit anrichten würdet."

„Der Rat ist außer Orts", antwortete die Hauptwache. „Überlasset mir bitte den Jungen. Ihm wird kein Haar gekrümmt werden. Dafür stehe ich ein." Zähneknirschend stimmte der Gerber zu, was seiner Frau das Herz brach. Vorsichtig schob er seinen Sohn nach vorne. Bei Hermine brachen sämtliche Gefühle hervor, als ihr Junge sich in Ketten umdrehte und sie angstvoll, fragend anstarrte.

„Was geschieht nun?"

„Das weiß ich nicht. Er wird auf jeden Fall Henricus Institoris überstellt. In diesem Augenblick wird auch Meister Schilling informiert. Er wird morgen zugegen sein." Hilflos musste das Ehepaar mit ansehen, wie ihr Junge in Begleitung der Wachen das Grundstück verließ. Beim Blick zurück liefen dem Burschen die Tränen über die Wangen. Seine Miene zeugte von fürchterlicher Angst. Hermines Ehemann versuchte, ihren letzten Funken Mut aufrechtzuhalten.

„Mach dir keine Sorgen", wisperte er leise und drückte seine Hermine nahe an sich heran. „Bei Sonnenaufgang werde ich alles in Bewegung setzen, dass unser Junge heil zurückkehrt." Während die Männer hinter der

Kuppe verschwanden, klopfte es bereits heftig gegen die Pforte des örtlichen Henkers. Schilling öffnete und schien verwundert, als er in die ernste Miene des Mönches schaute.

„Was wollt Ihr, Henricus Institoris?“

„Der Exorzismus des Kaspar Erle wurde genehmigt. Nun brauche ich Eure Unterstützung.“ Ablehnend verschränkte der Scharfrichter die Arme vor seiner starken Brust und schüttelte den Kopf.

„Ich werde keinen Finger rühren, ohne die Anweisung des Ortsrates“, sprach Markus entschlossen. Doch mit einem Lächeln übergab Institoris das gefälschte Schreiben und wartete auf eine Antwort. Sprachlos überflog der Henker die Anordnung. Er konnte diese plötzliche Meinungsänderung des Rates nicht glauben. Blitzschnell zerknüllte es Markus und zischte: „Keinesfalls hat Pfarrer Heronimus, Herr Fuchs oder Richter Horchem diesem barbarischen Tun zugestimmt.“

„Ihr könnt es schließlich selbst lesen“, sprach Heronimus mit zynischer Stimme. „Oder seid Ihr des geschriebenen Wortes nicht mächtig?“

„Wollt Ihr mich einen Narren nennen? Davon rate ich Euch ab.“

„Wie auch immer. Der Rat ist nicht im Ort und hat mir hiermit die Erlaubnis erteilt, den jungen Gerber einem Exorzismus zu unterziehen. Kann ich mit Eurer Hilfe rechnen? Wenn nicht, wird das kein gutes Licht auf Euch werfen.“ Zögernd stand Schilling im Türrahmen. Die Unsicherheit über diesen schnellen Sinneswandel, insbesondere von Pfarrer Heronimus, ließ ihn zweifeln. Aber nichts an diesem Schreiben wies auf eine Fälschung hin. So nickte der Henker zähneknirschend und fragte, wann der Mönch mit dem Prozedere beginnen wollte.

„Der Bursche ist seit wenigen Stunden in Haft. Ich will noch bis zum nächsten Morgen warten. Immerhin bedarf dies noch einiger Vorbereitung."

„Also gut. Ich will hoffen, dass alles mit rechten Dingen zugeht." Daraufhin verneigte sich Henricus und bewegte sich humpelnd, schwer atmend, in Richtung der Straße. Markus sah nicht sein zufriedenes Grinsen. Nachdem der Dominikaner sein Grundstück verlassen hatte, wandte sich Schilling um und rief nach seiner Frau, die sofort, in Begleitung ihrer Söhne, erschien. Zusammen nahm die Familie an dem kleinen Esstisch Platz, wo Markus die schlechten Nachrichten überbrachte. Maria schüttelte den Kopf.

„Ich glaube ihm kein Wort. Unser Pfarrer hätte dem nie im Leben zugestimmt."

„Es besteht aber kein Zweifel an der Echtheit", erwiderte ihr Gatte und sah in die betrübten Gesichter seiner Familienangehörigen. „Sie alle haben ihre Signatur darunter gesetzt und es war mit einem Stempel beglaubigt."

„Sei auf der Hut", fügte Leonhard hinzu. „Warte lieber ab, bis der Rat wieder im Ort ist. Ich würde mich ihrer Absichten versichern, ehe du etwas falsches tust." Voller Stolz sah er seinen Ältesten an.

„Du bist wahrscheinlich weiser, als ich es jemals sein werde. Doch ich kann mich dem Befehl nicht widersetzen. Auch wenn es mich vor Schmerz zerreißen wird." Ratlos saßen die Schillings beieinander und berieten Markus nächste Schritte, während Walter und Giovanni nervös die Ankunft des Boten erwarteten. Kolbe lief auf und ab. Pasci hockte auf seinem Strohbett, von wo aus er eine freie Sicht auf die Hauptstraße hatte. Die Nervosität seines Kameraden schien den Venezianer in den Wahnsinn zu treiben.

„Setz dich endlich hin", raunte er Walter an. „Du raubst mir noch meinen letzten Nerv." Demonstrativ nahm er neben seinem Freund Platz.

„Recht so, werter Herr?"

„Wir sollten nicht streiten", wisperte Walter, dessen Blick weiterhin der Straße galt. „Der Bote müsste jeden Moment erscheinen."

„Ja. Besser wäre das", erwiderte Giovanni, der seinem Freund nicht böse sein konnte. Auch in ihm stieg die Anspannung. „Ohne den Brief der Bischöfe sind uns die Hände gebunden." Er hatte den Satz noch nicht beendet, da drangen schon die lauten Hufschläge schallend zu ihnen heran. Der Bote brachte sein Pferd vor der Taverne zum Stehen, sprang herab und band es eilig fest. Wie vom Blitz getroffen, sprang Kolbe auf.

„Es ist so weit", zischte er zitternd und rief, während er das Zimmer verließ: „Ich bin gleich wieder da." Vom Fenster aus beobachtete Pasci die Übergabe des allzu wichtigen Dokuments. So schnell wie Walter vor dem Gasthaus war, verschwand er auch wieder. Ein Schreck durchfuhr Giovannis Glieder, als sich sein Kamerad schließlich gegen die Tür warf und diese quietschend aufsprang. Ein breites Lächeln zierte sein Gesicht. „Hier ist es." Pasci machte drei Schritte und nahm ihm den bischöflichen Befehl aus den Händen. Ein breites Lächeln stahl sich auch auf seine Lippen und er flüsterte: „Tatsächlich. Verenus hat es geschafft. Ihre beiden Unterschriften zieren den Brief. Nun müssen wir nur noch auf die Rückkehr der Ortsvorsteher warten." Gefangen zwischen Zuversicht und Angst, dass doch noch etwas schief gehen könnte, setzten sich die beiden zusammen und berieten ihre nächsten Schritte. „Dies wäre ein weiterer Schlag gegen Henricus. Ich wünschte, wir könnten ihn so bloßstellen, dass er mit seinen kruden Meinungen keinen Fuß mehr auf den Boden bekommt."

„Dein Wunsch ist auch der Meine. Allerdings müssen wir warten, bis der Rat wieder anwesend ist."

„Henricus sind die Hände gebunden. Er kann nichts tun, ohne die Entscheidung, welche aufgrund dieses Briefes fast unmöglich wird", antwortete Pasci zuversichtlich und nahm seinen besten Freund glücklich in den Arm. Niemand ahnte, was der Mönch schon in die Wege geleitet hatte. So gönnten sich die beiden ein gutes Essen und einige Becher frischen Bieres, ehe sie sich zur verdienten Ruhe begaben.

Am nächsten Morgen schien die Sonne keinerlei Licht zur Erde zu werfen. Triste Dunkelheit umgab den Ort und der grimmige Herbstwind sorgte dafür, dass viele Fensterläden geschlossen blieben. Pasci und Kolbe beschlossen an diesem Morgen einen Rundgang durch die Gemeinde zu unternehmen. In dem Gedanken, das Recht auf ihrer Seite zu haben, schritten die Freunde über den Marktplatz, als plötzlich eine laute Frauenstimme ihre Namen rief. Es war Hermine Erle, die zu ihnen stürmte und erneut in Tränen ausbrach.

„Gut, dass ich Euch endlich treffe", wisperte sie, außer sich vor Sorge. Giovanni nahm sie in den Arm, um Frau Erle zu beruhigen, während Walter fragte, was geschehen sei. „Sie haben meinen Jungen geholt." Wie versteinert standen die Freunde vor ihr. „Henricus Institoris hat veranlasst, dass Kaspar in Haft genommen wird und einem Exorzismus unterzogen wird." Walter schaute irritiert und zückte den Brief des werten Bischofs. Geschockt hielt er den Brief in den Händen und sprach: „Das kann nicht sein. Hier sind die besiegelten Unterschriften unseres Verenus und die des ansässigen Bischofs, die hiermit jeglichen Akt gegen Euren Sohn verbieten. Der Junge hat nichts getan, was diesen Akt rechtfertigen würde-"

„Aber er sitzt in Haft", flüsterte Hermine.

Giovanni nahm die zarte Frau bei den Schultern und sprach: „Macht Euch keine Sorgen. Wir werden um die Freilassung Eures Sohnes kämpfen." Danach wandte er sich Walter zu. „Irgendetwas ist hier im Argen. Wir haben die Bestätigung. Also, was zur Hölle, geht hier vor?" Walter ahnte sofort, was geschehen war. Er griff nach Pascis Mantel und zog ihn hinterher.

„Wir müssen so schnell wie möglich mit Schilling sprechen. Vielleicht können wir noch das Schlimmste verhindern." Im strömenden Regen eilten sie zum Haus des Henkers. Aber dort trafen sie nur Maria an, die betroffen drein schaute, da sie wusste, warum die Männer hier erschienen. Schwer atmend standen Giovanni und Walter vor ihr. Der Regen prasselte auf ihre Köpfe nieder.

„Ist Euer Mann zu sprechen?", fragte Kolbe zuvorkommend, erntete jedoch nur ein Kopfschütteln.

„Er ist bei Henricus Institoris, um ihn bei dem Exorzismus des jungen Erle zu unterstützen." Sprachlos starrten die beiden Frau Schilling an.

„Wie kann das sein? Er hat keinerlei Genehmigung dazu."

„Doch, Herr Kolbe. Der Mönch war höchstpersönlich hier und zeigte uns das Dokument, unterschrieben von den Ratsherrn des Ortes." Schnell zog Pasci das Original aus der Tasche und sprach: „Seht hier. Das ist der wahre Entschluss. Abgezeichnet von dem ansässigen Bischof sowie Bischof Verenus."

„Beeilt Euch. Ihr müsst dem Jungen helfen", sprach Maria aufgeregt. Doch da befanden sich die Boten bereits auf dem Weg zur Straße. Schnell rannten sie zu dem Gebäude, in welchem die Folterräumlichkeiten waren. Inzwischen hatte Markus Kaspar in den Kerkerraum geführt. Der Bursche zitterte wie Espenlaub, als er die grimmige Miene des Inquisitors sah. Henricus wies den Scharfrichter an, Kaspars Hände und Füße auf dem Foltertisch festzubinden. Schweigend gehorchte Schilling, obwohl sich jede Faser seines Körpers dagegen sträubte. Während er der Anweisung Folge leistete, wischte sich Henricus die fiebrigen Schweißperlen von der Stirn. Ein plötzlicher Hustenreiz des Mönchs verzögerte den Exorzismus. Schilling trat an ihn heran und reichte dem Geistlichen einen Becher Wasser, den er dem Meister wütend aus der Hand schlug.

„Wollt Ihr mich mit diesem Dreck vergiften?", hauchte Institoris schwer atmend. „Lasst mich beginnen." Er schlug seine Bibel auf. „Hiermit werde ich deinen Geist reinigen und von allem Bösen befreien, welches in dir ruht, mein Sohn." Sein Daumen streifte durch einen Kelch voller Asche, mit der der Dominikaner ein Kreuzzeichen auf Kaspars Stirn zeichnete. Im selben Augenblick wurde das Zittern des Jungen stärker und der ganze Körper zuckte in wildem Takt. „Weiche von diesem Jungen, Satan. Weiche", brüllte der Inquisitor mit heiserer Stimme, bevor er das Vater Unser sprach. Schilling stand wie versteinert daneben, als plötzlich die schwere Pforte aufsprang und die Gesandten des Verenus hinein stürmten.

„Lasst von dem Jungen ab", schrie Walter den Mönch an, während Giovanni ihn von hinten griff und ein Stück vom Tisch entfernte. Ungeachtet dessen fuhr Henricus mit seinen Psalmen fort. Unterdessen löste Walter die Fesseln des Burschen und versuchte ihn in seinem Anfall ruhig zu halten. Im selben Augenblick wandte er sich dem Scharfrichter zu, der immer noch geschockt daneben stand.

„Geht, Meister Schilling. Zwei Wachen sollen den Mönch unter Arrest stellen." Ohne ein Wort zu verlieren, verschwand der Henker. Giovanni hielt Henricus fest, doch jegliche Ansprache war vergebens. Er schien in seiner eigenen Welt zu weilen. Er sprach ein Gebet nach dem anderen, bevor seine Stimme ihn verließ.

„Walter, ich befürchte, Institoris spricht im Fieberwahn. Seine Stirn glüht."

12. Kapitel

Nachdem sich Kaspars verkrampfter Körper in Walters Armen allmählich entspannte und der Junge wieder zur Besinnung kam, erschien bereits Markus Schilling in Begleitung zweier Ortswachen. Die Männer wussten zunächst nicht, was sie tun sollten, als sie in das Chaos vordrangen. Erst Kolbe konnte Licht ins Dunkel bringen. Vorwurfsvoll wies er auf den Mönch, der kurz davor stand, ohnmächtig zu werden.

„Nehmt diesen Mann in Haft." Zögerlich schauten sich die Wachen an, bis einer von ihnen antwortete: „Werter Herr, es handelt sich um einen Geistlichen. Ich weiß nicht, ob ich das tun sollte." In der Angst gefangen, sich durch sein Tun, den Zorn Gottes zuzuziehen, trat er ein Stück zurück. Doch Walter ließ nicht locker und brüllte die beiden an, während er den Jungen weiterhin in seinen Armen hielt.

„Setzt den Dominikaner wenigstens unter Arrest. Er hat diesen Burschen einem Exorzismus ausgesetzt und das unter falschen Voraussetzungen."

„Was meint Ihr damit?"

„Henricus Institoris hat mit der Fälschung von wichtigen Dokumenten Kaspar Erle schaden wollen. Die Handlung war nur in seinem eigenen Interesse und nicht zum Wohle der Allgemeinheit. Lest die Anweisung des ansässigen Bischofs, welche dieser höchstpersönlich unterzeichnet hat." Die Wache nahm das Schreiben entgegen und überflog die Zeilen.

„Ja, dies ist echt. Doch lasst mich auch die Fälschung in Augenschein nehmen." Daraufhin griff Pasci in die Tasche des Dominikaners und zog die selbstgeschriebenen Urkunden hervor. Mit nervöser Hand übergab er diese an die Wache, hielt jedoch gleichzeitig Henricus fest gegen die Wand gepresst. Nun las sich der Wachmann die Schreiben durch, ehe er die Signaturen verglich. Die des Bischofs stimmte in keiner Weise überein. Da er die Unterschriften der Ratsmitglieder gut kannte, fiel ihm auch ohne ein Original in Händen zu halten die Nachahmung sofort ins Auge. Er wandte sich zu seinem Kameraden und befahl ihm, den Inquisitor in Ketten zu legen. Als dieser den ersten kalten Stahl um dessen Handgelenke legte, fuhr ihn Institoris mit heiserer, furchterregender Stimme und weit aufgerissenen Augen an.

„Ihr stinkenden Maden. Gott wird Euch mit aller Härte strafen, denn ich bin der Auserwählte. Sein mächtiges Schwert, welches des Herrn Volk von allem Bösen reinigt. Ihr werdet Euch an diese Tat erinnern, wenn der Teufel in Eure Häuser kommt und seine Klauen in das Fleisch Eurer Familien schlägt. Ich bin die vollstreckende Hand des Allmächtigen." Giovanni stieß ihn zur Wache hin, die Institoris übernahm.

„Lasst Euch kein schlechtes Gewissen einreden", fuhr der Venezianer fort. „Dieser Mann handelt nicht im Namen des Herrn, sondern nur in seinem eigenen Interesse, wie auch dem eigenen Wohl."

„Wir werden uns um ihn kümmern. Der werte Mönch wird in Gewahrsam bleiben, bis der Rat zurückkehrt. Dieser wird in einer Anhörung über das Vergehen entscheiden."

„Ein Arzt soll sich seinem Fieber annehmen", fügte Walter hinzu. Ein Nicken der Wache reichte. Weiterhin

Gebete sprechend, wurde der Mönch abgeführt. Auch Schilling fiel ein Stein vom Herzen, angesichts der Ereignisse. Langsam schritt er zu Walter, strich Kaspar über den Kopf und lächelte glücklich. Tränen liefen über seine Wangen. Sie verschwanden schließlich in dem dichten Bart.

„Ich bin heilfroh, dass dieser Kelch an mir vorüberging. Dank Euch." Walter half dem Gerbersohn auf.

„Ihr habt nichts falsch gemacht, Meister Schilling. Wir sind ebenso erfreut, dem Wahnsinn Einhalt geboten zu haben", erwiderte Giovanni, der dem Scharfrichter freundschaftlich die Hand auf die Schulter legte.

„Was wird nun geschehen?", fragte Markus neugierig.

„Der Rat wird sich mit ihm befassen. Ich glaube, dass Henricus lediglich der Gemeinde verwiesen wird. Natürlich mit einem Verbot, jemals wieder einen Fuß in Euren schönen Ort zu setzen."

„Ich kann es immer noch nicht glauben. Hoffen wir, dass Ihr Recht behaltet und ich nie mehr einer solchen Ungerechtigkeit ausgesetzt sein werde." Die Männer reichten sich die Hand. Als die beiden mit Kaspar in einer Gasse verschwanden, machte sich auch Schilling auf den Heimweg. Voller Dankbarkeit nahm das Gerberehepaar ihren geliebten Sohn in Empfang und die Gesandten versicherten ihnen, dass sie sich vom heutigen Tage an keine Gedanken mehr machen müssten. Doch Armin war sich da noch nicht sicher.

„Wenn der Rat zurück ist, werdet Ihr diesen Fall zur Anklage bringen?"

„Ja, Herr Erle. Wir werden die Sachlage schildern und für ein Urteil kämpfen. Auch wenn es nur ein Verbot ist, Regelsbach jemals wieder zu betreten", versuchte Walter ihm Trost zu spenden. Er wusste, dass dies nicht das war, was der Gerber hören wollte. So verabschiedeten sich die Boten von dem jungen Kaspar und nahmen noch einen herzlichen Dank mit. Während sie sich von der Hütte entfernten, blieben die Kameraden plötzlich stehen.

„Hast du die Panik in ihren Augen gesehen?", fragte Walter.

„Natürlich. Selbst ein Blinder hätte es gespürt. Wir müssen für das Recht des Jungen sorgen, damit er endlich ein unbeschwertes Leben führen kann."

„Hast du die gefälschten Schreiben und das Original?"

„Gewiss, Walter", sprach Giovanni voller Zuversicht. „Ich werde die Papiere hüten, wie meinen Augapfel."

So vergingen zwei weitere, kühle Herbsttage, bis Pfarrer Heronimus, Richter Horchem sowie Herr Fuchs in ihre Heimat zurückkehrten. Der Geistliche ahnte nichts Gutes, als er die Aufregung der Menschen bemerkte. Vor dem Gemeindehaus wurden sie schon sehnsüchtig von Walter und Giovanni erwartet. An ihren Mienen war schon zu erkennen, wie sehr die vergangenen Tage ihre Spuren hinterlassen hatten. Xaver sprang zuerst von seinem Pferd. Während ihm der Rest des Rates folgte, ging er auf die Gesandten zu.

„Was ist geschehen?", fragte der Oberste. „Ich sehe es an Euren Mienen, dass etwas nicht mit rechten Dingen vor sich ging."

„Das stimmt, Herr Fuchs", antwortete Walter leise. Nun traten auch die anderen an sie heran. Auf eine Reaktion wartend, reichte Kolbe ihm die Schreiben. Fuchs stieg die Zornesröte ins Gesicht, als er die Genehmigung zum Exorzismus sah, die er angeblich angeordnet hatte.

„Welcher Mistkerl hat das getan?", raunte der Rat und reichte die Schriftstücke weiter. „Lest, denn auch Eure Unterschriften sind darunter gesetzt." Nun erschien der kleine Marktplatz wie ein Pulverfass. Anspannung lag in der Luft.

„Er hatte bereits mit dem Ritual begonnen. Aber wir konnten das Schlimmste verhindern, Herr Fuchs“, sprach Pasci. Xaver fügte hinzu, dass man immer noch die Entscheidung des Bischofs abwarten wollte, doch das Verbot des Hochwürden ließ nicht lange auf sich warten. Auch dies reichte der Venezianer umher.

„Dieser Verbrecher“, raunte Pfarrer Heronimus, außer sich vor Wut. „Wir hatten es ihm untersagt. Henricus hat sich über jegliche Instanz hinweggesetzt. Selbst über den Bischof. Er ist das Böse, welches aus unserer Gemeinde verschwinden muss.“

„Wo ist der Inquisitor jetzt?“, fragte Fuchs.

„Unter Arrest. Er ist erkrankt und leidet an starken Fieberschüben. Dreimal täglich schaut der neue Arzt nach seinem Wohlergehen“, mischte sich Walter ein.

„Ist er in der Lage, uns Rede und Antwort zu stehen?“ Die beiden nickten.

„Sein Fieber ist gesunken. Er ist vollkommen im Stande, Zeugnis über seine Verfehlungen zu geben.“

„Dann sollten wir keine Zeit verlieren“, fügte der Richter hinzu. „Das sind wir unserer Gesellschaft schuldig.“ Mit dieser Meinung stand Franz-Josef Horchem nicht allein da.

„Wir werden ihn morgen zur frühen Stunde vernehmen, um ein gerechtes Urteil zu finden.“

Die Boten des Bischofs verneigten sich höflich. Erst jetzt, nach diesem aufreibenden Tag, fanden sie zur wohlverdienten Ruhe. Als die Sonne wieder aufging und dennoch grimmige Kälte herrschte, wurde Henricus in Ketten vorgeführt. Jeder Schritt ohne seinen Gehstock fiel ihm schwer. Mit schmerzverzerrtem Gesicht, unter den abwertenden Blicken der Bevölkerung, wurde er ins Rathaus geleitet. Dort wurde Institoris von den Boten sowie dem Rat erwartet. Wortlos hinkte der Mönch näher, nahm auf einem der harten Stühle Platz und schaute sich teilnahmslos um.

„Ihr wisst, warum Ihr hier seid, werter Institoris?“, fragte Horchem mit verachtendem Blick.

„Ja, werter Richter. Ich kann es mir denken. Doch bin ich mir keiner Schuld bewusst, da es einzig mein Ziel war, Schaden von Eurem Ort abzuwenden.“

„Darum habt Ihr sämtliche Schreiben gefälscht? Warum tatet Ihr es nicht in unserer Anwesenheit?“

„Herr Fuchs“, flüsterte Henricus abwertend. „Ihr hättet nie im Leben dieser notwendigen Maßnahme zugestimmt. Also musste ich die Initiative ergreifen, um Euch alle zu retten, ehe der Teufel hier Einzug hält und es sich gemütlich macht.“

„Ihr habt Euch der Dokumentenfälschung schuldig gemacht. Dafür sollten wir Euch in Haft nehmen“, zischte der Richter, der das herablassende Grinsen nicht mehr ertragen konnte. „Um das Ganze jetzt abzukürzen, bitte ich Herrn Pasci zu mir. Er trägt die wichtigen Beweismittel mit sich.“ Giovanni stand von der Bank auf und schritt vor. Nachdem er sämtliche Beweise vorgelegt hatte, erhob sich der Inquisitor und sprach voller Zuversicht: „Die Anschuldigungen sind wahr. Ich habe die Aufforderungen gefälscht. Die Gründe sind Euch bekannt. Meine Taten beruhen auf der geistlichen Gesundheit der Menschen. Dazu musste ich das Recht beugen, um dem Satan Einhalt zu gebieten. Wenn Ihr mich schuldig sprechen wollt, nur zu. Doch Ihr werdet sehen, was Ihr von Eurer Entscheidung habt. Regelsbach wird ein Ort der Sünde und der Verdammnis werden. Sprecht mich nur schuldig, doch Ihr werdet Euch selbst schaden. Mehr habe ich nicht zu sagen.“

„Ihr bekennt Euch also dazu, diese wichtigen Dokumente gefälscht zu haben?“

„Ja, Richter Horchem. Das habe ich getan und würde es auch wieder tun.“

„Das reicht mir aus“, zischte Pfarrer Heronimus. Ihm schloss sich der Rest des Gremiums an. „Euer verwerfliches Handeln wird Konsequenzen mit sich führen.“ Die Gesandten hielten den Atem an. Der Rat zog sich zur Urteilsfindung zurück. Schweigen herrschte in dem Raum und kein Blick wurde gewechselt. Hinter dem Dominikaner standen die beiden Wachen. Als das Gremium nach ausgiebiger Beratung zurückkehrten, nahmen sie Platz und die Stimmung wirkte angespannt. Bis sich der Laienrichter erhob.

„Hiermit ergeht folgendes Urteil“, sprach Franz-Josef Horchem. „Ihr werdet umgehend des Ortes verwiesen. Wenn Ihr wiederkehren solltet, werdet Ihr sofort in Haft genommen und der öffentlichen Justiz übergeben. Dokumentenfälschung ist ein Delikt, welches normalerweise eine Todesstrafe mit sich bringt. Ebenso möchte ich Euch mitteilen, dass Eure Einschüchterungsversuche bezüglich des Leibhaftigen, bei uns allen auf taube Ohren stößt.“ Kurzes, angespanntes Schweigen herrschte, bis Horchem ernst fortfuhr. „Aufgrund Eures Status als Dominikanermönch bleibt euch dies erspart. Verlasst umgehend Regelsbach und setzt nie wieder einen Fuß in unsere herrliche Ortschaft. Habt Ihr mich verstanden?“ Henricus verneigte sich, bevor ihn die Wachen von den strammen Ketten befreiten. Zynisch antwortete er: „Ich habe Euch verstanden. Ich werde noch heute gehen. Doch kommt zukünftig nicht angekrochen, wenn Satan die Macht übernimmt." Daraufhin wiesen ihm die Wachen den Weg. Einige Stunden später beobachteten sie alle zusammen, wie Institoris auf seinem Pferd am grauen Horizont verschwand. Bei diesem Anblick nahmen sich die Kameraden in den Arm. Sie hatten das Gefühl, endlich der Ungerechtigkeit ein Bein gestellt zu haben. Im selben Augenblick fasste Xaver Fuchs die beiden am Arm und bat sie, ihm zu folgen. Etwas abgelegen, in einer schmalen Gasse, griff der Oberste in seine Tasche und übergab Giovanni die Goldmünzen, die seiner Meinung nach den Sinn verfehlt hatten.

„Ihr habt so viel Gutes hier erreicht. In Absprache mit dem gesamten Rat sind wir zu dem Entschluss gekommen, Euch alles, auf Heller und Pfennig, zurückzuzahlen. Ihr habt uns die Augen für die Mitmenschlichkeit geöffnet. Das ist mit Gold nicht aufzuwiegen. Ich denke, dass Eure Reise noch lange nicht zu Ende ist. Darum nehmt es, um in anderen Orten das Ziel der Mitmenschlichkeit zu erreichen." Gerührt von dieser Geste nahmen sie die wertvollen Münzen und verabschiedeten sich mit dem Gefühl, etwas Gutes getan zu haben. An jenem Tag schrieb Markus Schilling einen kurzen, aber entscheidenden Eintrag nieder. Er schlug sein Buch auf, tauchte die Feder in das Tintenfass und schrieb hinter den Namen Kaspar Erle „Urteil wurde nicht vollstreckt. Gott Lob".

Weitere Monate gingen ins Land, in denen der Einfluss Henricus Institoris auf die Gesellschaften schwand. Nur noch wenige Anfragen, in denen seine Anwesenheit erbeten wurde, trafen in Schlettstadt ein. Auch um die Gesundheit des Gotteskriegers war es nicht zum Besten bestellt. Immer wieder hemmten heftige Fieberschübe sein Handeln und der trockene Husten wurde schlimmer.

Doch am meisten machten ihm die zunehmenden Gichtschmerzen Sorgen. Diese fesselten ihn letztendlich permanent ans Bett, sodass sein Schüler Viktorius ihm das Essen anreichen musste. Doch eines ließ seine Lebensgeister ein letztes Mal zurückkehren. An diesem trockenen Julimorgen im Jahre 1505 wurde Henricus von dem jungen Mönch geweckt. Er teilte ihm mit, dass ein Hilfegesuch aus Kremsier, aus dem Raum Mähren, das Kloster erreicht hätte. Dies war die Chance, seinen mittlerweile schlechten Ruf aufzubessern. Gestützt von dem jungen Dominikaner wollte er aus dem Bett steigen, um sich auf eine erneute Mission zu begeben. Nach wenigen Schritten stieß Henricus an seine Grenzen. Er bekam kaum noch Luft, konnte sich nicht mehr auf den Beinen halten und der betagte Körper schien wie gelähmt. Plötzlich blieb er stehen, griff nach dem Arm seines Schützlings und hauchte: „Bringt mich zurück. Ich bin nicht in der Lage, eine solch weite Reise vorzunehmen." Mit einem schlechten Gefühl geleitete ihn der zwanzigjährige Mönch zurück zu seinen Gemächern. Über den Tag hinweg verschlechterte sich Heinrich Kramers Gesundheitszustand. Obwohl sein Orden alles tat, um sein Leiden zu lindern, wurde es Stunde um Stunde ernster. Das Fieber stieg weiter und der Husten war kaum noch zu ertragen. Jeder hörte, wie sehr seine Lunge verschleimte, doch mit keinem Atemzug kam ein wenig von dem Belag zum Vorschein.

Auf die Meldung seines Schülers hin, erschienen immer mehr Dominikaner an seinem Sterbebett. So auch der inzwischen betagte Jakob Sprenger. Mit Hilfe seines Gehstocks hinkte der einstige Freund an sein Bett heran und nahm auf dem harten Stuhl Platz, der neben Henricus stand. Zitternd legte er die Hand auf seinen Brustkorb und fragte mit leidender Stimme, wie es seinem Freund ging. Auf einmal riss dieser die Augen auf und antwortete mit leiser, brodelnder Stimme: „Deine Anwesenheit ist mir zuwider. Du hast mich nicht in meiner Arbeit unterstützt. Als ich dich am meisten brauchte, hast du dich von mir abgewendet. Nun, da ich mich dem Herrn nähere, verzichte ich auf dein beileidvolles Gerede. Verlass den Raum und behalte mich als göttlichen Kämpfer in Erinnerung." Diesem Wunsch kam Sprenger nach. Er verneigte sich vor seinem einstigen Freund und verschwand, während die anderen Mönche Institoris auf seinem letzten Gang begleiteten. Der Inquisitor schloss für einen Moment die Augen, als ihn einer seiner Brüder fragte, wer nun sein Werk vollenden sollte.

„Schickt nach meinem Lehrling, Bruder Viktorius." Überrascht schauten sich die Dominikaner an, bevor sie seinem Wunsch entsprechend nach dem Jungen schickten. Es dauerte nicht lange, bis Viktorius Kalder das Zimmer betrat und neben seinem Mentor auf die Knie sank. Während ein weiterer Mönch neue Kerzen anzündete, die ein wenig Helligkeit in diese dunkle Stunde brachten, atmete Henricus tief durch. Langsam und dennoch voller Zuversicht legte er seine Hand auf den blonden Schopf des blauäugigen, hageren Schülers. Der Bursche hob den Kopf und küsste Institoris Hand.

„Ich bin hier, werter Herr." Heinrich Kramer schaute zur Seite auf seinen Nachttisch, wo sein Erstling des „Hexenhammers" lag.

„Ihr habt Euch von einem unerfahrenen Jüngling zu einem wahren Mann entwickelt", sprach Henricus mit schwerem Atem. „Nun ernenne ich Euch, Bruder Viktorius, zu meinem Nachfolger. Nehmt dieses Buch an Euch und kämpft in meinem Namen gegen das Böse in der

Welt. Verteidigt weiterhin den katholischen Glauben gegen die Macht des Satans." Voller Stolz und dennoch gerührt von dieser Geste des dahinscheidenden Mentors, nahm er den Leitfaden dankend entgegen. Viktorius flüsterte mit leiser Stimme: „Herr, es wird mir eine große Ehre zuteil, Euer Werk fortzuführen. Ich nehme diese Herausforderung gerne an und werde Euch nicht enttäuschen." Ein letztes Lächeln fuhr über Institoris schmales Gesicht, ehe er wiederum die Augen schloss, einen kurzen Atemzug nahm und die Seele seinen Körper verließ. Im selben Augenblick zog ein Luftzug durch den Raum, der die Kerzen erlöschen ließ.

So führte Viktorius die Arbeit seines Mentors fort. Doch stetig mehr Inquisitoren übernahmen die Macht auf dem gesamten Kontinent, bis schließlich hin in die Neue Welt.

Nach Bischof Verenus Tod schworen sich Walter und Giovanni für seine Sache weiter zu kämpfen. In diesem Bestreben wurden sie von dem Nachfolger tatkräftig und durch die Macht des Goldes unterstützt.

Es dauerte noch Jahrhunderte, bis durch die Aufklärung auch dieses dunkle Kapitel der Menschheit zu einem Ende kam.

Weitere Romane

DIE ORDENSSCHWESTER
ISBN: 978-3-744-80094-5

FLEUY
BRIEFE VON DER WESTFRONT
ISBN: 978-3-744-85651-5

VERDRÄNGTE ZEITEN
ISBN: Nein

FALKLAND
ISBN: 978-3-750-40957-6

3 WELLEN
DIE SPANISCHE GRIPPE
ISBN: 978-3-751-97026-6

VAUQUOIS
DIE MINENSCHLACHT VON VERDUN
ISBN: 978-3-754-33397-6

KRIEG DER ADLER
DIE PROPHEZEIUNG DER GÖTTER
ISBN: 978-3-756-25615-0

KRIEG DER ADLER
DER UNTERGANG DES AZTEKENREICHES
ISBN: 978-3-756-25617-4

WESTERN TERRITORY
DER RUF DES GOLDES
ISBN: 978-3-757-80757-3

DAS SCHWARZE GOLD
DIE GESCHICHTE EINES BERGMANNS
ISBN: 978-3-758-31540-4

YPERN
DER LAUTLOSE TOD
ISBN: 078-3-758-32254-9

Mehr zu Inhalten, Covern und über den Autor auf:
www.danielneufang.wordpress.com
oder auf Facebook